贵州新文学大系

1990—2019

GUIZHOUXINWENXUEDAXI

诗歌卷

第三卷

2012—2014

贵州省作家协会／编

1990—2019

贵州出版集团
贵州人民出版社

图书在版编目（C I P）数据

贵州新文学大系. 1990—2019. 诗歌卷. 第三卷, 2012—2014 / 贵州省作家协会编. -- 贵阳：贵州人民出版社, 2022.12

ISBN 978-7-221-17586-1

Ⅰ. ①贵… Ⅱ. ①贵… Ⅲ. ①中国文学—当代文学—作品综合集—贵州②诗集—中国—当代 Ⅳ. ①I218.73

中国版本图书馆CIP数据核字(2022)第250656号

书　　名　贵州新文学大系1990—2019·诗歌卷·第三卷（2012—2014）
丛 书 名　贵州新文学大系1990—2019
编　　者　贵州省作家协会

出 版 人　朱文迅
统　　筹　黄　冰
责任编辑　张秋菊　彭　涛
助理编辑　文俊元
装帧设计　王丹丽
出版发行　贵州出版集团　贵州人民出版社
社　　址　贵州省贵阳市观山湖区中天会展城会展东路SOHO办公区
　　　　　贵州出版集团大楼（邮编：550081）
印　　刷　深圳市新联美术印刷有限公司
开　　本　787 mm × 1092 mm　1/16
字　　数　670千字
印　　张　33.25
版　　次　2022年12月第1版
印　　次　2022年12月第1次印刷
书　　号　ISBN 978-7-221-17586-1
定　　价　98.00元（精装）

本书获2019年贵州省出版传媒事业发展专项资金资助

概　述

1990年到2019年，是中国改革开放走向全面与深入的三十年，同样也是贵州改革开放不断走向深入、发展较快的三十年。这三十年是进入新时代之后迎来的百年未有之大变局的重要历史时期，对于贵州而言尤其如此。为进一步推动贵州文化建设，提升贵州形象，传播贵州声音，增强贵州人民的文化自觉和文化自信，贵州省作家协会按照中共贵州省委宣传部的要求，编纂《贵州新文学大系1990—2019》丛书，以期研究新时期、新形势下贵州文学的自身特点和潜在优势，全面、系统地展示贵州文学的阶段成绩、发展轨迹和独特魅力，促进贵州文学更好更快地发展。《贵州新文学大系1990—2019》中的诗歌卷，展示和反映的是贵州诗歌最近三十年来的整体情况。从创作上而言，这一阶段贵州诗歌创作整体呈现了蓬勃态势，诗人们在诗歌艺术上做出了积极探索，使得贵州诗歌在中国诗歌中呈现出独特面貌，以丰厚的内蕴、多彩的艺术特征屹立于中国诗坛。延续现代诗歌艺术传统，体现贵州诗歌特色，具有很大的细读价值与探讨空间。

一、概述及说明

诗歌卷搜集、编纂的范围是1990—2019年间、贵州诗人创作的、发表于全国重要文学刊物或获得有关奖项的诗歌作品。这里所指的“诗歌”，是相对古典诗词及传统歌赋之外的“新诗”；“贵州诗人”，指的是生长于贵州的贵州籍诗人，已移居省外但其主要创作期在贵州或在贵州开始创作的诗人，以及外省籍到贵州生活且工作了相当一段时期的诗人。编选过程中，我们尽力克服搜集范围广、涉及诗人及作品数量众多、时间跨度大等因素，尽量减少遗漏和遗憾，力争做到全面、客观，点面结合。诗歌卷全面地汇集了这一时期贵州诗歌的诗人与诗作，整体编排便于读者进行搜索、阅读、比较，也为研究者提供了翔实的诗歌文本辑录，是贵州文学史、贵州诗歌史乃至中国诗歌史的重要构成部分。

搜集、编纂和编校的过程也是一个阅读及比较的选择过程。本卷聚焦1990年至2019年，在这个全新的历史时期，诗歌写作的时代背景、传播环境与往昔相较有明显变化。在诗歌内部发展规律中，诗歌的传统形式与内容也在探索中变化，同时诗人的年龄、价值取向、生活环境与经历、审美观等也让诗歌的写作、阅读、评判不断产生新的认识和理解，本卷正是反映贵州诗歌发展的多样多姿。在这三十年的发展历程中，贵州诗歌一起参与并见证了中国诗歌的发展与繁荣，丰富了中国诗歌的艺术表达，同时促进了自身的不断进步。在新的历史与时代条件下，贵州诗人直面黔地新风貌和实况，以不同的思想特质、艺术手法进行审美表达，个性鲜明，取得了各自的成就。他们立足于大西南山区的特定地域与多民族共生共荣的特色文化生态圈，用诗歌这一特殊的艺术形式，记录着时代与地域的双重变奏，记录着生活在山山水水间的各族人民的生存画面与人生实感。贵州诗人将自我价值的追求与时代生活的变革结合起来，继承中国诗歌原有的优秀传统，与全国诗坛同频共振，在思想艺术和形式创新方面不断思考、勇于探索，构筑了具有独特图案与光彩的贵州诗歌史图景。

二、基本脉络

一个时代有一个时代的诗歌。自20世纪90年代始，社会转型、市场经济发展、文化与文学的进程多种多样，传统意义上的文学"边缘化"曾让贵州诗歌创作与全国诗歌一样陷入相对的冷清。世纪之交以来，伴随着"数字化"环境的成熟以及"全球化"和"城乡一体化"的推进，文化环境与文学传播条件更加得到改善，贵州诗歌创作势头逐步回升，创作热情与创作水平逐渐提升，实力与潜力兼具的诗人涌现，一批中青年诗人在全国诗坛崭露头角，并对贵州诗歌文化氛围起到了良好的激活与促进作用。

一方山水养一方人。贵州作为高原省份，是典型的喀斯特地貌，峰峦纵横，地形地貌千姿百态，是典型的"山国"。历史地理环境是诗歌写作生长于斯或置身于此的重要前提之一，而贵州地域内的传统文化、民族文化则是诗歌写作源远丰厚的精神资源，两者都深刻地影响贵州文学及诗歌的行进状态。这同时也是一个对文化持续辨识的历程。贵州在明代初期设省，作为一个独立的省级行政区划的历史相对短暂；古老的“夜郎文化”尚显模糊，涵盖性的“黔文化”则在建树过程中。多样的自然生态环境与多元历史文化、多种民族文化共生并存，是贵州地域文化的主要特征，也是持续的精神动力与文学生长点。从整体性和共性的角度而言，一个地域的秉性会转化为生活于这个地域的人的内在气质，这样的气质自然会决定文本的风格。而在共性之下，则是生命个体、每个文化群体的差异，这也是诗歌文体的内在需要和本质要求。三十年来，贵州诗人关于一方水土的再观察、再理解取得了阶段性成果，地域性与乡土性表达均有可观的新的提升。

日新月异的时代环境与独特的地域环境，不断促使贵州诗歌呈现出多元化、地域化特征。这种“同呼吸共命运”的趋向与全国诗歌演变大致相同。

在20世纪90年代，在地域性与乡土性表达之外，有着明显时代特征和意识形态导向的政治抒情写作，是贵州诗歌主要特色之一。正如黔籍著名文学家谢六逸道：“大凡一个时代，总有一个时代的特别空气，这种特别空气笼罩民众生活的各方面”。随着社会转型，贵州地区泛政治诗歌类型更因明显的写实功能和现实主义倾向而时兴。20世纪后期，“朦胧诗”渐将人的自我发现及新一轮美学思考推到了时光前沿，贵州其时亦成为这一诗潮的主要舞台之一，以贵阳为中心的黔地有强烈意识形态色彩的诗歌实践蔚然成风，并在20世纪90年代一度形成了有相当诗人数量的“群体”。

诗本是“感其况而述其心”之精神图符和语言结晶，反映现实变革和强调政教及社会性功能始终是中国诗歌的主流倾向，亦是人的意识变化的自然体现。自20世纪后期以降，秉持现实主义路线的廖公弦、李发模、张克、叶笛、陈佩芸、罗绍书、王建平、王蔚桦等持续挖掘地域文化，反映时代呼声，诗歌涉及城市、工业、民俗与日常生活和人性考量等多样内容，他们在1990年后持续创作，发表了有影响力的诗作或出版了诗集。在20世纪90年代，贵州诗歌总体面貌呈现自在生长、顽强蔓延之势，此前业已成名和有成绩的前辈诗人仍在前行，唐亚平、禄琴、姚辉、罗莲、西篱等青年一代诗人的写作稳健而持续。

世纪之交以后，随着传播环境的改善与文学氛围的回暖，中国诗歌呈现多元多样化状态。贵州也进入到一个诗人及写作者群起、诗歌数量井喷式呈现的时期。当然，就文学的规律而言，这也是一个自然的过滤过程。新世纪以来，“60后”诗人姚辉、徐必常、南鸥、末未等，“70后”诗人赵卫峰、梦亦非、李寂荡、西楚等一批诗人的写作呈现出新的气象，文体的自觉性、探索度进一步凸显。

“60后”“70后”诗人不能说“承前”，但“启后”的作用甚大，直接影响到贵州“80后”诗人的写作。贵州“80后”诗人以雨后春笋般的规模，以前倾的、先进的方式创作，与这影响不无关联。与数字化传播环境伴生的贵州“80后”诗人，数量众多，几乎每个市州都有有成绩诗人出现，他们充沛的激情和充满个性的话语方式，使贵州诗歌呈现出阶段性的“茁壮”之势。

这一时期，作为贵州诗歌新生力量的“90后”诗人亦开始逐步呈现，部分已呈现良好潜力。2018年面世的《贵州90后诗选》收集的“90后”诗人或诗歌写作者就逾百位。此外，石阡县、沿河自治县、纳雍县和部分高校亦组织编纂了县域“90诗人”作品选集，进行局部研讨。这种对诗歌新生力量的及时支持与关注，促进了贵州诗歌生态良性发展。

三、特色与变化

贵州诗歌总体呈现了对内鲜活、对外容纳的持续完善诗歌生态的前行趋势。较之此前各个时段，近三十年来贵州诗歌在诗人数量、创作发表、出版及获奖、相关活动等方面都发生了显著变化并取得良好成绩，值得欣慰和肯定。每一代创作者都有从贵州出发，或产生影响，或进入全国诗坛的代表性诗人。贵州诗歌从闭塞走向开放的全新格局逐步形成。

纵观之，三十年来的贵州诗歌呈现出多元化、多向度、多风格的格局，这一格局主要包括和体现于以下几个方面：

多代诗人同时代并行。从20世纪30年代出生的诗人到20世纪90年代、甚至21世纪后出生的诗人，多代诗人同台竞技，百家争鸣。廖公弦、李发模、张克、叶笛、罗绍书等前辈诗人在1990年后仍然老当益壮、热情笔耕；至20世纪后期，欧阳黔森、唐亚平、西篱、罗莲、姚辉、南鸥、徐必常等“60后”诗人承前启后；这一时期，因“文学边缘化”等大环境因素，“70后”诗人的创作零星呈现，但仍有赵卫峰等一批诗人在坚持写作。随着世纪之交后以网络为主导的传播环境的变化，新生代诗人成群结队：众多“80后”竞相涌现，使得贵州诗歌处处开花春意盎然，其中，位居同龄诗界前沿的“80后”诗人熊焱、徐源、陈德根和“90后”诗人王冬先后参加中国作家协会《诗刊》“青春诗会”，在全国青年诗界留下鲜明足印。如今，作为贵州诗歌“后浪”的“90后”乃至“00后”亦早早呈现可观风貌，他们正成为贵州诗歌崭新的风景线和可期的生长点。

少数民族诗人群体壮大，拥有十八个世居民族的贵州，是全国数量第二位的多民族聚居区域。贵州少数民族诗人的写作基本是汉语写作，他们自觉地继承本民族文化遗产和中华优秀传统文化，在作品的题材和主题上，结合实际放歌黔山贵水，颂唱改革开放、小康建设、脱贫攻坚等新变化新成就，为新时代的贵州家园，留下了鲜明而真实的篇章。1990年以来，张顺琼、喻子涵、禄琴、罗莲先后获“全国少数民族文学骏马奖”诗歌类奖。三十年来，几乎每个民族都有诗人出现，其中，仡佬族、布依族、土家族和苗族诗人数量较多，代际传递相对齐整。贵州少数民族诗人的书写，接地气，正能量，时代气息强，是中国少数民族文学与诗歌不可或缺的组成部分。全省各民族诗人老中青相结合，以丰繁的写作姿态与成绩，极大地充实了新时期的贵州诗坛。

贵州散文诗的创作在全国占有一席之地。散文诗的数量和水准稳中有进，颇为可观。新世纪以来，徐成淼、罗文亮、程显谟、岳德彬、喻子涵等有影响力的散文诗人创作突出，有力地引领了贵州散文诗的前进。贵州散文诗作者队伍庞大，多代贵州散文诗人语言朴雅，意境苍茫，独具风格，作品题材包括地域、历史、民族、文化和个体生命的沉思和情感等多个方面。散文诗的文体包容性使得不少非专业于散文诗的作家、诗人也时常进行散文诗创作，扩大和加强了贵州散文诗创作队伍的建设。总的来看，贵州散文诗作品的意象和内涵均具有很强的贵州地域性，亦不乏现代意识观照，在风格、语言、技巧上基本与全国散文诗的创作水准持平。

四、诗歌文化建设

伴随着改革开放进程的深化、社会环境的变革和数字化传播环境的成熟，贵州诗歌文化建设呈现百花绽放的景象。

出版传媒事业复苏并蓬勃发展。20世纪90年代及之后,《山花》《贵州日报》和《花溪》以及贵州出版集团，各地州市的党报党刊、各级文联及作协主管的内部报刊等文艺阵地，为贵州诗人的创作、发表，以及诗歌相关信息资讯的交流、传播提供了新的平台。1996年后,《山花》改版特立独行，成为中国文学传播链条里特色鲜明的存在，极大地推进了本土诗歌文化的发展。其间，贵州诗人的诗歌发表、个人诗集或合集、诗歌选本的编辑出版，都出现了巨大的新变。据不完全统计，在20世纪上半叶，出版的贵州新诗集不超过十本，1995年以前，贵州全省的诗人出版的新诗集已逾二百多部，而1996年至2010年短短十多年的时间里也达到了这个数量。至于2010年以后，不同的出版方式使诗集数量更是大为增加，呈现出一种遍地开花自在生长的趋势。

可圈可点的诗歌选本现象。自1990年后，诗歌选本进入转型阶段，贵州诗歌选本渐多。1997年,《贵州新文学大系（1919—1989）》出版，大系诗歌卷基本上呈现了

1919年至1989年七十年之间的一百三十三位贵州诗人的诗作。2009年,《贵州作家作品精选·诗歌卷》共收录五十位诗人的诗作近三百首。2011年,《90周年贵州文学精品集·诗歌卷》出版,收录了八十位诗人的二百多首诗作,以及《新世纪贵州12诗人诗选》等。如果说上述几种选本是省文联、省作协在全省层面统筹运作而付诸的行动的话,随着传播环境与出版体制的变化,由各地各级政府及宣传部门、文学社团、诗人、诗评家编纂的各种诗歌选本选集则纵横交错,值得圈点。比如,安顺、毕节、贵阳等地文联与作协出版了“改革开放三十周年”的地区性全景式诗歌选本。此外,有如《中国散文诗大系·贵州卷》《贵州散文诗十家》《遵义50年诗歌选》《遵义新世纪文学作品选·诗歌卷》《21世纪贵州诗歌档案》等,大体反映出贵州诗歌各阶段创作的不同评选与审美视角,不乏文献价值。诗歌选本的重要意义,在于整体性风貌和个性凸现的互补,在于阶段性的诗歌梳理、挖掘及检视,对比性地矫正诗歌生态,及时地展示并激活诗歌现场。贵州诗歌选本的出现、发展、繁盛,能够切实见证贵州地域诗歌精神和精英文化的走向。

诗歌奖项和活动有效地激活贵州诗坛。1995年,在中共贵州省委宣传部的领导下,贵州省作家协会设立“茅台杯——贵州省文学奖”,对1990—1995年间全省文学作品进行奖励,诗人张克、徐成淼、陈明媚等一批中青年诗人获此殊荣。2001年,由贵州省人民政府颁发、代表省级文化艺术水准的贵州省政府文艺奖设立,迄今已举办八届,李发模、马仲星、陈国华、赵卫峰、施波等先后获文学类诗歌奖。此外,由贵州省作家协会主办或承办的贵州省文学奖、贵州省优秀文艺作品奖、贵州专业文艺奖、贵州少数民族文学金贵奖、贵州青年作家突出贡献奖、乌江文学奖、尹珍诗歌奖先后设立并持续举办,三十年间约近两百人次获奖。省内各报刊、各市州、各部门组织的文学评奖活动亦此起彼伏,方兴未艾;同时,在省外公开发行的文学报刊、正规文学组织举办的各类比赛活动中,贵州诗人也频频折桂。活动与奖励虽非文学与诗歌创作的目的,但类似的活动仍然是必要的,极大地活跃了贵州诗歌文化氛围,增强了诗人创作的热情、信心与积极性。

近十来年,贵州的诗歌创作与全国保持了较高的一致性。贵州诗歌界在当地政府、文化部门、社会团体的组织统筹下,举办的各类诗歌节、诗歌周、文学采风,或是以各种名义进行的诗歌研讨会、讲座、朗诵交流等,以及各高校文学社团的校园诗歌活动频繁。贵州诗人与国内外诗人的互动也持续密切,增加了对这片土地的文化自信。除了诗歌创作之外,贵州诗歌评论也有较好的自觉与自发的跟进。有良好的理论功底和敏锐的批评能力的代表性评论家有十余人,其中包括来自院所与报刊的“学者型”评论家和来自创作实践现场的“诗人型”评论家。

值得指出的是，一旦把近三十年来的贵州诗歌放在全国诗歌发展平台上，不难发现贵州诗群分布的特点，不同队伍聚散的渊源，本土诗人与外省诗人、省内诗人相互间的差别，以及相关出版、传播与活动的差异。重要的是，通过对各种差距的打量，有助于对贵州诗歌进行客观剖析，有助于诗人们直面自己的长短与优劣，形成一种历史的紧迫感，以及一种走出贵州、提高自我的渴望。

五、部分诗人简评

三十年来，贵州诗人经历了社会的转型，一路吟诵留下了不倦的歌声，也留给了贵州诗坛一个个清晰而诗意的背影。这里我们从不同的界面，对各年代、各地区、各民族诗人进行以点带面式简介：

廖公弦：在贵州诗歌史上，生于20世纪30年代的廖公弦是一个开端性存在，也是贵州最有影响力的前辈诗人之一。其创作与社会主流思潮、主要价值取向合拍，努力于民族化大众化和个人风格多样性的统一。他共著有四本诗集：《山中月》《美人醒来》《山与我们合影》，以及20世纪90年代出版的《廖公弦诗选》。廖公弦在贵州的新诗史上有着难以磨灭的影响和光辉，尤其是他生活化的意象挖掘和田园牧歌式的意境营造，对贵州山水环境活灵活现的艺术刻画，影响力深远，是一位时代感强的抒情者。

罗绍书：就文学与诗歌的“类型化”探索而言，生于20世纪30年代罗绍书是新时期以来的贵州诗坛不可或缺的名字。相对于诸多诗人间歇式、零星化写作或成为休止性符号之不同，罗绍书专注于讽刺诗，并将创作、理论思考与编辑工作融为一体，在联系全国诗界、推动讽刺诗创作、推介贵州诗人方面作出过特殊贡献，可谓贵州新时期诗坛另一种特别存在。罗绍书的诗讽刺手法含蓄、形象、生动，题材广泛、视野开阔。罗绍书讽刺诗的一大特点是化无限为有限，以典型折射世情，具有强烈的警醒之力。他在20世纪50年代便开始发表作品，在新时期以来的中国讽刺诗坛，一度有着中华讽刺诗苑“南罗北梁”（公木）之称，得到了诗界的充分肯定。

李发模：生于20世纪40年代的李发模曾在80年代以叙事诗《呼声》获得首届全国中青年诗人优秀诗歌奖。1990年以来，其创作数十年间持续不断，饱含激情，出版了多部诗集，并保持着对诗歌活动、对后进的扶持热情。李发模的创作倾向主要是传统抒情路径，其中，又以“乡土抒情”“政治抒情”为主。他的诗歌取材广泛，主题多样，抒情性强，并富于哲理性，融入了他对伟大祖国和人民、黔北故土和亲人的真挚情感，以及对生命、人生、世界的文化感悟和思考。

唐亚平：生于20世纪60年代唐亚平的诗作大多完成于80年代，进入90年代之后，其诗歌写作逐渐减少。她先后在1992年、2016年出版诗集，持续深究其先锋性女性诗学，以“自白式的抒情”探索“女性生命意识”；同时也“展现了对土地的亲近”，成为“高原诗歌的女性表现者”，并一度成为女性诗歌研究的主要对象。唐亚平诗作中大量的意象源于她生活的这片高原，有很强的独特的地域性。她的诗在传统文化与现代诗意、本土诗歌与外国诗歌间熟练跃动，激情洋溢，一首首诗就像一次次自我的裸露与背叛的完成，体现的更多是一个学哲学出身的女诗人的睿智与深刻。

欧阳黔森：在小说家、影视作家之外，“60后”诗人是欧阳黔森的另一个文学身份。正如许多作家一样，欧阳黔森早期的文学创作是从诗歌开始的，即他首先是一位诗人。早在大学时期他就开始组织诗社，进行诗歌写作。地质工作的经历让他对贵州的崇山峻岭熟谙和理解，1992年，他获得贵州省首届“新长征”职工文艺创作一等奖的《地质之恋》便是其中的代表性作品。欧阳黔森的组诗《那是中国神奇的版图》具有硬朗、明快的中国气派；发表于《光明日报》的长诗《贵州精神》，对与贵州相关的历史讹名如“夜郎自大”“黔驴技穷”“天无三日晴，地无三尺平，人无三分银”等不良标签进行驳斥，为贵州正名，并抒发贵州之美、贵州之强，彰显出不甘落后、奋发赶超的“贵州精神”和底气十足的“贵州自信”。欧阳黔森的诗歌激情澎湃、节奏铿锵，颇富感染力，具有很强的鼓舞人心的力量，并且他的诗歌也有部分在小说中出现，融文、互文性的特色较为明显。

郑单衣：曾在贵州高校任教的郑单衣生于20世纪60年代，在黔地居留时期创作发表了不少诗作。他的诗质地纯粹，对现实经验的处理游刃有余，对语词驾轻就熟，从而形成超现实的诗歌文本和一个“诗性”的、独立自主的、审美性强的诗歌世界。他的诗“成功地挽留了现代‘智性诗歌’的有益成分，运用曲折复杂的现代修辞技艺以及对生命体验的多视角吟述，避开了以往抒情诗中由于滥情易感，缺乏本真细节经验、意义畛域，从而使诗情最后被蒸发掉的险境”（陈超），其独特的抒情风格富有创造性，在当代汉语抒情诗中占有一席。

姚辉：姚辉诗歌在21世纪以来进入成熟期，他浸淫于典型的象征主义写作倾向，话语方式纯熟。他的诗作充斥着密集的意象，其象征性一方面具有“公共性”——只要你和他同属一种文化就可理喻的指向。但同时又打上了他鲜明的个人印记——这是他在延续了这些语词、意象的公共性意味的前提下的发挥，是对“公共性”的偏离。倘若是没有这种偏离下的个人化的发挥，可能他的语词和意象就变成了承袭和复制，他的写作就少了许多“创作”；但如若完全地颠覆这些语词、意象的“公共性”，其诗歌就会更加艰涩，更难理喻，就少了接受的“可通约性”。同时，姚辉的诗具有强烈的抒情性，其“思”激发其“情”，同时也存在着相当的“陌生化”特征。姚辉的写作涉及多种文体，诗歌创作数十年不间断，成为贵州“60后”诗群里可圈可赞的鲜明存在。

赵卫峰：赵卫峰是一个善于观察并且具有独立性的“70后”，不同流俗的个性让他总是竭力挖掘最本真最纯真的东西，以独特的方式宣告诗意的存在。他的诗源于“城市环境”日常经验，依靠“地域”又超越“地域”，这也让他与“少数民族诗歌”命题有所偏离。他的书写与现实的关联已不是传统意义上的关联，而是在现实中撷取各种可构成诗歌文本的材料、元素，形成一种非对称世界；其诗作中的词语不是明确地指向现实，而是“脱离现实”，自足性地重构一个世界。赵卫峰的诗歌相对于传统诗歌来说，很难用传统的分析方式去解读，难以进行意义的阐释，其文本具有个性鲜明的独创性。作为20世纪90年代后期至今贵州诗坛的重要诗人、见证者、引领者，他还是一位有为的诗评家，其创作活力与才情让人侧目。

李寂荡：生于20世纪70年代的李寂荡既是编辑家也是诗人。他的诗歌写作基本上源于现实生活的经验和发现，他往往在对、人事的叙写中，呈现出形而上的思考。在其诗中，形而下与形而上融为一体，形而上通过对日常事、经验的抒写自然呈现。他的诗既立足于具体的现实，又内在地持有本能的文化判断和道德关注，透露出知识分子式的对人生、社会和人的深刻理解。他沉实、朴素无华的叙述既葆有诗的本质，又体现出准确的观察力和反思。并且，其文本夹叙夹议，细致又开阔，既充满故事性，又充满着浓烈的情感度，使取材于日常的感触往往能得以升华。

熊焱：作为“80后”诗人中突出的优秀个体，熊焱是这一已成为中国诗歌中流群体中的代表性诗人。他的写作，有着自洁自律的文化自觉，又含有孤傲与沉郁的情理兼容、思诗并行的大“爱”脉象。他的诗往往充满强烈的疑虑、叩问和忧郁气息，也因此一种真与善的胸怀、一种自然朴实的可贵情怀、一种相对认同和乐于当代物质时空的年轻诗人们少有的关怀。熊焱诗歌有相当数量的关于“黔地”的回望与琢磨，他的记忆调动与精神经验处理得到“故乡”的帮助，并由此获得对经历（经验）与众不同的理解力。他深入个人生命、生活体悟与思考之中的写作，使他在全国青年诗界形成易识别的风格。

限于篇幅，以上列举只是对贵州诗人队伍抽样式的点评。三十年来，多声部交响的贵州诗歌的发展，贵州诗歌艺术与诗歌文化的实绩，如何通过个案侧重分析呈示，还原本土诗人对地域性意象的摄取、对地域历史文化的融合，对当代城市文化环境的辩证，以及不同诗人的才情与个性等，是今后贵州诗歌研究将要持续关注的课题。

应该说，贵州诗人“层出不穷”，诗人队伍日益壮大。倘若说每一位诗人是一座山，站立在一起，便是一片高原；倘若说每一位诗人是一条溪，汇聚到一块，就是一条江。——这正如我们生活着、热爱着的这片高原的山川，沉默或喧嚣，都是自然的存在。可以说，在这片高原上，过去曾诞生了不少优秀的诗篇，现在与未来亦将如此，可能如高原杜鹃一样更加绚烂盛开和更加广阔。

六、结语及展望

三十年来，特别是党的十八大以来，全省经济社会又好又快发展。改革开放后社会稳定，本土文化积淀多姿多彩，催人奋进的时代环境、社会环境、文化与传播环境有力地为贵州诗歌文化的演进营造了崭新的大舞台，也不断地促进贵州诗人的热情创造。与时俱进的贵州诗歌以平实而特色的成绩，为不断满足人民群众日益增长的精神文化需求，为全面建设和谐社会营造积极向上的精神文化环境贡献了力量。无疑，贵州新文学大系中的贵州诗歌卷的编纂，是关于“新时代的贵州”的一份答卷，也是对“贵州诗歌新时代”的一个重要且必需的阶段回顾。

回顾，也是为了在思考和展望中再出发。在一个诗歌发展多元化的大潮里，艺无止境，况且诗之为艺，千姿百态。有缺陷、不足本来很正常，也没有必要遮人耳目。在没有大师的年代，也许对于当下的诗人而言，在某一艺术领域做出有益的求索，留下坚实的脚印更为重要。而随时随地都可能是新的起点与新的道路。站在新的起点面前，面临的问题也值得重视——

一是真正在诗坛唱得响、传得开、有持续影响力的诗歌力作还比较少见。能长期甚至终身从事新诗创作，有个性，有生长性，具有不同阶段风格转换的诗人，在数量上也不太多，精英诗人在诗歌文化前沿的影响力、大众效应不够。二是诗歌生态也还有加强的空间。诗歌写作沦为平庸浮躁的惯性的现象仍然不可轻视，坚守与创新，仍然是不可或缺的诗学理念。培养年轻的诗人与评论家的机制也显得乏力，其运转需要灵活助力。诗歌评论工作有滞后性，相关的机构、队伍的建设较为落伍：贵州诗歌评论总体属于自发式兼顾式状态，暂未形成一支专门的诗歌评论队伍。再是三十年来，贵州诗歌相继出现“潜流”“高原诗”“诗乡”“乌江文学”及“散文诗乡”等概念或命名，这对本土诗歌文化的观察与理解有所帮助，但种种原因使之仍然欠缺理论性认同、科学归纳和有效的宣传。三是贵州诗人在面向现实、面向世界与面向传统的姿态值得重视。这面向现实主要意指本土经验，指人与土地的关系。当代贵州所发生的历史性巨变，需要诗人们进行诗意审视和再把握。面向世界与面向传统也很重要，前者的要义是不要永远跟着国内诗坛的诗潮进行写作，而是创作主体要熟悉外国诗歌的当下发展，能直接汲取世界诗歌发展的营养，和世界诗潮保持某种同步性。这样的诗歌创作，可能难度最大。后者主要指古典诗歌的传统，中国“百年新诗”的传统以及贵州多民族民间诗歌韵文的传统。

相信贵州的诗人们会在路上继续自觉地加强自身在以上几个方面的诗歌素质，厚积薄发，走属于自己的艺术之路。作为文化传统积淀较为薄弱的地域，贵州诗人的关键在于积累，在慢跑中前进，以诗为本，在前进中真正地屹立。

三十年来，平稳中的整体发展，发展中的局部凸现，这一符合规律的诗意进程，让我们看到贵州诗歌取得的成绩和可喜的潜力与元气。从高原到高峰，需要更多真诚和执着的诗人去合力完成。在今后，我们相信，贵州诗人立足于黔地，审美表达的刷新必将再接再厉；诗人们将更加重视诗歌艺术的良性生态，诗人力作将持续推出涌现，他们将承纳贵州地域的诗歌精神和地域文化传统，穿越黔地的人们生存实感的辽阔天空，接地气，接人心，“新时代”的贵州诗歌必将重新书写贵州诗歌历史谱系，再次以累累硕果，以集体崛起之势迎来新的丰收时光。

（执笔人：李寂荡）

目录

2012

2013

2014

2012年

罗逢春

黄昏的索玛大草原（外四首）

天空开始为静默的山峦献上红唇
这伟大的黑白旗交接仪式
亘古而绵长

这里不需要多余的声音了
但有一个人仍在用自己的心跳
为全世界击鼓

我一直幻想着把身边的草原
还给一匹远方的马，将远方的马
引向骑手渴望的乌有之乡……

草原上悄悄落满了露水
它们集体滑向低处
又在天空的蓝色底片上清晰地显现

哦，宇宙
这奇妙的运行饱和了我的呼吸

死亡为什么是一种安慰

我们将死去很久。
躺在泥土里看星辰运行
看谦卑的人把脊背拱向苍穹。
而我们的脊背拱进泥土

大地是一床无边的棉被
柔软而暖和
我们将躺在这里很久
心安理得，精研算术：

除去多余之物，减去人间烟火
对心虚者乘胜追击
他惧怕我们，而我们耻于
这样的人加入我们的队伍

时间的霸权归零，暴力统治
作为失效的分母进入历史。
我们将获得一张门票并借此通过
一道窄门。

我们心怀正直和悲伤
——哦，死亡
就是那随时随地守候
但总是来得太迟的礼物

什么是孤独

变黄，变轻，变脆
热烈到冷淡——夏天
从秋天的树上悄悄脱落

时间推动时间
回忆替代回忆
未来占用未来

我体内沉睡着
一场失效的风暴
一个濒临干涸的海洋
一座停摆的钟
一轮生锈的月亮

星球不厌其烦地旋转和推移
一个人，置身其上
心怀难以激活之物
或许就可称之为孤独

星　空

连夏天最不安分的小虫子
都睡了，只有我
依然醒着。

打开门，几声犬吠
像夜晚的衣服上弹落的
几滴灰尘。

除了心跳
再也没有别的声音。
世界安静得胜过规划图上的城市。

我想起白天
这个痛饮度日的男人
卑微，无所事事。

仿佛时间只是他的箱子里的
一只不足为患的耗子。

现在他居然来到旷野
独对黑暗和可能存在的鬼魂。

他对我说，当你被黑暗包围，
低下头，你找不到路
而如果你选择仰望

星空就属于你一个人。
遥远，孤寂的光，
似乎一眨眼就会熄灭

宇宙正扩大它的边界
在这不断张大的嘴前，一个人
站在空旷的野地

犹如一根竖起的指头：
嘘——你已经说得太多……

耻辱之城

你到过耻辱之城吗？
你一定到过。
每个人
都有自己的耻辱之城。
每个人的身体里都有一座
耻辱之城。
在那里，我埋下我的羽毛
我的风被石头禁锢，喝着冷饮，发高烧。
我滥用了落日的金币和初月的白银。
在那里，夜晚神速而白天短暂
如同美好的回忆。暮光照亮生活
所有皱纹和伤痕，也照亮对丢失的热情的疲惫的找寻。
深爱过却毫无结果，如同被深翻就被遗忘的土地
被建筑就被遗弃的房子
躺下来面对天空，孤零零
云雨的润泽仿佛也成了意味深长的嘲讽。
“如今的生活——就像疯狂的河流”。
如果仅仅相爱就足够，那一切就简单了。
是的，这里有美也有耻辱。

（原载《山花》2012年第1期，《诗选刊》2012年第3期转载）

2012年

陈德根

与亲人书（组诗）

与父书：推心置腹之人

两个可以推心置腹的人。多少次化干戈为玉帛
不再恶语相向不再相互猜疑。点着灯
让走过的每一条路渐次清晰。其实我们可以
虚拟更多有着明晃晃月光的夜晚。原本，我们可以
失眠可以流干泪水可以抱头痛哭。不过今夜
只是谈论幸福。父亲，就这样
一颗草木之心靠近了另一颗草木之心
两个面对着面的男人。终于
从对方的身上重新找到了自己的影子

与母书：幸福在别处

抱歉。你离去之后，我曾经无数次
在人前人后止住悲伤
努力制造融洽的气氛。掩饰你下楼的脚步
我巨大的失落

知道你没有走远，在高处看着我
夜宴散席了。幸福在别处。好在你
来不及松开手，也来不及伪装开心的
笑脸。如同我来不及
背过脸去，擦去大颗大颗的泪珠

与子书：姓氏和理想在异乡

我必须这样比喻：姓氏和理想在异乡
命运薄如瓦片，薄如一丛青草的轻曳
你来。声音浅于燕翼掠过南方的烟柳
此时，我偏激，依稀还有愤青的模样
我正值而立之年，一无所有。命里和手里
紧握一个姓氏，以及空空的行囊，理想
你不谙世事。拖着哭腔喊我。儿子，你和春天
一起住进我的眼睛里。就能够洞明
和填补一个中年男人，内心的空虚
和苦楚？

两枚钉子

小姐姐的奖状贴满了一面墙
中国地图贴在另一面墙上
像一个在异乡的人，醒目的行程
一年级、六年级、高一……
金华、温州、昆山……
一个人的历史严严实实地贴在墙上
一个人的经历分毫不差地输入打卡机、考勤表

一个人的童年让另一些人偶尔回味
一个人的青春在工衣和规章制度里一点一点萎缩

小姐姐梦中的村庄，她的祖国
国土贫瘠，住着她爱的人
和爱她的人

她和她们，以及他们，一个时代
用南下或北上的洪流
锻造而成的钉子，一枚钉在家乡的墙上
另一枚，钉在火车、汽车、飞机、轮船
和路上

流经身体里的河

必须用清水洗净眼睛和双手，必须用去三年的时间
必须用旧三双解放鞋和一副身体，必须让年轻的妻子留守，必须
让小儿习惯哭泣时压低声音抑制住就要夺眶而出的泪水
必须漠视劳动法，必须在屋檐下低头……
必须把异乡当作故乡，必须在回家之前一个人偷偷地哭个够
必须让离散的人在站台或者码头意外重逢，必须给两个相爱的人
腾出一些时间和空旷的公园一角，必须让主管紧绷绷的脸松弛下来
必须让那些劳累了一天的人赶上末班公交车……
要学会爱，把匆忙的人流和车流当作故乡的一条河，并忽略它的去向
每一段经历都像蜿蜒的河水流经村庄，每一次跳槽每一次黯然离去
和归来，都像小河在午夜的暴风雨里决堤，像一群人在拼命地掩饰
一条河流在身体里发出哗啦啦的响声

一粒盐

我想象它驮着一座大海行走的样子
我想象它热血沸腾的样子
我想象它把天空和生活垫高的样子
我想象一只鹰划拉着闪电的样子
我想象着腰扎草绳的母亲
正在为即将去南方的小姐姐赶制棉袄
她不停地把大朵大朵的阳光和棉花
缝进棉袄的里层
就像把生活的艰辛，和不幸
藏到最里层

菊

此时，四野金黄，恍如挥舞的鞭影
落日在下坠，弄出的声响那么大
她疾驰在官道上。一个孤苦伶仃的人

她恨他，恨到骨髓里
篱笆墙的影子轻轻晃

她是一个被秋天，以及水逼得走投无路的人
她映在南山上的容颜，竟然和秋色
一样地美，一样地，一退，再退

秋风扶起天空的蓝

不知道是秋风扶起天空的蓝
还是天空的蓝扶起了秋风
时光停顿了下来
无边无际的寂静，笼罩着晚秋
你走动，田野在走动，秋风走动
撕下来的日历在走动
会心而笑的那两个人，他们也在走动

他们相爱了大半辈子。像天空的
一片蓝色，拉着另一片蓝色
像天空的一片蓝色，在爱着另一片
蓝色。秋风是那个敲钟的人
它记住了在每一个晨昏相拥的人

钟声隐去的瞬间
他们的微笑和背影多么美

我愿意做那个隔岸观火的人

我是大地的琴箱，洞开着
放在他们偶尔路过的地方

那些被我牵挂了多年的人，他们依旧腼腆
躲闪的目光居然有了城里人三分之一的狡谲
某段经历教会他们处事不惊
过于漫长的光阴治愈了他们的痼疾

而我，被生活磨砺得逐渐冷酷、平静
如同那个隔岸观火的人

那些人

那些蹲着能够吃饭、站着也能睡觉的人
那些写家书错字和废话连篇的人
那些对着长途电话一个劲说我很好的人
那些看着回锅肉和美女使劲咽口水的人
那些想念家乡和亲人，连夜排队买火车票的人
那些脑袋瓜像榆木疙瘩的人

那些把血汗钱捐给灾区和失学儿童的人
那些卖血、满大街找公共厕所的人
那些喜欢说荤段子、晚上总是鼾声如雷的人
那些和我一样不善言辞的人
那些和我一样有着一副好身板的人

那些人和父亲一样
有着一副好心肠

（原载《诗刊》2012 年第 1 期）

2012年

冉小江

像草懂得雨露（组诗）

秋日的落寞

秋色越来越慢，落叶纷纷
这些秋天的物件让人心存慈悲，是谁唱起了歌谣？
挽留沉下去的黄昏，有亲人熟睡于土地
而来者在继续

我们曾经相爱、相亲
在这片土地上吃饭、穿衣，和生命中的小时光一起
被人记起又遗忘。此时
我要在秋风中奔走，像一束上山的火把
又像一朵云，这些来自宇宙中的万物将我包围

秋天的村庄

我无法一一评述，这么多年的伤痛和离别
谷子中的淡黄，一些源于生命的物什
在稻田中伸出锋利的叶柄，那些刺痛手掌

胳膊和发肤的利剑，已经远远超过了我的预料和猜想
这些停止于村庄之前的雨露，和阴霾的天气一起
有些时候，我提起艰难的步子
有些时候，这些无动于衷的山果
在无形中照耀着这片寂静的土地，或许它们一直都这样
含羞、缄默，对诸事已经司空见惯
但是什么，让我在每晚的梦境中，又想回来
和那片山色一起，坠入夜色

离　开

在村边写的诗歌不多，我怕我写着写着就成了一株芦苇
在风中，没有了方向
我怕，再也不想离开
和这河滩上的植物一起，插入斜阳

此时我就整顿衣物，放在路边的箱子
和一年的等候。田地的谷子、麦
想一个人时，我能否站成它们的样子？
这里潮湿的空气，云朵上的天空
一些漂亮的鱼群游向远方，像我们身上的鳞片
在月光下播种，一片孤独

简　单

植物们在大地上活得很好，我已经慢慢习惯了
在一个遥远的季节里，谈论一路向南的事
那些书籍、衣物

代表我依然在这里，用掉光阴与其中的晦暗

源源不断的悲伤，一直是这样
该来的一定来，不来的还在远方
有时候，我走在这条河上
从水里听到消息，起身
和晨光中的冷对话，有时候我不这样做
世间给我的就这些，像他们规定了行程
和路上的折光，它们打磨、消瘦
让我在村子里渐渐地安静下来
那里没有扬起的尘埃，没有过多的喧嚣
一颗心安置在这里，轻轻放下

无　题

怕你弄丢了，所以写诗
写下窗前明月光，写下半个月亮和这雪
万物都在沉睡，雪花先是一片一片
然后就纷飞。我所以迷恋
有时候就是这样，像你走过的路
有时候闪烁，有时候悲伤
我们在大地上活着的日子有限，像草懂得雨露
从一个角落里伸出枝叶，鸟飞过，抬头仰望
只怕你丢了

（原载《诗刊》2012 年第 1 期）

哑　木

竹　子

故园的新竹，总是高过旧年的竹子
好比近些年长大的年轻人
总是离故乡越来越远

多年以前，我和他们一样
骑竹马，牧牛羊
长大无忧无虑的童年
也把竹子，制成长箫短笛
笛声悠悠，笛声逐渐消失
他们的身影也逐渐消逝

可在故园，在故园老人的手里
竹子，总被编成各种各样的竹器
譬如竹箩，竹篮，竹筐……
而在外的年轻人，他们
即便是踏上再高的脚手架
也无法相互看见

现在，每年的新竹，仍旧高过

旧年的竹子。只是故园的老人
不再编竹为生。我砍新竹
悬招魂幡，制骨丧棒
让他们入土为安。而虚竹有情
他们的墓旁，总有新竹长出
且更绿，且更高。

（原载《星星》2012 年第 2 期）

2012年

王纯亮

百里杜鹃

云台岭，索玛的生命茫茫无岸

满山的花朵都开了，索玛不能不开。满山的索玛都开了，阿哥不能不来。

……久违的索玛。

怒放。心，比燃烧的花朵还狂野。是谁口中吹响的木叶，韵脚在花瓣的纹路里自由流淌？梦里，你的光芒游刃有余，将我带进了这情话不吐不快的春天。

疏影横斜，谁的生命之歌俯拾即是？虬枝招展，这个春天不事雕琢。索玛的梳妆，妙自天成，细处一抹娇羞，大处汹涌澎湃。

在云台岭，白天借助温暖的太阳，晚上借助多情的月亮，一辈子，就这样守护你。可是谁能看够，你生命的茫茫无岸？

云台岭，喊一声索玛，有千万个索玛回答。

米底河，你正在我的内心翻涌

米底河，日月以辉光暗示大地，它们正在彼此照耀，江山让英雄横空出世，你正在我的内心翻涌。

高天之下，苍山之上，谁的影踪汩汩流淌，穿过原质莽林的流水，唱着生命的欢歌，柔软的曲调一直延伸到，我灵魂的亿万末梢，像极，你纤纤手指的电力。

此时，即将迸裂的渴望，像一场蓄谋已久的山雨，藏匿在云朵的每一个部位。一个春雷告诉我，是满山的索玛用热气腾腾的血焰，点燃了我的每一丝脉络，燃起了我唱给你的歌。

这一首倾国倾城的野调子，它一身的温暖来自大地。大地之灯，为你默默升起。我且歌，你且舞。我要备好细软，与你将三生携带，向远方奔走，看大地狂欢，听彼此雷动的呼吸，还有心跳。

醉九牛，九头最幸福的牛

九头牛，百里绵延的索玛，一个真实的故事，美！

九头牛，九个相近的模样，一个雷同的姿态，醉！

一朵索玛，两朵索玛……一百里索玛次第掀起醉倒人间的波澜。波澜在时空里荡漾。

那位骑着青牛，捋着长髯，一路向西走出函谷关的老聃，他一定非常幸福。而那位亲眼看见九头牛被索玛花醉倒的彝家女杰，她同样是非常幸福的。

九头同样幸福的牛啊，索玛花下这一醉，就是几百年。

春暖了，大地上处处是牛的身影，它们拖着身后沉重的犁铧，要将尘封已久的冬天彻底撕开，撕出一个崭新的春天来。

春暖了，黔西北大地上的索玛花就要开了。

牛啊牛，有几头，能醉倒在索玛花的石榴裙下？

彝山湖怀上了春天

冬季，我曾经梦见从春天的指缝淌出来的九股泉水，慢慢流进了彝山湖的领地。九股泉水，带来了索玛的美艳、百灵鸟的啼叫、牧马人的歌声……

是的，这四百亩碧波，这来自天堂的一滴清泪，不是哭，而是感动，一滴就够了，一滴就是一个天下。不信你看，彝山湖倒映着的那些密密匝匝的绿叶和花朵，不把整个春天悄然怀于体内，它哪有那么丰硕？

彝山湖，怀上的是春天，展示的却是自己的全部。还能说些什么呢？也许只有夜幕降临的时候，它才属于自己，它才能聆听自己的心跳，如果那时水中响起，此起彼伏的蛙叫。

索玛大草原，我的春天在你的手上

历史的沉香，必定一路绽放。原质的歌声，曾被代代传唱。如歌如酒的故事，如痴如醉。

是你啊，她的王，是你在茫茫无际的大草原，向她打马飞奔，向她丢出爱恋的红绳和伸出有力的手掌。

被她爱着的草的绿、花的红、天的蓝、云的白……这些沉默的美，在她的视线里不再迷惘，她也不再感到岁月冷清和灵魂空荡。

捡起一条你遗落在浅草中的马鞭，她向你狂奔和呼喊，她为你舞蹈和歌唱。就让幸福纷纷落地吧，让幸福簇拥在她们的身旁。

是你啊，她的王，大草原的春天在它自身的体内，她的春天在你的手上。

金坡岭，我无数次地梦见你

金坡岭，无数个晚上，我无数次地梦见你，梦见你艳若朝霞、姹紫嫣红，梦见你银装素裹、绚丽夺目，梦见你云霞灿烂、千姿百态。然而这不是梦，这是你的本色。

索玛开放的大地啊，引我轻轻抚摸你的岁月。月琴上燃烧的火苗，涂抹着五彩斑斓的调子。调子中有狂欢的马匹，马匹能驮来一驮神秘的传说，也能驮来一个你日夜思念的人。

适时，索玛花已经次第开放，阿爸拨弄着欢快的《莲花落》，《莲花落》绕梁三日，一个小小的音调便会开出一朵索玛。有时只需一夜，索玛花便开得齐齐整整。萌动的情人们，相约相携，在金坡岭，爱到每一个细节都柔情似水。

其实金坡岭虽不是深不见底，但这个让人回眸咫尺的地方，也是多少人望不尽的远方。

金坡岭，总有千山万水的人来相会，总有千回百转的爱情风生水起。

对嘴岩，对嘴岩

近些，再近些。我们已经看见了彼此的眼睛，看见了彼此的鼻子，也看见了彼此的嘴巴……

这长年累月的，等待。这无可奈何的，守望。

近些，再近些。

再多一点靠近的力量，多一点拉手的希望。

再多一份笑容，少一滴眼泪。

这是上苍对我们的折磨？悲剧，就是离得太近，却靠不近。

不知这是一种罪，还是一种美？

即使每天都在做最后的尝试，每天，梦，都会破灭。

怎么会有这么多灵魂的、肉体的、过去的、现在的和将来的疼？

爱人，若知这般伤神，不如各自转身。

不，爱人，为了这吻，我宁愿再用千年来等。

马缨林的传奇

她的聪明令世人折服，她的美丽让山鹰忘记翱翔，她的歌喉让百鸟陶醉。

而他像天空飞翔的雄鹰，矫健的身影让日月惊叹，他的勇猛能叫野兽后退。

他们私订终身，在一个月明星稀的晚上，逃离了家园。他们采野果、食山芋、饮山泉，他们相亲相爱、相敬如宾。

后来她被别人看上，他被害死，她誓死不从，跳崖殉情，她的热血变成了火红的马缨杜鹃，她的灵魂变成了美丽的杜鹃鸟呼唤自己的爱人。

马缨林，马缨林，开出一片美丽，撂下一段悲情。

奢香岭，索玛花静坐在自然的内核

太多往事，留在历史的指缝里。乌蒙腹地，曾经有一个女人，多次来到和她一样美丽的索玛花丛中，回想自身的爱恋、甜蜜与疼痛。西溪河的流水，代替了这位女豪杰的心声，叙述着过往的艰辛和苦累，直到现在，活脱脱就是一段浩荡的抒情。

而此时，我们必须屏住呼吸，畅游在奢香岭的花树下。古老的传说似乎还在继续演绎，看着一条远去的路，酣畅淋漓的游人们，拖着长长的背影忽近忽远……

一页页翻阅过往，一阵风吹走一阵风。那一朵朵艳艳的索玛，静坐在自然的内核，用一种特别的眼神静静地观望四周。

奢香岭的索玛花，神闲气定，肆意铺张着那份美丽。和一个人的气质有关？美丽中还有几分神秘！

走出奢香岭，蓦然回首，我看见那些花树爬满了相思。一个热爱索玛的人，走不出索玛温暖的视野，记住了一段情。

抒情白马坡

白马坡没有白马，白马坡有一个王。

对白马坡这片土地，我有别样的爱，我必须努力熟悉她的点横撇捺，也必须知道她有横折弯钩，爱情的甜以及生活的苦，还有辽阔但稍微不安的内心——那一种埋得很深的忧伤。

白马坡，无论是草叶上爬行的蚂蚁，还是空气中舞动的鸟雀，我都爱。抬头，我看见满天星宿辽阔无际；低头，我明白群鱼已经悄然游进春天。而王的身上，一个个花蕾蠢蠢欲动。

白马坡，春天降临的白马坡。白马坡，千里明月的白马坡。谁也无法模糊时光的快慢，月光下，我可以独自远行。王，紧紧握住一朵白云，守望中，又是花开满树的声音。

（原载《山花》2012 年第 3 期）

雷晓宇

尘世之心

让我用掌心，捂暖蚂蚁
在秋风中逐渐变冷的巢穴
用未曾流过的泪水，赎回露水短暂的一生
用梦境，还原一只蝴蝶骨架，奏响的绝美天籁
用游子之心，翻阅古老的族谱、家训和祖祠铭文
让我用内心的虔诚与谦卑，读懂那些快要退回到
石头里的经文，同千百年前，那个面容溶入暮色的石匠
赐予世界一刀一斧的爱，早已被人遗弃
之后，用十年如一日的潜心写作
解救一群被放逐的、饱受怨情的词语
最后，让我用尘世的爱和悲悯，默默注视那个
名字叫雷晓宇，陌生得如同隔世的书生
请世人原谅他的过错，曾经的年幼无知和年少轻狂
祈求山里的草药治愈他的失眠、常年的疲倦
再用一部经书，为他消弭过于偏执的爱
和石头一样搁在心底的怨恨

（原载《星星》2012 年第 3 期）

2012年

蒋 在

不愿意见你（外三首）

相见或是其他
在黄昏的岸边或是
被帘布遮挡的正午

你不知道　　现在是春天
为了　　冬天的见面
我早早地就出门了
为了不是两手空空与你会晤
我筹集了整个库房的食粮

我失去了冬天的时间
我给不了你安眠的样子
我给不了你温柔的样子
我不愿意说
我勤勉地握住最后一个早晨

去做一滴雨
我不愿意
那个时候

我的母亲父亲和我都度过了几年的雨季
夜　　淹过了高台
将我准备的所有烛灯
都送给了暴风雨和渔夫

你显得平静　　隔开了暗房与橱柜的位置
我不爱大雪
但是你却偏偏在整个白色中走来
没有影子落在院子里的门槛中
我就很久都没有找到你

我买了一件风衣
因为我知道
秋天会把我引向饥寒

农　妇

一辆皮卡车
站在乡路之间

之后　　便是所有想到的
跌下田中
居然是一位农妇的死亡

皮卡车没有隐没
油菜花迅速地开在农妇腹部

这很多年前的传说

又经过了很多年的传递
到了这里

我去的时候
我只看见了
一辆皮卡车敲击出的时间
那只是一堆废铁
没有花朵和传言

度 量

我觉得我可以伸展成一张床的长度
特别是当我写诗的时候
我从一面穿衣镜子里打量自己
那时候我甚至
觉得我比任何人抽烟的时候更加迷人
他放高了音调
我们未曾有过任何约定
可惜了绿眼睛的国王
从桌子的这一端笔直地滑到另一端
她也冲了出去

那个地方去不得
我虽然不懂棋牌　　但我懂你
你坐在石头还是沙子上
她逼迫你　　我就听见了塑料的响声

荒诞的远行

就步行到了那个去不得的地方
我由于生性胆小
不敢且找不着

我要将自己送给非洲

他站在那里　　第一次
不是为了孤独
我告诉他也告诉你
我要去非洲

我要将自己送给非洲

我无数次看见过自己在
燥热无比的非洲大地上
用自己健硕又黝黑的双腿奔跑
来了一阵风
让回忆形成风的样子
长长地沿着沙地
然后再回到那个来路

从最东边滑到最西边　　有斑马群的地方
我看见它的饮水
让我心花怒放的
是我要将自己送给非洲

（原载《山花》2012 年第 4 期）

2012年

若 非

乡村纪事（组诗）

接火记

早夭者留下的福祉——火再次有了新的隐喻：
烈刀、利器……用以驱散不甘的魂灵。
——这一切由谁命定？
并无人问。他们事先准备用来燃烧的火把
并炒好荞面。

自以为被鬼魂附体的人们，早就等待夜晚的来临。
在狭小的空间，巫师一脸傲然
口中念念有词——他的先人留下破旧的经书
就从舌头爬出：那些细碎的字句
其实模糊不清。然而人们虔诚膜拜
似乎真被鬼神附体。

好吧，一切准备就绪：巫师持火把在前，端荞面者
随后，持扫帚者最后。
模糊的唱词并未停止。在“噗哧”的声响中
巫师一手撒出的荞面，于燃烧的火把上

绽放照亮人们脸庞的光明——它带有巫师的法力
只为驱散冤魂而燃烧。

房前屋后，楼上楼下。火使鬼魂远去
而闻讯而来的人们，虔诚地
排队，等待接受巫师将火扑在身上
洗礼自己“不干净”的身体。
火光照亮村庄的夜空

喧嚣中，主事者忘记痛失亲人的苦痛
喧闹者记不起早夭者的模样。

度关劫

鬼神和他的情人们，在狂笑。这笑无人听见
年老的巫师俨然高深莫测，并不告以
命运的真实。只是告慰鬼神，替主人许诺
一只红公鸡。之外，用舌头
吐露所需：红头绳、红花布、烧纸、香、鱼烛……

翻开破旧的经书，寻找合适的时日。巫师
并不知晓病患者的容貌，却把握了他的命运
此时三只黑乌鸦飞过村庄的天空
主事人抬起苍老面孔，长叹一口气

选好的时日被用来操纵鬼事——他们称之为“过关”
所有的睡眠都应该被占用。用来
和鬼神做交易，换取病患者的健康

巫师和鬼神的交易，在锣鼓声中
开始和结束。所有的关口都被成功渡过
殷红的鸡血，却掩盖不了病患者
死亡的事实

面壁思

你跪下，磕首。并想及命定的训词
替你活过的人们，告诉你：
要穿时间的外衣，和梦想谈情说爱；
和生命的情人们嬉戏，不辜负每一个春天。

此时门外有寒风逗留。每个人有自己独有的寒冷
你需要的那些温暖，只在清香的烟雾中
露过一面。年月里巫师们的唱词，并不
回避生命的不可预估：死亡其实离你不远，苦难
是生命的一味药；情爱是激素的闹剧；春天
可能带来伤害。

可是，钟声提醒你活在当下。新年的冻雨
并没有封锁想象。你转身，迈步
看见日头在天边出现。远处传来婴儿的哭声

送行记

在清晨，送行者们一言不发
穿过村庄，走向村外
从梦中醒来的人们，还在回想

巫师一夜未停的念咒
早夭者已被包裹，于茅草的襁褓中
被送行者，抬向山上

眼泪已经没有生命。主事者
只有沉默，走在送行者前面
所有的声音都消失，村庄
坚硬地站在薄雾中

它其实也是送行者呀。在冬日清晨
早夭者十日生命，离我们远去
寒冷再一次将我们封锁
送行者沉默着回来，披了一身雪
村庄陷入日常，没有疼痛、悲伤、哭泣……
属于死亡的痛哭，已经被巫师封印

面向村庄，背对寒冷。翻开生活的书页
一页页写满：“日光之下，再无新事。”

（原载《山花》2012 年第 4 期）

2012年

若　非

相　逢（组诗）

难相逢

剪尽目光里的寸寸绿意，一只燕子，困难地
描述春天，因而语极词穷，偎着小柴门，喘。把自己
藏进风里的人，兀自说着呓语，路过风曾居住的
院落。你头也不抬，和游方的道士下棋
在大理石上安坐
好像什么都不曾发生，任何一朵花的开放
都与你无关
市井都走得很远，吹糖人的老人在远处止步。
你偶尔轻拈一朵菊花，对匆忙的光阴笑而不语。
“时光如流水。”你就是那水底的石头，看时间远去
垂下眉头，想起多年前的爱人，还在路畔苦等
你细细描过的眉，结满了岁月的风霜。旧爱，难相逢
你低头神秘一笑，颤抖的半生
趋于平淡
按下一颗棋子，“将军。”你轻轻地叫出声来
远处的寺庙里，传来隐约的钟声

再相逢

多年后，牵着当年远行的那匹老马，你回到
最初的地方。不说战事，也不谈爱情
钟情于粮食、马匹、布帛。偶尔算上一卦
预算天气和时令。在深夜里，走出房门
和月亮对吟。“举杯邀明月，对影成三人。”想念太白
那皇城孤寂的记忆，不足为外人道
你收起生命最后的羽片，叹息着
在阳光下翻晒自己。这时候
对你年轻的孙女，赞美阳光和雨露，赞美
那些死于沙场的英雄。在盛产英雄的年代，不谈及往事。
多年以后，你甘心做一名樵夫。再相逢
你笔直的鱼钩，充满讽刺地指向君王的官邸
颤抖的命运，在你垂钓的水域，远了

一　生

风烛残年，听暮鼓晨钟，你在某个午后
放弃棋盘和隔壁的老友，说起年少的爱情
曾种豆南山，隔篱取酒，在小且温暖的茅屋里
让烛光朗照青春，和年轻的女子对饮
不提战乱与瘟疫。在日沉西山的时分，穿过小园
和闲逛的小生命们寒暄
阡陌交错，鸡犬相闻。不理会草盛豆苗稀

在一朵桃花的惊叫里，你抱起年幼的儿子
教他数数，读唐诗宋词，讲秦皇汉武
娘子在东屋织布，在村西浣纱

你牵出耕牛，走向田野。牛在身后
咒骂天气，你们谈论旧年的农事，声音很低
儿子一夜之间长大，下巴长出青草
嗓音浓厚，谈及远行，于是你听见
遥远的边疆，战事连连
让月光守望你的家书，信鸽一去不返
要确认死亡，在深夜痛哭，“死要见尸！”
眉头突然沉重，娘子推窗而望，泪洒一园黄花

从旧事里抽身，对一方水土，述说爱情
如今阴阳两隔，留你独守一望风水
有一天，你对儿孙说起历史
满目忧伤，在一双双好奇的眼睛里
顿然失语。回忆看来很轻，说来很重
深夜，你对着月亮说出呓语：“时光如流水。”

生日记

今天我走过时代广场，妈妈，一条河
在我的身下流淌。我俯下身体张望，没有鱼
水里盛满生命、旧事、时光
妈妈，我在中国电信的骗局里面，打听
二十一年前你的幸福和疼痛

风中密码

“日光之下，并无新事。”你，站在高楼上
陈旧得，像是一只蛆虫。生活的

意义，散在阳光里。阳光也是灰色的
风中，有一些东西，你读不懂。
年华消逝在风中，你飞翔、坠落
都只是风中的密码。
一串很长的数字，在逃逸，在剥离
在一寸寸苦涩的叹息里，揉碎在梦境中。
而梦境，像黑白电影，无声
没有形，太远，太远，太远……

一阵风起，我数了一遍风中的密码。
小孩，亲爱的小孩，你去了哪里？

（原载《诗刊》2012 年第 4 期）

哑　木

浮世之书（外一首）

我想回转躲雨屯，妈妈
我不想再深入浮世。

这话多么孱弱，妈妈
自你走后，我就是丢了魂的弃儿
在人间，类似于行尸走肉。
或者，我是你扔在人间的
一件遗物，再也没有人
像你一样，把我当成宝贝。
自你走后，身心皆疲
左肩背一日疼过一日
也再没人像你一样，要给我揉揉
妈妈，也再没有一个怀抱
值得我好好痛哭一次。

今日今时，我在浮世，妈妈
看万物疯长，看尽世态炎凉
还日日夜夜，看着躲雨屯
看着沉浸在无限悲痛中的老父亲

活在没有你的时光里，看着你
既活在后山，也活在老父亲
日益扩大的孤独中。

而我是多么无能为力，妈妈
你准许我哭一次好不好，
你给我一个哭泣的怀抱好不好
妈妈，我现在很听话，可是
没有你，我听谁的话，才是真理，
每一次醒来，崭新的一天，妈妈
都让我无法面对，都让我觉得崩溃……

在大理，与母亲书

妈妈，我现在大理
与你相隔一千公里的路程。
一千公里，不止是
从躲雨屯到大理，贵州到云南
一个省到另一个省
更是从生到死的距离，思念。

妈妈，我这是在大理
大理有下关风，可吹尽浮云
可要吹什么样的风
才能吹开阴阳的界限？

妈妈，我这是在大理
大理有上关花，开遍天涯

可要开什么样的花，我才能见到
你再次爱我的模样？

妈妈，我这是在大理
大理有苍山雪
晶莹剔透，玉洁冰清
可要下什么样的雪
我才能踏雪无痕
见到生死相隔的你？

妈妈，我这是在大理
大理同样有
和躲雨屯一样的月亮
高挂苍穹的月亮
既照今人，也照古人
可为什么照不见你？

今夜八月初八，距离中秋
不过三五日光景。可是妈妈
自你走后，这时光
为什么总是如此恍惚和心碎
即便我疯、我闹、我饮尽
这隔生隔死的酒，为什么还是
属于一个没人疼的孩子。拖着一副
没心没肺的身体，晃荡在
这空空荡荡的人间。而妈妈
我究竟要写下什么样的诗篇
才能写出没有你的日子。

一念之间，万水千山

一念过后，沧海桑田
仅仅只是一念之间，妈妈
你就把我丢在这一片混沌的尘世。
而早在九八年，外公就让我
体会到了什么叫生离死别
二〇〇一年，奶奶又让我知道了
什么叫痛不欲生。妈妈，
为什么你还要让我这么早
就知道什么叫生不如死。
两年以来，浑浑噩噩，类似于
行尸走肉。怎么也弄不明白，生与死
那样轻易就换了位置。

中秋年年有，明月月月圆。
可是妈妈，我唯一的妈妈
我再看不见你爱我的模样。
今日今时，明月高照，万家团圆
可我看见的，只有无穷无尽的思念
以及长达千里的孤单。那且睡吧，睡吧
我的妈妈，就让这明月高悬
好看清你留在人间的这件遗物
是如何的想你，如何的泪流满面……

（原载《星星》2012 年第 4 期）

2012年

王家鸿

把一群羊赶到天上（外三首）

我把一群羊赶到
天上。一定在傍晚
但不一定是
夏天。也许是
秋天

那时风一定是透明的
透明得好像什么也
没有。也不潮湿
却夹杂一些微淡的腥味。
我知道她正与斜下来
的光，挤在

逼仄的石阶上。
石阶很高。与低头在湖边喝水的
羊群相比，却很矮
那时我四五岁
甚至大一些或者
小一些。那时太阳正

忙着回家，只有割牛草的
父亲，还没有回来

父亲迟早要回来的
但可能会有一两只鸟
在夜色中迷路

在一个叫新驰的苗寨听赞美诗

天空脱掉风衣，飞翔的树木。
把我们带到一个边远苗寨。
阳光把安谧开在云朵之下
最高处的几瓣，掉了一些颜色
鸟们停止呼吸，静听
一株株玉米，在简易的教堂中拔节
叶子从胸口，绿到哗啦啦的河岸
山花在瞬间一齐爆炸
成为令人惊叹的风景

从歌声的暗道，我回到
十八世纪，一个皱褶很深的中午
那个传教士扬起的下巴
挂满巴黎的风霜
他把耶稣的耳朵，藏匿于一座空坟
用一种疾病，治愈另一种疾病
使他们伤口加深
却没有一点痛感

他们恋爱，歌吟，生育
把灵魂交给同一个人保管
让身体穿过坚硬的岩石
与树木一同飞翔

格凸河

前三次，我的腿和耳朵到过
这一次我也带上自己
猛然发现，什么人在一个
陡峭的词，凿开了几个大洞
其中一个字，被彻底镂空
只剩下，一个山的躯壳
中间盈满水声，却寻不到
源头。是一些水，在
岩石和古木内动荡，
还是源于乱弹琴的神仙?

我把眼睛挂在最高的洞穴
看密不透风的盲谷
燕子剪出不规则的蓝，
把一个王国藏得很深。
顺着一根方竹
我触摸到亚鲁粗大的血管
春天的小情人
发出前世的呓语

或者身着一袭风景

或者披上一身豹装的苗女
终究没有从崖项飘落尘土
如果在此刻被远古的林木
带走，我不会成为一个隐士。
我想在一万年之后从某个洞穴中
走出，成为一个手握石器的人

来到这里，我就不想走了
我想每天看一首诗，
在云朵和岩石间不停地奔跑
我想立成一个洞
让你随意填满泪水，或者梦

在楼顶倾听鸟的合唱

终于相信鸟们也有狂欢的节日
如此盛大的仪式
绝不仅仅是为了迎接一个
怀抱诗书的人
高矮不一的群山还没有找准
座位。无指挥与伴奏的多声部
合唱，早已展开
树林挂满飞溅的泉水

回旋的低声部
不齐整、有些走调
那只认识我的布谷鸟
嗓门粗大，音域浑厚、圆润

掏出我骨缝中多年的痒

另一些声音细如嫩草呼吸
只有蚂蚁听见
忽强忽弱，忽明忽暗
刚与柔的反复连转
让我无法握住，午后安谧地
穿过我体内的阳光
我只能和所有树木
竖起同一只耳朵

从乡政府架在云梯上的走廊
开始，我与鸟类完成
一生中第一次完美的飞翔

（原载《民族文学》2012 年第 4 期）

肖仕芬

诗，穿透悲寂（组诗）

野　菊

秋天深处，一朵盛开的野菊
守着一生的寒意，每夜独饮
冰霜，冷露

秋日里，她将心事藏于
比深秋更深的深处
不妖不娆，将一世的孤傲
开得多么忧伤

与蝴蝶的相遇，是她
穷尽一生的追求
芬芳背后，把孤独
当作此生的旅程

月光中，她用寂寞写诗句
清纯，宁静，满面含羞

我用来做梦的夜晚丢了

午夜安静得就像一只青花瓷
我不小心失手打碎了它，一地的碎片
全是受伤的往事

抛开季节的冷暖，我想拾起一些往昔
以诗歌的方式，意识流的手法
开一树紫色的丁香

没有梦的夜晚是一种黑暗
星星隐去，月光隐去，而我的忧郁
四处奔走

我用来做梦的夜晚丢了
我要用一个诗人的灵性穿透悲寂
穿透肆虐的黑暗，用丁香
点亮星星和月亮

灵魂昼夜盛开的歌者

那些汉字，从你胸腔掏出
每一个词语都在盛开，每一行诗句
都通向一条小径，每一个意象
都撕破谎言。那些天使的羽毛
飘动天空的云彩，原来虚构的春天
是一张魔鬼的脸

那些寒冷的词是水底的火焰

鞭子一样的诗句，抽打着疾病的春天
那些隐藏于骨头缝隙的磷火
闪着荒夜的灯盏。不屈的诺言
雕刻出大理石上的纹理
昭示千年

你把头颅，深埋于伤口
你要在伤口里一生定居，生儿育女
你害怕孩子们听见血液流淌的
声音，你在伤口上种植春天
你说："所有的汉字，都是你
满朝的文武。"

（原载《民族文学》2012 年第 4 期）

2012年

邓正友

麻姑村纪事（组诗）

母亲，今夜我又一次失眠

在大地上，每一朵落叶
都有一个乳名
它们就镶嵌在
泥土深处的树根上

在故乡，每一件事物
也都有一个乳名
它们就流淌在
亲人梦呓的独弦琴上

今夜，霜风携来异乡的狗叫
那在多年的深睡浅睡中
掉色了的呼唤，又
轻轻喊响了我的乳名

母亲，是您又在村庄中
隔着竹笆墙，久久歇不下
那捆沉重的柴禾……

中元节

顾不了有月无月
为了给地下的先人们照明
我们踩着蛐蛐声
在村巷的土道边
把点燃的香火一柱柱插满
这是烟雾缭绕的麻姑村中
最最诡异地眨巴着的路灯

为了给先人们备足盘缠
我们在装鼓了纸钱的包袱上
恭敬填好他们的姓名
灯烛影下，饯行的最后晚宴中
父亲亲自蹭破阴阳阻隔
向先人拳拳祝告
愿你们扬州会上一路畅通

钱塘自古繁华啊
边地村落里的阴魂
照样渴慕市列珠玑的都会

点火了！摇曳的火光之中
我们又给前辈们完成了一次
全宇宙中最完美的包裹快递

麻姑村的苞谷

麻姑村的苞谷棵总是高挑壮实的
苞谷棵子的胸部总是丰腴坚挺的
麻姑村的人们撩开苞谷壳子
手指探入她们饱满光洁的胸部时
神经总会在瞬间颤栗
双眼总会在瞬间迷离

我，一个十几岁的小屁孩
第一次被爱情击疼
正是在这样的秋收时节
正是在麻姑村茂密的苞谷丛中
我翕动着小小鼻翼，贪婪吮吸
这蓬蓬勃勃的女性的气息

皂荚树

石井没有栏杆
拦不住的青苔，一年年
就从井坎下幽幽地探出来
井坎外歪歪的皂荚树
一天天都照着方方的浅泥塘
我们不知道
麻姑村的石井和皂荚树
哪个更老

爷爷小时候看见过
皂荚树上挂着的

土匪们砍下的人头
月亮地下，蛐蛐声中
斑驳树影那么招摇
爷爷也曾壮着胆子
来到井坎下取水
他用这一幕吓唬我们时
嘴角露着得意的微笑

青年时的爷爷
在战火中走南闯北
后来去到西藏
开辟了那里的
第一座飞机场
八十多年的人世漂泊后
他回到村庄，回到
石井发源的那群大石山下

而今我来到仍旧粗壮的皂荚树下
仰头看着密密枝叶间垂挂着的
一簇簇乌黑饱满的皂荚
它们还真像土匪壁上
冷森森的刀鞘
我看着失水的浅泥塘里
已经飞刀扎地般深深扎入了
秋风摇落的几枚皂角

（原载《民族文学》2012 年第 4 期）

2012年

牧　之

捧出我隐于民间的诗歌（组诗）

捧出我隐于民间的诗歌

当鲜艳的花儿们都次第开放
我的诗歌注定是民间散落的花瓣
离家园的土地最近
离城市的花园最远
像风一样找不到影子
却能感到丝丝凉意

在众鸟高飞的季节
捧出我隐于民间的诗歌
沿游子灵魂回归的方向
让一颗心连着一颗心
去寻找梦中的故乡

携一首民歌走进城市
一只羊　一滴露珠　一棵草
一缕缕暖暖的炊烟
都会在我的诗歌里被牵挂着

在城市的某个角落里
独自溢满馨香
任游子身上衣的故事
自由地飞翔于城市和乡村

站在秋风中轻轻呢喃
回味逝者如斯的岁月
把朴素的诗歌虔诚地举过头顶
一滴滴风干的泪水
便把千万里未改乡音的乡愁
拥在父母暖暖的怀中
如一朵朵无言的鲜花
悄然绽放在故乡的山崖

灵动的心语

在迎风而动的旅途上
我们或舞蹈或飞翔或呓语
在疼痛中仰望黎明
把生命凝成最后一线浓绿
催促冉冉的弯月赶路
让斜风细雨不须归
让路断行人欲断魂

深入心灵的沙漠
身上便布满沧桑的火花
栖息布谷鸟的山村老榆树
有我遥远而真实的乳名在回响
亲近生命最原始的根基

让逶迤的群山依然沉默
让山里朴素的女子如花似玉

深入城市和乡村
一只飞来飞去的蝴蝶
让我们枕着翻飞的乡愁失眠
令思恋越来越远
让生命与黄河长江藕断丝连
直到天空俯下它无边的高贵
直到漫过眼眶的大海绽放鲜花

走进七月

七月的阳光雨露
如长在民间的女子
让云游乡村的诗人们
激动着流泪着失眠着
看古老的村庄如何被祥云覆盖
看谷物之上的众鸟如何翻飞
亲近粮食

走进七月
暴雨过后
天空仍旧完整
疼爱我们的祖先
便用绝世的爱恋
做成诺亚方舟
泅渡少小离家老大回的情怀
让春天在大地轮回

让七月的生命根深蒂固

走进七月
在田垄之上躬耕的父母
看我们如新鲜茁壮成长的穗木
便心花怒放
让寻着花香的我们
在沁凉的夜晚起身
去寻找润物细无声的
淅沥春雨
任灵魂飞翔

站在岁月的边缘

站在岁月的边缘
庄严地生活
我们感到有一种诗魂
自天边汹涌而来
注释我们蛰居的小屋
充满了哲思

我们关上房门
在屋内挥挥洒洒
轻轻地拨动地球仪
之后　把酒临窗
高唱大江东去
浪淘尽

站在岁月的边缘

回首人生之旅
这时的心
便如一只垂挂的果子
让幽香穿越旅人之躯
看鹰击长空

在时光的内部

凉风不知从何处吹来
一些往事在缭绕的烟雾中浮出水面
那些赭红色的光线
那些难以消失的阴影
瞬间让行者的命运
在时光的内部
捂紧我内心深处的苦

我希望命运的画布再大一点
将我装饰的羽毛贴近心灵
把自己化成灰烬
任风在冬天孵出一片嫩绿
在断弦的山垭口
长出我清贫的诗歌
和我一起放逐天涯

细雨飘飞　归鸟掠过
我空悬的手伸向飞翔的梦
一段含着轻烟的音乐
一块藏风隐雨的石头
降临在时间的巢穴

大山深处的皱褶
以及路边的残雪
让我在旅途中
拴紧呼吸不敢倦怠

天之涯的花影碎了
忘我于阳光之下的岩石上
把一江的残月送达雨的背后
岁月的渡口
就像魔术师最后的戏法
把我载回故乡
独听滚滚涛声
然后端起祖先留下的酒碗
把一江春水的残月饮尽

忽如一夜春风来

忽如一夜春风来的时候
我拔起了自己的头发
大地与青苗获得了奔跑的速度
布谷鸟衔来了祖先咸涩的汗水
我的诗歌以贴近的方式回到了生活

是歌唱　还是哭泣
心中迷失的云朵
散落于民间的泥土与枝头
一枝花的嫩芽在茫然四顾
挪进城市的大树
用静似沉默的语言告诉我

被守护的　也会被抛弃
在树下听一只鸟鸣
祖先们曾诵读的斑驳经文
在布满沧桑的黄昏里
阡陌纵横
抵达我心的归宿
在月挂的柳梢上
寻找我诗歌的灵魂

我知道　在孤独的眺望中
在无尽的时光里
在朦胧的灯盏下
甩手而去的岁月之潮
还需要多少虚境
来平息我内心的恐惧和喧嚣
在劳作中震醒我纠缠的灵魂

于是　在阳光下
我泪流满面

（原载《民族文学》2012 年第 4 期）

2012年

郭性汶

岁　月（二首）

在岁月之上

一

在一些很难涉足的街区
我总与一些熟悉的陌生人邂逅
她们用错愕的表情打量我，我用冷漠的痛封闭自己
我坚信美丽的女人是鲨鱼，总是在我们想拥抱她的时候把你吞噬
不是每一段缘分都会像那些珍珠沉在奶茶里
一段午后悠闲的时光或许是个彻底的美丽错误
这一生回眸太多，牵手太少
一些情绪因此压弯了我的腰
所以我常以主观来决斗客观
经常认不清自己写下的文字
在这个舞台上我们只是一个即兴的演员
哦！原谅我，姑娘
我向往的是白云下面策马扬鞭
而不是风吹草低见牛羊

二

岩石上的风化，没有我额头上的皱纹深刻
然而我比岩石年轻
不是所有的鱼尾纹看上去都很美
有故事的那一条，需要你眼角的泪水划过
睫毛沉睡在岁月之上，一眨眼我们都老了
爱情像你送我的那只古老的杯，却盛不下最初的酸楚
我们累世的苦涩，像青海湖的湖盐一样厚实
你像含羞草，指尖划过时就会闭合
这山中有五百岁的人，不叫老人
天地琴瑟，常常击鼓而歌
他当初的恋人还在，可惜已是一群绕膝孩子的奶奶

三

我秀美丽的时装与容颜，是向岁月示威
然而我无力做时光暴动的刁民
一侧身，已成往事
一个熟悉的名字像一口耐嚼的香口胶一样
最后只能给我们一个虚假的暗示，那个气泡终会迎风而破
而这时我们习以为常，惆怅如风肆掠无常
我对多少人说过
爱情形同儿戏，不要去悲别人的情流自己的泪
她是谁，而你又是谁

四

如今忘掉一个人已习以为常
我比亚马逊河流域深处沼泽地里的蛇还冷血

在走马观花的虚伪里去认同真诚无异缘木求鱼
现在很多尾矿里面已经翻不出金子，威特瓦特斯兰德已有多少贪婪的人光顾过
精神的乞丐像节日聚会的蛤蟆，蹦跶着丑陋的还自以为美丽的身躯
在情感的荒原上，我一穷二白
常常一个人起来赶夜路

五

我让手机一直充着电，保持着与世界小心翼翼的接触
梦醒了，爱人扔下余温
而我继续恬不知耻地寻找刻骨铭心的爱情
关山万里，重重阻隔，终于去到一个陌生的小院
月下古槐，桃花依旧笑春风
去年今日此门，我知道你，玉女的灵魂已抽身离去
那些最初的容颜我已记不清
所以，我决定开始像秋蝉一样因痛苦而蜕变
直到沿途把自己全部扔下
怨恨我的女人总是相信我把她们改变了
而我坚持认为她们一直在塑造我
枯藤上的一只乌鸦已老泪纵横
院子里的狗与孩子们相拥而泣
我们把嘴唇贴在耳朵上互相安慰
一件静物就能勾起一段往事
我比任何时候更喜欢流泪
因为我发现眼泪不仅能洗刷什么
关键是能带出一些宿命的味道
生活淡了时，这就是盐
生活浓了后，那就是水

岁月的短歌

一

我终于卸下担子，在一口老井前
古树的枝丫弯到手背的距离
那时，一春的树芽正在抽绿
而我，一些留恋也被代替
哦，很好，似乎所有的希望
都被阳光折射进这井水中
等待我们像猴子一样互搂着腰
串珠一样去打捞那井中的月
而时光却在指缝间漏掉

二

重新肩负那心中真实渴望的泉水
我细声细语地安慰自己
像那个不幸遗落心爱玩具的孩子
在一担木桶盛装的水里
我重新捞起爱情上下打量
坐在那些被青苔覆盖的石级上，认真地
替你梳理一头如越人乌黑的青丝
黄昏来时，击鼓而歌
马踏夜雪，我只为快乐而来
故国明月抛诸脑后

三

经过我的女人像非洲大草原上的麋鹿
慌张而匆忙，眼神透出不可原谅
而我终于原谅，躲藏着的渴望
原来是记不清了恋人的模样，失去你我故放纵
我此生的悲剧，是被爱灼伤
古琴的幽怨碰到我的眼神原路返回
一些旋律变得喑哑，只让一些人懂
那因期许知音而寂寞的深度，连音乐也无法穿越

四

而我手舞足蹈，用只有我懂的无法理喻的符号
坚持为自己缝制一件冬衣
那密密麻麻的针脚上面
却看不到针尖刺穿心脏滴落的血
我们为自己预备的温暖
或许一生不曾穿上

（原载《山花》2012 年第 5 期）

姚 辉

白日梦者（外一首）

那是老虎：斑斓的琐事从风的贞洁里穿过
空中的巉石飞了起来
你忘却过的　都燃烧着出现了

黑马驮走了我们的名字！追上它
你这花朵——季节私藏的骸骨——追上它
你这浓烟缝织的传说

甲虫正成为谁染病的祖宗？光芒中的甲虫
它的吟唱接近怀念
未来的水　在石影与手势上闪烁

沉默的孩子像一把枝条
他们占领了春色　（在我身后
青草的喘息堆满黄昏
一个人的日子　渐渐狭窄……）

那是老虎。传统的牙龈上开始的疼痛
那是一些雨水　以及油腻的谣曲

风声为骨头辽阔　那是老虎
沉睡的肉体　告别唯一的鲜血

黑　暗

黑暗是一种脸色　光阴或死亡的脸色
最后的灯盏合上自我：你看见歌者之痛
看见风　它们经历的日子渐渐开阔
黑暗　是幸福的脸色

黑暗是遗忘　所有世纪被一个脚印覆盖
枯干的雨意里　黑暗藏起习俗
有人在为道路疼痛
——黑暗　是黑暗自己

黑暗重复千种火焰：某种美被不断翻修着
黑暗　失去了追忆……

黑暗还可能是梦境的尽头
鸟放弃飞翔　在巨石中　鸟
用骨头撑起祖宗的天色

黑暗打动天堂　分散的春天靠近呓语
黑暗　是一只手失传的种种手势

黑暗是一种打算　从那时到明天
狭窄的遐想开始锈蚀　黑暗
是我们扔在世界身上的最后奇迹……

（原载《十月》2012 年第 5 期）

2012年

李寂荡

僻静之地（外二首）

来到一座陌生的城镇
走出熙熙攘攘的客车站
我不愿住在喧闹的街市
我请出租车司机带我寻找
一处僻静之地
司机带我到了城郊
找到一所带着院落的客栈
推窗便可看见农舍和田畴
紧接着，我便听见了
尖锐的汽笛和轰隆隆的声音
——这客栈紧挨着铁轨
一列接一列火车呼啸而过
我在这个异乡的夜晚就这样
被一列列开往明天的火车碾得粉碎
梦境被一次次穿越
像一袭千疮百孔的睡衣

无　题

帘外雨潺潺，春意阑珊。

——（南唐）李煜

雀鸟叽叽喳喳地鸣叫，与天光一样地早
我感到它们似乎有无限的欢愉
雨雾弥漫开来的忧郁似乎与它们无关
是啊，再漫长的黑夜也会有破晓的时刻
我热爱光和明，可曾想
此时竟无限眷恋黑暗
渴望黑暗无限地持续
维系这一小小的世界短暂的安谧
不被复苏的尘嚣所扰乱和终结

行影匆匆，不可停留
这是一个日复一日的清晨
于我而言，却无比陌生
樱花怒放，盛开在我们的头顶
我们走过开满花朵的街巷

端　阳

乌云密布的天穹似乎酝酿着又一场漫长的暴雨
一个欲哭无泪的清晨
洋溢着人间烟火
人们在交易着新鲜的艾篱和瓜果

交易着一个节日的安详与快乐
我心伤悲无可救药
昨夜的雨水正从无尽的山巅和沟壑
汇聚成河恣肆汪洋
冲决曾经平静的堤坝、田野和村落
我是不是该原谅所有的残幕
忘却刻骨的仇恨
放下紧紧抓住的盛开鲜花的荆棘

（原载《星星》2012 年第 6 期）

西　水

天空在搬运云朵

雷声像心事一样沉闷，父亲的心里
装着凌乱的闪电，走起路来一跛一跛

雷声里躲着弱小的拖拉机突突突的声音
今夜父亲要赶拖几车砖，他在修一栋房子
他干瘦如柴，快六十岁了
冷风和关节炎
轻易地，被他先修进了骨头里

我是一个乡村教师，买不起楼房
我教书的这个地方，甚至不易买到菜和烟酒
鬼能打死人。父亲知道
买不起楼房我就没有女朋友

他抽空打电话过来，问我吃饭没有
嘱咐我要注意身体，吃饭不能热一顿冷一顿

今夜，天空在搬运云朵
我在搬运泪水
父亲在搬运砖头和他香火延续的黎明

（原载《星星》2012年第6期）

2012年

郑　瞳

随想曲（六首）

魔　方

不适合站立的地方，也不适合
坐下。眩晕，比冬天更长久
在这只魔方里，我居住并且
随着它旋转，这已成为我的生活

叹息不过是说话的另一种方式
这细微的声音，连我自己也
没能听见。当雪再一次飘落
墙依然是墙，或许它更加坚固

把失掉的重心，刻在头发上
“燃烧啊，做你飞翔的梦”
可燃烧正是熄灭的过程
黑楼道里传来他们的笑声
当我走过去，那里空无一人

我藏进角落里，在不停的旋转中
滚来滚去，就像一只玻璃球
就像一粒沙子。这没什么不好
也许人人都有一只自己的魔方
也许人人都在旋转，但我
只注意到了，旋转的我

山坡狼

午后的太阳明晃晃
草在山坡上长
村民说狼在第三座山
狼会在深夜到来
拖着美丽的大尾巴
它秘密注视着
每个人的背影
狼吃人
浓雾总是跟随狼
人们听到狼的叫声
在午夜的黑森林
没有人能看见
他们静静等待
整个村庄死了一样
一条肮脏的河水流过去
永远不回头
而这头狼在白天出现
它独自走在山坡
穿过深深的草丛
午后的太阳明晃晃

我也不知道风是在哪个方向吹

把坏消息留到最后，让悲剧缓缓地到来
为什么不？前面的章节，该欢笑就欢笑
一直忍到把戏演完，一直忍到忍不下去
欢乐从不长久，欢乐总会消散

你，就这么安静地躺着，这真让人心碎
人们的哀哭声在为这一切伴奏而难听的
哀乐在为人们的哭声伴奏。你再也不会
喜出望外，再不会沉不住气。挤在狭小
空间里的是你，而我挤在狭小的时间里
我们好像还是老样子

但是你到底在哪里？现在你也许是一块
滚动的石头，一个破了的气泡。甚至你
没准能变成一棵大树，永远长在你自己
的门外。谁知道呢？这成了你自己的事
而我，常常连自己都顾不过来

一只巨大的飞蛾伏在灯罩上，它投下了
模糊又空虚的阴影。但这肯定与你无关
像一只敏捷的乌鸦，你在空中无忧无虑
这才是你要的方式，一边飞翔一边死去
看，我的矫情也能够打中你的内心

再没有什么事情可以让你不快乐，难道
这不能称为幸福？

我最终也要化作尘土，谁也不会比谁更
高明。其实你一早就知道这一切的真相
反正你也没有真死去，我用不着真悲伤
我会把这悼词收藏起来，让它在时光里
静静等待你真正离去的一天

看得见和看不见风景的房间

原本有窗子
现在是墙壁
黑压压的叶子
让树向内延伸
看不见的远处
那银色的鸟
飞过最后的距离
落在树下
死在树下
树后一片阴影
森林还在生长
有人排队
去更深的地方
他把右手放在
左手后面
模仿一座森林
他不跳舞
他颤抖
红色的不是花
火焰从森林里

烧出来

画面一团灰烬
画布成为灰烬
他坐在正午的窗后
阳光下人们砍树
一只银色的鸟
从树叶中飞出来
去到空中

最后一天是早晨

那老头是一个坏人
他在房前屋后种满了
鲜艳的植物
“这些花有毒”
他对每一个人说

老头在山里采药
他炮制出一万种
杀人的药物
黑暗中他欣赏
自己的笑容

太阳升起来
太阳落下去
老头生机勃勃
挥舞着他的

小锄头

老头坐在花丛里
夕阳无限好
剧毒的植物散发出
甜蜜的气味
老头满脸幸福

背上行头出门
他哼着一首
快乐的歌
那是最后的早晨
老头走到大门口

他突然看见了
越来越多的青苔
老头转身进屋
没有再出来

随想曲

如果不坐车，我就在阳光下步行
四十分钟。走路从来都是快乐的事情
走向哪里是另一回事。如果是冬天
人们都在冷风中弯腰，模仿一张弓
还好现在人人都轻快。树叶长满大树
绿得让人在夏天想起夏天
不像秘密花园，街道上没有暗处

没有门，或者说街道就是门
那些姑娘如此明亮，她们比太阳
更能照耀自己，但她们也只是在路上
两个小孩蹦蹦跳跳说着数学题
一个五是五，两个五是十
刚好中年夫妇在吵架，比表演
更厉害。看吧孩子，有时候
十也只不过是两个不同的五
远处的人看到我在他的远处
近视有近视的好处，他看我时
很远，我看他会更远
一个死亡的消息穿越大街小巷
最后它停在城市上空。死亡被卖报人
说得凄厉动人（这杰出的讲述者）
它先让人吃惊，再让人害怕
最后人们都平静了

院子里的老树天天和我对视
如果人是树，那树就是人
人和树还是没可能，说上一句话

（原载《山花》2012 年第 6 期）

2012年

朱永富

土　地（外三首）

其实，我该想到一枚果实
内忧外患。有一个农民
拖泥带水的晨昏
更多的时候，像一块方形的烙饼
挤走多余的水分
气流。让饥饿者难以呼吸
黑色的城，住满草木的忧伤
尸骸和颅骨
传说有多久了？
我捧着度牒的经书
读一首混沌之诗
河姆渡到周口店
那枚长发披肩的果子
乳房饱满，从雄性的睾丸到雌性的盆腔

春寒之后

风在进入骨髓
这已是昨天的事
现在我清扫体内负气的小咳嗽
放出栅栏里闷骚的鸡群
给它们撒一把充饥的粮食
接着是羊群和马
赶它们到帐篷外晒晒
从早晨到傍晚
我坐在窗前
数门前一树依次打开的梨花
把纱布和药片服下
久病初愈的人在歌唱
他们争抢，挤压气流和毒素
一阵猴急之后
始终没发出圆润饱满的音腔

老　街

一切无关鬼神，痛痒
阳光从八百米高空落下
流金的喧哗
瞬间淹没房舍和村庄
它似乎刻意隐藏什么?
比如叫晚清和民国的两块抹布
前后隔着毛瑟手枪和小钢炮
碉楼里的炮火停歇已久
仓房和学校之间
传来拾荒者响亮的洪钟之声
老木房像一曲抒情的词令

雕花的笔锋一转
间歇会冒出尖叫的高跟鞋
红发女郎咩声咩气的羊羔体
身着对襟的老头打长牌，对弈，磕烟锅
铁匠“呼呼”地扯着风箱
尖锐的铁器穿过一排排低矮的民房
从老街走过的游人
一脸书生气
左脚踩着民国，右脚踏着晚清
怀揣落第秀才的答卷
几经历史篡改

春　耕

土地翻过三道，秉性就柔软许多
再用厚实的锄背砸碎流窜的土坷垃
荒草捞起来交给一把大火
草粪研碎，均匀地分配到地里
选一个春光明媚的天时
全家出动。走一道繁文缛节的工序
打沟，撒粪，施肥，下种
用锋利的锄头刨出细碎的泥沫
一沟一行地盖上。之后
布谷鸟一阵“嘀咕”，草木就绿了
阳光像光鲜的绸缎覆盖村庄
短暂的黑暗过后
种子便探出头颅，指点江山
举行封疆仪式
我愈发地热爱阳光和风雨的史诗
光着双脚，行走在温暖的田垄上抒情
学会呵护和守望

（原载《诗选刊》2012 年第 6 期）

2012年

徐　源

守　护（外二首）

姑姑病重，在县医院
她的目光想抚摸些什么
忙碌的双手，如今安静下来
儿女的前途　缓慢的光阴
什么也不能握紧了；她的脸庞，像她经营的小商店
门头上的广告布，被挂在露天高处
风吹日晒，褪色了，陈旧了
上面小憩着微小的灰尘。这些年
她不停咳嗽，腰痛头痛，脆弱得像一块玻璃
在病室，她已神志不清
不知自己是哪儿冒出的陌生人
对这世界，有何企图？她看见空气在虚无中蠕动
然后微笑，随口叫出一个塑料杯子的乳名
但她已不记得我们，她有极强的好奇心
和新鲜的想法，像初生的婴儿，对每一束光
充满懵懂的热爱，她心无枷锁
做了一个幸福的人。夜晚
我们像虔诚的灯，在无限宁静中
守护，祈祷她能重返这疲惫的尘世

接受生活所赋予的　偶尔间
那些美好的叹息和悲伤。

以镜头的方式抒情

我把立体的世界，铺在一个平面上
打量　琢磨　曝光不足的抒情
预设人生的黄金分割点，光圈大小
与昨晚的梦相合，快门速度
慢过流淌的岁月，像它一样安静。旅行中
我以镜头，虚构一次又一次浪漫
白色的河流赤裸身子，自远山而来
在春天穿上婚纱，与血液汇合。
我摄下天空，天空下降，亲吻朝圣的心灵
我摄下大地，大地升高，有粗犷的额头兀立的祈祷
风穿过人间的声音　像咒语　或颂词
我摄下一些缥缈的影子，在阳光下战战兢兢
那么卑微　那么恐慌。
我放弃远方的召唤，摄下生活
成不同的几何图形，枯燥　乏味　伪装
一些人的，不断被另一些人的
填充成简单的颜色，或明或暗。
我把镜头对准自己，坎坷的一生，也被善良的光点
散布得清晰　和谐　平坦　就好像
我一直生活在你们所赐予的平凡之中，却不明白
有时彷徨也是幸福的一种暖色调。

北　方

北方，是一种善良的欲望。
荒凉的采石场，有着弃妇的哀怨
石头衰老，村庄矮下去，影子被一只乌鸦
含在嘴里，黄昏在老人脸庞上
像岁月最后的经幡。一群马匹
从古代的风中走来，它们跋山涉水，旅途劳累
在汤汤河边，饮下蓝天白云
也饮下神的恩惠，和此生所有的浪漫。
在北方，我爱上一棵杨树，已经许多年
我生活成另一棵杨树
站在倾斜的田埂上，像一名信徒，对着风沙
祈祷一场更为辽阔的宁静。
北方，神秘的祭祀场
在我的肌肤上，在我的骨子里
高粱高举火把，焚化大地
锋利的麦芒上，太阳不断滚动，呼喊
谁的灵魂像挂在木窗前的月亮?
火车挣脱母亲们的脐带，奔向遥远的苍茫
不管是新建的堤岸，还是废秃的轱辘
我们热爱，就像热爱身体内某一器官
热爱北方的所有是非，热爱北方的欢乐
与疼痛，高尚和堕落。
某天，必须有什么东西把我从这里带走
不是时光，也不是生命
卧在深秋的草垛，像一堆准备泅渡的金子。
此刻，没有什么比一只来自诗歌的蚂蚁更富有
它身上驮着阳光，驮着飞翔的梦
在粗糙的羊皮毡上
患上了高贵的相思，北方。

（原载《诗选刊》2012 年第 6 期）

2012年

展凌风

悲观者的孤独（外七首）

马路上的脚印写满了情绪
我抬着头，眼里盛满悲悯
只为了悼念一个曾经的我
自由、快乐、像鸟
童年的岁月是一片鸟的天空
蓝得刺眼，安静得
如同一朵彼自绽放的栀子花
现在，足迹里隐藏着太多的恐惧
黑暗，镜像般的破碎
我的思维纠结成岔路口的选择
尽头或者是明天、明年
我的眼神，又转化成一抹
迷茫的忧伤

一个没落的村庄

我该用什么样的词来悼念
或者　　纪念你
这只剩下皮囊的村庄
繁华抽走你的骨骼
你的过往

我在破落不堪的院子旁
踏着祖先的身体
听着不远处孩童呓语
恍若这声音
是新生婴儿的啼哭

然而我脚下
一条用记忆铺出的路
一个用回忆建造的村庄
在历史的荒芜中
长出一个人间，五畜兴旺，人丁兴旺

现在，我看着一个老人
在村口化为一棵古树
化成一段村庄的历史
那曾在村口捏泥巴的小孩
把村庄遗忘成一堆黄土

孤　城

你走得出来吗？
这鲜花洒遍的孤城

记事的容颜
敲响青春的孤单
佛说：随缘吧
让我放下情欲
把一生的痴望献给安宁
我拒绝点头
把一生的眼神送给孤城
与佛说：我愿等
这孤城的寂寞
是每日的傍晚与清晨
我站在这里
你不来
我不老

偶尔触动

日暮七月，桃花零落
我开始怀念一些人
一些零碎的让人心疼的过往
缭乱的背影和一些字句
那个曾在我嘴唇上留下记忆的女人
总是在深夜里纠结起来
从灵魂深处传来的咆哮
怒视生活
怒视一道我跨不过的鸿沟
我终于蹲在现实的脚下
仰望七月的桃花
总会因为零落这个词语
怀念起某些人某些事

爱 情

一只手从昨天的门缝中伸出来
拖着青春
拖着美好的幻想
我与她偶遇
走在左边
握住一段记忆
那些黑白色的思想交汇
如同一个错觉
白得刺眼，像雪
像一片未曾浸染的湖泊
让我在湖岸与过去道别
为你
也为了未来

追风筝的人

在今夜，我想起了家里的麦田
田里没有水，也没有麦子
而是在干枯的土地上种上了苞谷
我的祖辈和苞谷一样成长
他们比庄稼痴长一岁
并不年轻
我想起了我的青春
在这土地里奔驰的岁月
像那些长出来的禾苗一样青翠
像那些追风筝的人

只有笑脸，没有心事
只有青春，没有岁月
只有阳光，没有雨水
我祖祖辈辈扛着的锄头
染熟了一方山水
可是，我就如同一个追风筝的人
抛下了家里的麦田
追着风筝越来越远

皱纹和奶奶

这皱纹是家里几亩土地的埂
一层又一层的堆积在大山深处
这双眸子
化为一缕缕饭锅的香味
以及她种下的七十年的青春
我就是奶奶种下的庄稼
在土地里培育了二十二年
那些岁月，是一排又一排整齐的禾苗
像极了奶奶的额头
像极了一条条纵横交错的生命线
蔓延四方
离开的丢下一条条汗水浇灌出来的线纹
留下的将血脉继续种在土地上
我好像看见奶奶在梦里浸湿了眼睛
她站在村口
站在思亲的心口
把额头上的皱纹拉得越来越长

朋友：李红

她叫李红，一个喜欢抽烟的女生
她的青春，就是被这烟给害了
那时还有我，以及所谓的兄弟姐妹
我们抽烟、打架、夜不归宿、逃学
我们谈论女人、扛把子和黑社会
我们放纵，把义气扛在肩上
认识她时，她像一朵幽静的莲花
恬静、漂亮、单纯
我从来没听她说过父亲
她的妈妈离异，嫁给了一个太妹的爸爸
太妹有很多男人，都是扛把子
她抽烟、喝酒、打架，比男人还疯狂
李红认识了我们
无处安放的青春终于找到归宿
和我们中的人谈起了恋爱、抽上了烟
她开始喝酒，遗失的暖意在我们中得到补偿
又带着青春的梦各自去了远方
多年后，我与她相遇
她的烟里是放纵后的忧伤和迷茫
是一座走不出来的孤城
在一场大火后将青春焚烧殆尽
我让她戒烟，与过去诀别
做一个正常的女人与未来恋爱

（原载《诗选刊》2012 年第 7 期）

鬼啸寒

我们都是异乡人（外八首）
——寄陈有膑

（我一个人躺在二楼会所的沙发上，看见
转盘这边开来一辆台江到铜仁的大巴，这让我
想起了来贵州被饿的海南诗友）
你和我都是落魄的诗人，都是落魄的天涯灵魂相聚的兄弟
那天大雪纷飞，那天你的声音细微，和我一样
饱受饥饿、霜冻的责难，遭遇世俗的眼光
你要消灭我的记录。可又有什么用呢？你来了
我作为诗人，绝不会让你有外省人的凄寂
至少，兄弟我们可以一起去躺在厚厚的
白雪之上，朗诵诗歌
我们多么孤单 多么的迷茫和荒芜
其实，我和我的家人仍然矛盾重重
我的家乡是绝对的异乡，我们都是异乡人，撕裂的美
撕裂的人性之花，我们还需用诗歌来倾诉
来追逐那精神与物质的异乡风景。期盼你能够像我一样
遇到暂时能够谈话的嘴，遇到暂时能够谈话的对方
遇到暂时能够谈话的兄弟，我们还得相信
世间有知音。

命　运

开发区外有一片保留下来的树林
我在岸边燃起柴火（真的很冷了）
我打着冷颤看到桥下有个正在建设的花园
里面有一棵枇杷
生长旺盛
枝嫩叶大
我期盼她更有生机
茁壮点
虽然这注定是一棵永远不会结果的枇杷
在花园里孤单地活着
等待修剪

泪

红色的闪电在天边像蜈蚣一样忽隐忽现
每一次出现都是绝美的耀眼和夺目
鸡飞狗跳后人类安静地等待天降暴雨
雷声滚滚
轰隆隆的巨响劈向远方的土地
雾锁丘陵
我在深山老林里看见一个
苗族妇女
雾中奔跑
扛着锄头戴着斗笠背着竹篓
倾盆大雨盖住急促的呼吸
我差一点就叫出了
妈

哑　然

夕阳拉长我的影子
我在黄沙土堡上遥看
一对苗族青年夫妇
开荒
燃起的烟火炸响
像千年前的鞭炮
（恐吓年兽）
我听见他们贫穷的笑声里
藏满辛酸
我看见他们
像殖民者一样开垦
我看见两座坟墓上的清明白纸
飘来飘去没了言语

走出森林

诗人，我们一起走进森林
他们眼里毫无价值的穿越
我们还要一起走出森林
一起走在森林内
迎接黑乌鸦有规律的叫
具有存在性意义的
以倾垂之姿乱叫
我们看见腐体
要将他们掩埋
我们不管有没有人去掩埋
有没有人掩鼻

我们要安静地走在森林
带着铁锹
走出森林去

幽暗的夜

一个白发苍苍的老人拄着拐杖
在乱石堆砌的院墙内走来走去
瓦屋内的老人在大声地叫唤
好像一个疯子和灵魂在大汗淋漓地战斗
但最终两腿一蹬
从门口出来的人相继寡语
闻声而来的低语：去了
去了，到天上去了
我看见那个拄着拐杖的老人
披头散发
像一只受伤的鸟儿一样
想往上飞
杉树上一只鸟儿的羽毛掉落
而后像受伤的猎物
惊慌死亡的速度

梦之神

醒来！醒来
我的肉体冰凉战栗
我的内心跳动惊慌

我的头颅空寂荒芜
睡去！睡去！
梦之神展着白色的翅膀
让我对着一座墙抒情
啊，天空，天空
梦神不该吞噬我的胸膛
天空不降雨而我已仓皇流泪
悲伤的梦境
悲伤的梦境
把我的灵魂点燃

失败的家伙

这里有阳光、溪流
有你热爱的植物
我知道你为什么不来这里
因为我在这里
我知道你为什么不来这里
因为我在这里
纵然这里有阳光、溪流
有你热爱的植物

孤　单

两个小孩子在草地里伴家家
像两只白羊一样
咩咩叫

像白羊啃着沾满盐水的青草
追逐嬉戏
两只鸟儿飞过
叽叽喳喳
两棵树歪歪斜斜
像冷飕飕的情人
在取暖
下午阳光密布
我靠在电缆线下
面对前方的黑电杆
心情美好

（原载《诗选刊》2012 年第 7 期）

2012年

末　未

广场舞（外二首）

想停也停不下来。那么多与时俱进的腿
澎湃着身体激情的花朵，后浪推前浪
此刻，他们已赶在星星点灯之前，如鱼渴望水
奔流到文昌广场，汇成另一条邛江
集体练习凌空蹈虚。以此证明
热爱时代广阔的生活

叮咚，叮咚，叮叮咚。不停闪烁的霓虹灯下
有人眼睛里摇晃出了春天的月牙
有人手指碰到了鹿，却说马
进退旋转之间，还有人一不小心
从糠箩跳进米箩。如此顺理成章
居然有人半途而废。坚持吧，坚持
一切才刚刚开始，再笨也笨不到一拍

跳着跳着，花飞花谢的广场上
拥抱影子的人们，渐入佳境
常常一步之差，就跳出时间之外
从此，再没回来

瓦

那时，它们在地上
长草，也长庄稼
那时，它们还不是瓦

是生活，把它们和成一滩稀泥
又是生活，要它们站立，紧接着
还是生活，把它们推向火坑

当它们按照生活的需要
成了瓦，走向高处
天空底部，就出现了最坚硬的部分

大风搬来乌云
乌云又放出雷电
雷电后面紧跟着，翻江倒海的雨

然而，当云开雾散
惊魂未定的人们，却毫发未损
是瓦，代替人间，承受了灾难

此刻，霜又落下来
又是瓦
承担了人间的冷

这一切，瓦一直不说
就像屋檐下，这位沉默的老人
沧桑爬满了他的脸
他的内心反而越来越平静

灰麻雀

是麻雀的话，就飞不高
给它一片天空，也飞不到天上去

是麻雀的话，就飞不远
给它一片大地，也飞不到天边

是麻雀的话，胆子就小
给它住在瓦檐，也不会偷你的生活

是麻雀的话，颜色就灰
没有人愿意花钱，买一片灰色回家

叽叽喳喳，叽叽喳喳
飞到福建的麻雀，飞回来了
它们说一口闽南话

但没出过远门的老人听不懂
他们把本村打工回来
说外地方言的青年，统统叫灰麻雀

（原载《民族文学》2012 年第 7 期）

2012年

李远刚

走自己的路
——献给改革开放三十周年

序　章

有一个古老的神话，
追逐着鲜红的太阳。
有一个美丽的传说，
奔向那明净的月亮。
有一个伟大的政党，
追求着崇高的理想。
有一条中国特色的路，
山重水复，
龙凤呈祥。

有一个龙凤的民族，
她的名字就叫炎黄；
有一副奔涌的长联，
黄河长江挂在东方；
有一串号角回响华夏，
声声都是改革开放；
有一个硬道理，

是我中国的大道理，
科学发展，
和谐安康。

啊！三十年，改革的大旗，
映十三亿龙族满面红光。
啊！三十载，创新的大鼓，
擂响九百六十万平方公里飞的梦想。
喊一声太阳，
太阳红在家家门前，
喊一声月亮，
月亮柔在人人心上。
喊一声盛世啊！我的中国，
回望走过的三十年，
谁不心潮澎湃，激情浩荡。

上篇：伟大的转折

一、历史的盛会

云重重、路茫茫，
中国命运向何方?
十年浩劫伤痕累，
百废待兴盼春光。
东风一枝报春晓，
红霞万多笑脸张。
工作重点新转移，
经济建设挺脊梁。
危难的中国，

告别忧虑展宏图。
改革的帆船，
驱云破雾正启航。
啊！
一九七八，那个千帆竞发的年代啊。
三中全会，那个拨乱反正的盛会啊，
一声气势磅礴的转舵，
中国，又乘风破浪。

二、激荡的城乡

雾迷迷，锁山庄。
水瘦人贫山清凉，
万壑千山唤脱贫，
千田万土盼换装，
小岗村内承包起，
春风奔走田野上。
顺应民意搞改革，
勤劳致富奏乐章。
站起来的土地——
山也爱打扮，
水也会歌唱。
一坡坡黄的玉米，
一岭岭红的高粱，
一浪浪麦浪稻浪，
浪涌着希望的太阳。
红红的灯笼红红的福字哟，
在红红的鞭炮声里，
红红的笑脸似百花开放，
红红的日子似豆荚爆响。

红红火火的亿万农民，
扬眉吐气，
在承包地里种出人间天堂。

搞改革，谋发展，
春潮滚滚荡城乡。
企业举起改革旗，
活了车间机声响。
科技举起改革旗，
惠农新风进山庄。
商贸举起改革旗，
疏通城乡物流畅。
一步改革旗——
下得万里河山飞红涌翠，
赢得华夏神州山欢水也唱。

三、国门的开放

江水涌，海风荡。
雾起云低遮远航。
几赴南方话发展，
谆谆教诲解迷茫——
资本主义有计划，
社会主义有市场。
发展才是硬道理，
放开胆子往前闯。
深圳特区传捷报，
沿海敞怀迎开放。
胶东辽东踏浪来，
千舟竞发向太阳。

让江风吹出去，
让海风吹进来。
开放的中国——
展日月之翅，腾飞五洲四洋。
让江风吹出去，
让海风吹进来。
一代伟人——
开创改革伟业，胸怀坦坦荡荡。

中篇：沧海横流

一、走向市场

信息化，卷全球，
科技革命浪潮荡。
笑对挑战谋发展，
计划转轨向市场。
浦东新区龙头舞。
长江开发掀热浪。
外商熙熙入中国，
“中国制造”走世界。
现代企业随风起，
遍地民营百花香。
从计划到市场，转型的中国。
喊一声大风起兮云飞扬，
气壮山河的新步伐，
让那凤也起舞，龙也飞翔。
明确改革航标，奋进的中国
练一身力拔山兮气盖世，

老将情切切，少壮气昂昂，
万民同奔振兴路，
世界喝彩，民族增光。

二、旗帜的力量

伟人逝，举世望。
五洲四海风云狂。
与时俱进创辉煌。
打破西方“制裁”，
战胜亚洲金融风浪。
践行“一国两制”，
实现香港澳门回归梦想。
三峡截流天堑通，
加入世贸写华章。
抗洪抢险保民安，
浪急风高又何妨。
“三步走”战略——
一步向往，一步豪放，
一步雄壮！
把建设中国特色社会主义事业，
全面推向二十一世纪，
斟一壶旭日，祝我神州，
民族复兴伟业生光。

三、理论之光

海啸啸，秋瑟凉。
苏联解体风雨里，
国际共运前程茫。

强党富国壮基础。
“三个代表”来领航。
大力发展生产力，
执政兴国第一桩。
先进文化养国魂，
科教进步事业旺。
党捧赤诚伴清风，
群众利益挂心上。
站在时代最前列，
任凭八方风浪狂。
迎日出，理论打开彩虹门。
举月升，思想宏开致富窗。

下篇：科学发展

一、新的支撑

海啸起，沙尘狂，
资源短缺病魔降。
全球纷纷思发展，
何去何从两茫茫。
东方神州一声吼，
破解难题天地广。
以人为本是核心，
科学发展谱新章。
立定脚跟求发展，
翻开眼界细思量。
人与自然共和谐，
山清水秀日月长。

挥手长空风烟净，
精神振德志趣广。
千年发展人为本，
中华民族底蕴壮。
天地人和世界美，
新的支撑是脊梁。
秣马厉兵图再战，
民族振兴未敢忘。
新的支撑和力量——
富了老百姓，
甜甜在心上。

二、均衡发展

东部热，西部凉，
缩短差距系心上。
一展科学发展图，
要使天下同热凉。
刚见西电东送去，
又闻南水调北方。
滨海新区拔地起，
欢声连波渤海浪。
雪山一声惊天语，
火车轰鸣进青藏。
一幅统筹图，
四海共春光。
东南西北手携手，
比翼齐飞写新章。
又好又快求发展，
托出那万里山河发展新景象。

三、创建和谐

抓发展，奔小康，
人民福祉不能忘。
化解矛盾创和谐，
惠雨洒在民心上。
清理欠资兑劳酬，
农民工兄弟笑脸张。
旧棚改造春风里，
寻常巷陌欢歌荡。
医保启动万民喜，
党恩换来满园芳。
少有所学，学有所教，
老有所养，病有所医，
居有所住。
和谐中国，
各尽所能，
成果共享人人乐，
和谐长存处处芳。

抓发展，奔小康。
春风春雨洒山乡。
峡谷深深桥梁处，
公路逶迤连村庄。
电通水通农家乐，
校园新新书声朗。
守土农民思奋进，
外出农子思富乡。
山歌一曲动天地，
千年农税一免光。
富在农家，学在农家，

乐在农家，美在农家。
富学乐美，
画卷一张。
中国农民，
圆了千百年富强梦。
中国农村，
天高地阔旷野香。

四、民族脊梁

发展路，不寻常。
凝冻灾后地震降。
汶川一片悲声里，
环球震颤举国哀。
一马当先救国难。
天塌地陷又何妨。
中南海内急部署，
领袖相继赴现场，
扶老携幼风雨中，
帐篷声声问短长。
话语一句春光暖，
风雨灾区挺脊梁。

抗震灾，赴国难。
怎容天公逞凶狂。
挥手三军风雷动，
滚滚铁流赴山乡。
死神手中夺生命，
废墟堆里救伤亡。
一方有难八方援，
灾大自显力量强。

世界感动山河叹——
今朝中国重打量。
啊！
人民领袖，
给人民以力量。
伟大的政党，
给人民以脊梁。
天塌地陷浑不怕，
重建家园展新装。
自古多难皆兴邦，
风雨中华更辉煌。

五、新的起点

升起来了，一面改革的旗帜。
拓展宽了，一条大路的宽广。
站起来了，马克思主义中国化，
我们站在新的历史起点上。
三十年风雨三十年路，
中国巍然立东方。
三十年风雨三十年路，
古国添神韵，盛世耀异邦。

飞起来了，神六上天嫦娥笑。
亮起来了，奥运圣火放光芒。
响起来了，十七大号角暖民心——
雄狮吼，乾坤朗，
大风起，云飞扬。
东方日出巨人起，
五洲四海齐翘望。
中华美德传瑞气，
喜看举世赞炎黄。

结 语

有一个古老的神话，
追逐着鲜红的太阳。
有一个美丽的传说，
奔向那明净的月亮。
有一个伟大的政党，
追求着崇高的理想。
有一条路啊，
一条中国特色的路；
科学发展，改革开放。

喊一声太阳，
照我步伐似黄河长江，
喊一声月亮，
映我龙族和谐安康。
三十年，改革的大旗，
展春光流泻山河秀。
三十载，创新的大鼓，
擂响一个坚定的愿望——
走自己的路，
建设中国特色社会主义。
走自己的路，
继往开来，
再创我中华辉煌。

（2012 年获第三届乌江文学奖）

2012年

郭性汶

墙（外二首）

为什么要存在？
有时我在这头，你在那头
相思失去信号不在服务区
寂寞被划定在这陋室
但更多时候我们希望墙能为我们挡住什么
或许距离产生美

譬如有孔而入的寒冷，发乎情止于礼的亲近
望眼欲穿时予眼沉重的打击

我不相信隔墙有耳
但欲望常常翻墙而入，世界拿它一点办法也没有

墙在身外不可惧，墙在人心难细分
小家有墙隔，大家无墙挡
墙是家的元素
有时隔断却变温暖，有时拆除反倒寒冷了

我看到我们生命就像拉面

几分面，几分水，在多大的面板上
几分碱，几分力，用多大的力度来拉扯
生命就像一个面团，被我们揉来揉去，它就有韧劲了
如果我们的日子，就像那抛出的拉面
从一团变成一匝
每一根拉面都是有韧性的日子
由粗到细，由短及长
这样，我们还会嫌弃我们的一生短暂吗?
从兰州起步，过了赤道就可以绕地球一周
我们吃下的面条不知绕了地球多少周，但是我们还是没有走出地球
人为什么要吃面条，我想，或许面条会牵着人的灵魂走路

知　己

夏天的知了无知己
要不就没有了聒噪中的苦闷
所以酒最是能解万年愁
可是酒精比我们还兴奋
试图与绯红的脸颊一同起舞
傍晚的夕阳被灌醉了
孤鹜还追赶着落霞的影子
觥筹交错，水晶杯碰响了各自的痛楚
响亮而没有破裂，这种痛最揪心

我们围着圆桌倾诉
但是不是讨论全球气候变暖，而是心逐渐冷却的过程

烛光的火苗跳动着，仿佛要猜透每个人的心事
然而烛光太天真，人心岂是你随意可揣度

往事像蚂蚁一样交头接耳
回忆让我们拉近了距离
不止交换甜蜜，连痛楚也共享一个
没有命名的文档

（原载《星星》2012 年第 8 期）

2012年

哑　木

威宁之书（五首）

黑颈鹤

三千年前
我是南高原这一片水域里的一只
黑颈鹤。
三千年后
我是这片土地上穷愁潦倒的一个
教书匠。

还是从躲雨屯到这座县城中学读书开始
我就梦想着要娶一只黑颈鹤为妻

为什么，我不爱上花枝招展的姑娘
却喜欢上了这黑白相间的美人，原因
不得而知。

现在我知道了，三千年前的自己
沦落至今，已无法和这具皮囊
合二为一。

百草坪

我不想写芦虹高原上有多少种
草。这么多草，又是如何
遍及天涯。

百草坪，现在我只想知道
这一山的草，哪一棵
是我的前世，哪一棵
是我的今生。又有哪一棵
要与我生死相依。

芦虹高原的风，吹了一千年
芦虹高原的雨，下了一千年
风风雨雨里，如果我找不到
不离不弃的你，百草坪
请允许我手牵白马，浪迹天涯
来世我衔环结草，以身相报。

马摆　马摆

近些年外地朋友来威宁，我喜欢
带他们去马摆。马摆
山高2763米，在现代汽车轮下
也只如平地。而山顶
真的平缓，犹如马背，也如
女人。宽广，丰腴
在高原顶端，令人扼腕，惊叹

甚至落泪。而更多的人
他们站在山巅，站在
不足半米高的趴地松中间
长伸双臂，嘴里
嗷嗷地叫着，长啸——
没有比人更高的山……
可是趴地松
只是更低地俯下，自己的身躯
在三千米高原顶端
不说话。

立马西凉

我一直没和谁说过，幼时的一个
愿望：立马西凉第一峰
第一峰，海拔高度三千，三千米
高度上，长风猎猎，江山如画
山下的草海湖畔，应有我心爱的
姑娘，摇着船儿唱着歌，遥想
凤冠霞帔。可这么多年
西凉山，无所谓一个人的野心
这么多年，一个人的野心，也逐日
消退，倒是有诸多风力发电
在西凉山顶，转圈，把看不见的风
转化为，光明的电。可这些，与我
立马的西凉的愿望，丝毫不沾边
或者，越来越远。

草海车站

内昆线上一个不起眼的小站
每次列车，总有那么多人
排那么长的队，挤那么挤的车
他们中有老人，有中年人
更多的，是十七八岁的青年人
他们从春节开始，为一张
车票愁欲狂，也为一张车票
喜欲狂。他们的身后，三千米的
高原，春风正逐一敲醒
每一寸沉睡的土地，呼唤
每一只睡眼惺忪的小兽，
也挠了一下每一朵花
柔软的腰肢，可是他们
已经厌倦了庄稼，土地，故乡
对此不闻不问，那么毅然决绝
前赴后继地奔赴东莞
深圳，杭州，温州……
使整个中国，都布满他们
奔波无定的身影。我在草海车站
我在老故乡，看春风
开遍桃花三千朵，也只能任其凋落
空自望着草海车站，那么多的人
离去，离去，除了离去
还是离去……

（原载《诗刊》2012 年第 8 期）

2012年

惠 子

如果在雨中

如果在雨中
我愿做一尾红鲤
游弋在您眼眸之间
如果在雨中
我就让红菱滑过您的指尖
让丝竹拨弄您的秀发
如果在雨中
我就变成一枝野百合
开在您必经的路上
如果在雨中
我就抛开所有的矜持
让赤脚站成一道风景
如果在雨中
我就轻轻唤您的名字
唤十里秦淮
唤苏堤春晓
唤二十四桥明月夜
唤杏花烟雨的江南
唤梦里不知身是客的一晌贪欢
雨中。彩虹。梦……

（原载《民族文学》2012年第8期）

2012年

欧阳黔森

贵州精神

贵州人
有谁能够保证
没有被
夜郎自大
黔驴技穷
这两块巨石
压得痛心过

是呀！还有什么谬误
比这更让人心痛呢

贵州人
不应该在这痛中麻木
失却自信
而是应该在这痛中
自信自强地发出
一声断喝

事物的属性总是充满了辩证

自大与自信
原本只在毫厘之间
过之则是自满
就是不知天高地厚
只要把握好了分寸
自大一回又有何妨
自大而不自满
何尝又不是一种自信呢

黔是无驴的
是黔虎吞食了
好事者的驴子
黔驴技穷这样的谬误
贵州人是完全可以
视而不见的
贵州人没有虎牙
却应有虎气
抖抖肩
抖落这个陈词滥调
自信而诙谐一笑
柳宗元是个明白人
这才是当代有虎气的贵州人
贵州人的那一声断喝
似霹雳一声震天响
贵州人骄傲而自信地
唱响了多彩的贵州

贵州人赞叹青藏高原的
高耸入云
贵州人考问黄土高原的

历史沉淀
在这块神奇的土地上
贵州人寻找到了多彩的含义

我们与五百年前的刘伯温
心照不宣
地无三尺平又如何
贵州人就贫瘠了吗
不，拥有了别人没有的
就是富有
五百年前的智者刘伯温
是明白人
五百年后的贵州人
也是明白人

贵州胜在哪里
就是胜这青山绿水里

于是，保住青山绿水
也是政绩
便成了贵州人的明智之举
这样的明智
与工业发展并不冲突
只要科学发展
高度的工业文明
恰恰能有效地留住青山绿水
纵观世界，这是不争的事实
工业化、城镇化、农业现代化
就是遵循了科学发展的原则
这也是世界和人类社会的大势所趋

这里历史的车轮不可阻挡
无论是谁试图阻挠
都是螳臂当车、自不量力

有了青山
有了绿水
就不会缺少
别样的颜色

谁都知道
大自然的底色是青与绿
谁都知道
在青与绿的世界里
有色彩斑斓、五彩缤纷

可是，有谁会想到
是“多彩”这个简明的汉字
却道出了这块神奇高原的
不尽风流

唱响多彩的贵州
是当代贵州人的精神风貌
是当代贵州人痛快酣畅的一次
大声吆喝

这吆喝之声
一声声飞快地
掠过高原起伏的连山
飞到了山的后面
没有什么再能阻挡

因为，我们站在高处
快，一切都在快
像贵州人的声音一样快
一声、十声、百声……
当这种声音超过万人之声的时候
这是一种多么绚丽壮美的声音哪
这声音、自信而从容
穿透大山上的天空
与云彩交汇之后
这声音像巨大的电流
急如闪电撕裂了苍穹
在霹雳声中宣告
贵州的春天来了

快，一切都要快
但要能快则快
快的完美是不能跌跤
如果，因快而跌跤
那就慢一点吧
快的原则就是
又好又快、更好更快

这就是辩证法则
这就是科学的、理智的谋略
当睿智成为一种谋略时
这便是一种与时俱进的精神
这种精神像钢一样坚韧不拔
是普天下强者的象征

钢铁是怎样炼成的

钢正是从不断地锻铸中
不断地热轧冷却中
聚集了无穷的力量
从而开始了一个志士
必不可少的严峻考验

钢正是在这样的考验下
脱胎成型
竖起、它是擎天大柱
横起、它是立地栋梁
钢正是在这样的考验下
才有了阳刚之气
才有了有棱有角的性格
也才有了千古名言
百炼成钢

钢的肌肤是坚韧的
坚韧得一敲上去
就响起当当之声
这是典型的英雄性格
这种性格是会挥手高呼
让暴风雪来得更猛烈些吧

钢原本是铁中的精英
刀尖上的锋芒
钢的英雄形象
只有在危难之时方显身手
三千度的熔点
才显示它红的本色
这时候，它柔软如水

却不是水
这鲜红的洪流
遇冷而坚
毫不动摇
这是钢的精神
钢的个性

是的，在危难之时
钢就会显出钢的本色
它会遇冷而立，挥手高呼
让暴风雪来得更猛烈些吧
这是英雄主义
这是乐观主义
这是理想主义

当一个人拥有了
这样的精神
他将战无不胜
无坚不摧
这便是当代的贵州人
贵州人不缺这样的钢铁勇士
在一场百年不一遇的冰冷较量中
这种精神在老百姓的泪光里
在共产党员的形象里

寒冷就这样严厉地来了
想必春天的信息已在冰凌下涌动
想必在贵州的春天里
这钢铁的精神、也是贵州精神
会生根发芽、茁壮成长

茫茫千里冰雪
掩埋不了青山绿水
掩盖不了钢铁般的贵州精神
更掩盖不了冰凌下那些
不逊色于任何一片红叶的名字
李彬、欧光权……

世界上理想主义的道路
从来都是一条
充满起伏跌宕的河流
如果一滴水、千万滴水
不曾有着艰辛而漫长的汇集
就不会有大地抒情诗一样美丽的小溪
如果一条小溪、千万条小溪
不曾有着与千山万壑、千难万阻
较量的勇气
就不会有大江大河的汹涌澎湃
在这汹涌澎湃里
每一滴水都是英雄
都洋溢着战斗的英雄主义
有了这样的精神
才有了大江大河的浩浩荡荡
不可阻挡、一泻千里的气概

是的，一滴水曾经是那样的不起眼
可是，只要亿万颗水滴团结起来
就能成为大海
浩瀚无垠、波澜壮阔
大海才是万物之源啊

水是无形的
无形的优势
是它可以变成任何一个形状
在峡谷里它是急流
在悬崖上它是瀑布
在盆地它是明镜
在天空上它是云彩
在云朵中它是雨滴
在南风飘的时候它是雾霭
在北风刮的时候它是雪花
这便是水的属性
遇坚而刚、水滴石穿
遇软而柔、润物无声
这便是水的精神
团结而和谐

贵州人
应该有着这样的精神
有了这样的精神
我们的自信自强
便有了水的属性
遇软而柔、遇坚而刚
我们便有了一滴水的情怀
屹立高原、心向大海

也许有人会认为
一滴水融入了大海是令人恐惧的
一滴水在浩瀚的大海里
这有那滴水吗?
因而宁愿是绿叶上一颗晶莹剔透的露珠

美丽在深山里
那么我们告诉你
这是典型的自私自卑自闭
在一个晴天
你的美丽也许只能是昙花一现

团结和谐、自信自强
这才是我们贵州人的座右铭
有了这样的座右铭
我们便心怀坦荡、无所畏惧

一滴水于弱者是泪、于强者是汗
一滴水向往大海而艰苦卓绝的过程
于弱者是灾难
于强者是财富
这就是事物的唯物的辩证法则
能快则快也正是
遵循了唯物辩证法则
事物的属性总是难以完美
快不一定就得
慢不一定就失
只有快慢相适才是得失的完满结果
有了这样的认识
又好又快、更好更快
才是我们理智的最好的
奋斗目标
这才是真正的科学发展观
有了这样的科学发展
绝地也能逢生

贫瘠、贫穷并不可怕
可怕的是精神贫乏
欠发达、欠开发也不可怕
怕的是没有足够的开放心理
和思想的与时俱进
当代贵州人
当然明白了这一点
于是“加速发展、加快转型、推动跨越”
成了我们的座右铭
“不怕困难、艰苦奋斗
攻坚克难、永不退缩”
是我们勇往直前的誓言。
千里冰凌掩盖不了贵州精神
百年大旱也枯竭不了贵州精神
那些不老于任何一片绿叶的名字
毛明举、申玉光、成名尧、谢光学
屹立在山头
竖立起了一座座贵州精神的丰碑
这一座座丰碑
像一面面旗帜
在烈日的热浪中飘扬起火红的信念
在这旗帜的下面
朱昌国、千百个朱昌国正挺身而出
用智慧和勇气
升华和诠释着我们当代的贵州精神

俯视祖国的版图
中国是一个不缺山的国度
只要是中国人
谁都能随口说出一连串令人敬畏的大山来

人们总是这样
敬畏大山、喜爱平原
山与平原的区别在于
贫瘠和富庶

贵州不缺令人敬畏的大山
东有神奇瑰丽的武陵山脉
西有巍峨磅礴的乌蒙山脉
北有雄关险峻的大娄山脉
南有俊俏秀美的逶迤苗岭

我们缺的是平原
我们生活在唯一没有平原的省份
山的后面还是山
这是我们的特性
于是贫瘠成了我们的心痛
原来地无三尺平、人无三分银
就是这样来形容这块高原的

五年前的一个预言
一直是贵州人的一个希望
现在这个希望
不再是一句空想
这是贵州人的理想

一个伟大的军人
也是一个伟大的诗人
在这里种下了“一唱雄鸡天下白”的理想
他送来的不是好事者的驴子
是一个红日般鲜嫩的梦

一个伟大老人，诗人的战友
送来了春天的万物复苏

高原人的精神世界里
有了“三个代表”的指引
有了“科学发展观”的方向
我们完全有理由
自强自信、开放创新
攻坚克难、永不退缩
又快又好、更快更好
这就是当代的贵州精神

高原不再沉默
沸腾的群山中一派生机盎然
高原出平湖给大地带来了一片光明
天险变通途把贫瘠与富庶的距离拉短

听吧！我们听见了一种
前所未有的步履声
由远而近
这是时代强劲的脉搏
在前方豪迈地弹奏

听吧！我们听见了一阵
吆喝般的鼓点声
由慢而快
这是时代急促的号角
在身后嘹亮地响起

这时，我们的血液
像水滴一样澎湃起来
从我们千百条毛细血管里
涌向我们的心海
像大河奔流浩浩荡荡

这一刻我们高原人
朝气蓬勃、血气方刚
这一刻我们高原人就是
“早上七八点钟的太阳”
红彤彤地屹立在东方
纵爱连绵起伏的群山
横爱碧浪清波的河流
纵横是经纬定格了
我们忠贞不移的爱恋

升起来是我们的精神
落下去是我们的辉煌

落下去是为了
第二天红彤彤地升起
周而复始
这便是当代的贵州精神

（原载《光明日报》2012 年 9 月 5 日）

冉小江

山间事（九首）

凤冈：万佛山

我去时，并有了人们所说的光阴
而日出在左边，一些矮掉的植物在哆嗦
还好，我站得老高
我可以写下的远远不止这些，或者就这样藏匿着
一半是私情，一半是儿女
风所以吹我，是因为此时没有了秋阳
人生的境遇不过如此，有时低矮有时缠绵
众山逶去，独我颠簸、流离
和底下的弯道一起浮沉半生。所以还是笑了
草木无情，我可以摘一朵
那些远去的、背离的，那些痛苦的、欢乐的
渺小得如同鸟瞰的炊烟，这人世间的烟火
被我浪费了多少年，你不知道
这花景已经渐渐衰败，来过的人和没有来过的人一样
随不得人愿，取木枯枝
独坐。和苍天的颜色比美

拨开的云雾和骄阳，我来时是这样
我去时，何尝不是如此

山间事

就像现在这样，我们停留在时光中
成了腐朽的一半，而另一半将会及时到来
成了我们的影子和病，这些土和一些完整的结局
像钥匙开启，请听声音
仿佛一生就为了这一刻，没命地奔跑
和着号子，和生命中的伤痛、无情
都会结束，你要高歌就嘹亮
像注定要为此埋下承诺，我们的语言
死过的亲人，这些苜蓿长在村子里
每一种事物都必定有其终始，像柴禾烧起
温暖了众人，也不得不到曲终人散
后来我们就习惯了，你走你的
我走我的，我想不起有什么人能幸免
逃过纠结，何尝不是
我们走着走着，就不见了

我希望我们都能看得见

我如何救你，你想想就摇了脑袋
这院子里的安静，还不如你发丝上飘起的冬天
我们可以看看落叶，在青草上枯萎
而你依偎着我，我们什么也不说

这个院子里会有漫漫的冬天，和这些雪花
和我不停的向往，这儿什么也不是
转眼之间，我三十岁
白气哈出来，雨雾在面前飘荡
片刻就笼罩了我们，你娇小的身体
我无法安慰，我无法说出多余的话，和豪言壮语
现实越来越沉默，我不敢相信
此时，你还在我怀里
你还在看着天色，一些白颜色和黑颜色一起沉淀
一些飘落我们，一些就此坠落
再也不见

想你的那一瞬间

我无法说出这些：伤痕、或者泪滴
我年轻时的梦，在那座校园的背后
碗碗花开得正香，像你的脸颊
我亲上去的味道，月光从中间倾泻下来
一层薄纱惊扰了我们，如今成了我三十岁的境遇
一切像是从前，我可以写下的越来越少，越来越飘零
像车辆穿梭，我站在冬天的梧桐树下
或许不久之后，我就又一次消失在人群中
碌碌无为。当然，这些与你已经无关

山间行

我曾经去过，不像现在这么忙
偶尔有一些小伤心，没有落叶
不像冬天这样很冷，很多的事情已经发生

和这里的村庄相比，我更愿意坐下来
看天色渐渐暗淡，所有的物件已经模糊
所以我不急着赶路，不急着见到要见的人
从村东边开始，一路小息
白色的杉木和杂草，我已经越来越习惯这样的情景
看河边的流水，这些流水一年似一年地奔跑、安静
心存杂物。偶尔你也会想起它们暗涌、追命桃花
但你一直不知道它们要流多久，和这些天气一起
在世间轮回上映，也许它们正在某个山坳打弯
迭起的浪花搅拌成水沫，一些无情地溜走
像此时的我，说不出所以然
也想不起为什么

凡　品

你可以爱的，你说的时候在风中叶子落了几张
几张缓缓地飘落下来，像多少年了
我的心境和挪不动的悲哀和小心，在月光下呈现半圆
其实不爱多好，我们可以做一场遥远的梦
你可以在情怀树下，说些关于季节的疯话
像个疯丫头跑过满山的野蒺藜，一些藤藤是青色的
一些已经开始红，像你的心事
我们都在各自的路上，蜻蜓停下来
也许我已经习惯不过问，也许就这样停留在院子里
像我年少时的模样，青涩但梦想着远方
你也许会问我，也许我们就这样
在众多人群中，分散、离开
而时日不远，它们就落在我们身边
一些长了，一些短了
恍恍惚惚就成了我们的一生

村子里的冬天

可以找一些干净的词语，说话
每一个人在冬天的时候都做些什么，或者安静起来
我无法确定这是个冬天，和这日渐枯萎的身体
这越来越薄的命，在这光阴中独自承受
下雨、风，还有没来由的冷
在这里，我可以在意的已经飘走
不会再等待什么，芦苇开始衰败
我每来一次就有一次的心疼，黯然低头
这时间中的杂物，像我的身体和使命
我们都暗藏了幸运，谈论天气中的颜色
在村子中，我们一起出生
到现在各自散开，像这些飘起的芦苇
你说这是什么？我说这什么也不是
我们有时候碰头，有时候就这样走在路上
和这冬天一样，干干净净的
又空无一物

在母亲的坟前

这是秋天的下午，山坡和野道
静得出奇的天空

有些人从此过，有些人大概走远
落下的余晖一点又一点地扩散开来，主宰了我们

亲人们在田地里劳作，你这一辈子也这样
把苞谷扛出土地、在圈栏里喂猪，像现在我们说着话

灶台上的抹布，和你的黑皮肤相互比美

许多年后，我依然能感受到
你的颤抖、发烧，或者那些打点滴的夜里
你辗转难眠说不出的苦楚，母亲
夕阳化作许多的粉末，我们都受到了恩惠
也许有些应该被他们带走，而另一些我们留着
像现在，我和你

老照片

一

我可以写下的东西越来越不多了，仿佛就是可以回去
一些面孔出现在眼前，那些青春的树叶哗哗地响
你想到的比喻都在这里面，有些时候，我们站起身来
而阳光毫不留情，它从我们的衣兜上往下倾泻着
仿佛永远是这样盈满，不知所亏
只有当那些扉页出现，时间和地点
这真是一场轻轻的旅行，像光阴中的某一截
它从中脱落，和我们生命一起
在傍晚的校园下，稀疏成几粒影子
好像又回到过去，那些声音

二

可以发黄，像写下的某些预言
从三十岁开始，你可以做的事情很多
包括和这冬天说话，火炉中燃烧着焰红

没有谁了解这些，这仅仅是开始那样描绘的
我遇见你。颜色可以确定
当雪花落下来，变成白色的泡沫
我们的行动虽然晚了些，但出现痕迹
校园里的树枝诡装了你的脸，那些粉红
如此清晰，有些时候
我捏着发夹，有些时候你知道的
我不知道怎么说，像很木讷
却又不甘心

三

只是需要很多时间的诉说，像我坐在墙上
一边看天空，一边和身边的人说话
如果可以，我想着不能重复
像他们势必这样描绘过：那个忧郁的男孩
背上阳光跌落成一个缩影，红色的粉末此时溅起身来
一些从上而下，一些已经立竿见影
没有比这更舒服的比喻，那时光阴闪烁
围观的人不多，她伸出小手
递给我桃颜色的光，好像我从此时开始
就懂了这人世间的磅礴和欣喜，一些击痛了我的身体
一些让我身不由己，苦不堪言

（原载《山花》2012年第9期）

若　非

攀钢手记

横亘在眼前的，是石头的血液
被硬化后，坚硬地躺在这闷而热的厂房
他们的尸骨，流失于人间
荒野的天地里

忙碌的人们，在机器轰鸣中
有生动的表情
用一座城池的性格，熔掉
千万年时间陈固的骨骼

其实我们只是路过的行人，走马观花
和一座城池的温度和硬度
在此赤面相对，讲解员多余的舌头
道不清我们的关系：每一块钢铁都有幽深和
质地坚硬、性格固执的原乡
每一个你我，都有荒凉而
富于灾难、悲苦、沉重的故土

（原载《星星》2012 年第 9 期）

末　未

阿娜尔古丽的五个姐妹

阿娜尔古丽，这五个字
像一群扎根在一朵格桑花上的异域姐妹
仿佛她们联袂出场
就是为了颠覆，孤陋寡闻的人
那些天，我一直想问
汉语中的哪些词，最有资格
接近这群姐妹
甚至胡思乱想，阿娜尔古丽
也许就是末未的意思
但我羞于启齿

许多个夜晚，因为我的肤浅
只能悄悄用熟悉的五瓣梅花
靠近这群撒播天香的使者
请原谅，阿娜尔古丽，未经允许
我有轻度的精神分裂
想起你名字里唱歌跳舞的五个姐妹
我就看到了漫天飞雪
看到了天山脚下，格桑花遍地

不管怎么说，我们已经手拉手
像在新疆和贵州之间
架起了一座恒温的轻轨，绕山绕水
穿过呼和浩特的大街
在辽阔草原的蓝天下，没人知道
我和这群姐妹要走向哪里。更无人知晓
此刻的维吾尔族和苗族
已经将终点和起点拉成了一点

（原载《人民日报》2012 年 10 月 22 日）

蒋　在

有一年三月（七首）

夜莺与玫瑰

有一片繁茂的桃树林
长在遥远的枝丫上
远景我看不见
夜莺与玫瑰以缄默弹奏一首短歌
留下来的　要以一种芳香的姿势
让人们去探索楼房已远去
这绵长在森林以外的
要让夜莺带着玫瑰穿越铁路

不过　夜莺也可以另外找一朵玫瑰
一朵白色玫瑰
到某一天
白色的玫瑰就能变成红色的玫瑰
夜莺也就回去了
因为都不妩媚　因为都不凋敝
他们迎接了许多的风

站在那里健硕高大
和我想象的不一样

不必把灯都打开

我要迟缓的告别
发源于土地之后归还于土地的
要用你的手帮我装一瓶土让我带上
狂野的海浪嚼烂了窥探和猜忌
沉醉之后就不必把灯全部都打开
只有这样
我才能遇上千千万万个婆姨
在黑得不见萨冈的地方
她们会喝酒和扭动身体
在比额头还要低的地方
我不知道为什么她们蜷缩
一切和大地有关的事情
她们都不做
唯独抽了取自于土地捏成形状的男人
没有了用那双手
撩开大麻时对自己的愧疚
又用了那双手
碰了许许多多的复杂花布衣服

坐在一棵树下
还没有等到天亮
有人就先走了
所以我说我不认识你

在这里没有日落
走到了你的庄园
就捡一串去年被太阳晒过了的葡萄
不要送给谁
它不愿意 我也不愿意
你见它饱满的时候
在那个时候
就该来看看我了

也不是耳语

在街头注满的一切
从两侧发髻快速地滑落
不要寻找朋克的音乐
它不会在落下日月之前扶住你

竖起所有的指头
与紧握所有的手指
我要从这个房间穿插到一颗
你发觉不了的纽扣上面
是那个少女的胸针
指引了不明真相的声音
去吧　去吧　握住那枚看不见的胸针
再紧一点再一点　你就会看见的

关于雨夜的鼓点就结束了
选择在九点　还是冬天任何时候
站在一片旷野落在前面的高地之中

我有一种预感
在五年之后
再见到你
我会说出来

也不是　　耳语　　也不是　　风

有一年三月

有一年三月
我提到我要买一辆耐用的摩托车
它可以坚持到我骑到西藏去
不　　像西藏这样的距离
我要到你说的那片桃树林去
拒绝徒步
我的双脚会被多少的石头阻止
去山头采摘你说过的那种果实

我不得不说谎
没有任何时间结束
一直欺骗到你们的死亡
一直到我们之间任何一方的死亡
将一切鬼魅的肮脏终结

有一年三月

最后举起今夜的酒杯打着雨伞
你不会看见我的手腕

不会看见雨水
就在那样的三月
我失去了一季的雨水

总是说　等到来年三月

如果你不是囚徒

我就跟你唱歌
平起又平坐在我家的谷堆上
过去的天气湿润了你的内心
你在这里待不惯
有一棵榆树
为你塑造了一万尊雕像
你也没有留下来
它试着拔出部分根
你还是没有留下来

是这里天气燥热
也烘烤不干　晾干不了的内心
榆树倒在地上暴露赤裸
失去的水分都浇在了
你最潮湿的内心上
让你更加潮湿
你居然没有说些什么
就回到了那个天气湿润的城市
最后将榆树命名为囚徒

好好问问开回来的越野车
十四个或者更长的昼夜
是榆树还是你是囚徒

草原，你看着我

我物色一匹棕色的马匹
时日已经足够久了
我要骑着它　直到那片无树的大草原上
我想象它长满了短小绿色的枝叶
沿着它
去见由它隔开的两个贫穷城镇

不要哭
你看着我
经常到窗口那里来看着我
不要问候
就看着我
尽管你再也不确定
是否那里站立着的是不是我
就如同我一样
骑着马匹看到了荒芜的高地
由于模糊的视线
我依然看见了繁茂的大草原
看着我
享受所有的绝望
还依然看着我看着的那片贫瘠的草原

因为浩渺洞藏了你的眼

因为浩渺洞藏了你的眼睛
你埋下头没有将它抬起
忘记你重复了这样的动作多少次
你迟迟没有收好行李
把它叠在木床底下

坐在窗子上
我几次以为你会
迎着那场突然的雨雪
拉起手风琴
声音没有等待的那么悠长

你闭上眼加上叹息都有香味
这样我就不敢见你了
在一个斜坡上种下了
我以为是月季的太阳

你从来没有来过
就变成了一些碎发
从发髻的后沿
忘记打开了灯
至此我就再也没有见过你
你就那样摔下去了

（原载《人民文学》2012 年第 11 期）

哑　木

威宁之书（组诗）

在躲雨屯

我想回转躲雨屯去，我想在一个
传统的村庄里，了结此生。
我会在母亲开垦出来的土地里
种上苞谷、洋芋、红豆
也会在父亲的小学校里，像他一样
教授一群知冷知热的孩子
春日上山采茶，冬日积雪煮酒
夏天掮石盖屋，在秋天，迎娶邻村
美丽的新娘。其他时候，我也挥毫
涂鸦古老浮云的汉字，也写下
长短不齐的诗篇。如有朋自远方来
我陪他，下没有结局的棋，也陪他
看细水长流。最后，当他归去，
我制长箫，或短笛，清酒三杯送君归
曲尽人散，酒意微醺，直到天涯路上
不再见他身影，心里却犹自念着——
西出阳关，故人尚在此……

我有清风的形状和体温

如果我的土地里，草盛豆苗稀
如果秋风，卷我屋上三重茅
如果举家食粥酒常赊，我还是愿意
在这个滔滔而去的时代，活着
并写着。我要尽我所能
破译枝头那只鸟儿，不住啼鸣的
情意。也要学习那对蝴蝶，如何
毅然决绝，即便眼里还含着泪
也要双双飞。更加要向星辰学习
璀璨临世，却不在人间，留下
任何阴影。当那时，我会如一阵清风
视之无形，观之却有意。我的心
终于也不再痛苦，而有了
清风的形状和体温。

乌　江

多少人想用尽汉语里最瑰丽
奇崛的词汇，赞美乌江
更多人高歌——
我们的河，母亲河
还有人，放马南山后
纵身入河，把自己，付诸流水
可又有多少人知道，这条
发端于威宁县盐仓镇花鱼洞的
河流，初时犹如怯生生的小姑娘
哪知道前方，有那么乖舛的
命运，活生生把自己逼成了一名
母亲。

（原载《星星》2012 年第 12 期）

2012年

冉小江

长恨歌（外一首）

我被放在江河之中度日如年。苍山不老
流水懂得回家。我们奔跑多年依然一无所获
有人在山下喊我们以青松、岩石，这村庄之物至今犹存

在这匆忙的尘世，我们已经违背了多次的誓言
违背了这荒草中逐渐迷失的自我，墓碑和先人们依次排列
世人在走样，祖先们知道的已经不多

和谁去算这笔账目。要把光阴都浪费在这条路上
要把秋日的雨水比喻成一条横起的山岭，有一天我会葬在山下
不是被火焰烧光就好。要是有一整天的明目

我会去哪里？在苍山中钓鱼、煮酒
英雄们都这样。闲时翻书，有时候也抱打不平
那么忙时就去秧田里，种一季的豌豆

等开花结果，形同高兴的事情爬上枝头
决计不去抛头露面，骑着大马穿街过市
那些庸俗的事已经做了一半，还有一半应该留给后人

和爸一起的下午

他们说你老了，词语生硬
生怕我不知道其中的意思
其实我何尝不知，在小河边
那时你背着苞谷，在晚风中像一只匍匐的倔牛
我为你倒洗脸水，还有桌子上的饭
你说话的声音粗大，远近都听得见
那时候我觉得这辈子就这样：你砍柴烧火，一家人温温暖暖的
日子多么快，现在就成了你
咳嗽、艰难地翻身、瘦掉的骨头，我能看见你眼光中暗掉的部分
晦涩还有过多的忧郁。其实没有什么
你背过我走的路，我现在搀着你走
草都黄了，毕竟这是冬天
一些矮掉的植物就在我们脚下，我们可以说说话
或者有一天你走了，我也会哭
这些生命中的来来往往好像是福，又好像我们简单地叫你一声爸
撑直的身杆，做一个早起的人，这些都是你教给我的
有一天我也会教给另一个人，告诉他走过的路

（原载《星星》2012 年第 12 期）

施 波

凭窗如梦（外四首）

窗外高宇重檐
应该有悠长悠长的深巷
如果深巷无人
何时能遇见一位丁香一样
结着愁怨的姑娘?

窗外庭院深深
应该有斑驳的一角粉墙
如果粉墙无字
寂寞的思绪怎能连接上
往日时光?

窗外小桥卧波
应该有回响着唐宋声韵的水乡
如果水乡无雨
小桥流水怎能在岁月深处
灵动地飞扬?
借着月光的温柔
守住一壶茶一炉香

凭窗如梦
轻轻叩问每一扇窗
昨日　今日
是否会有不能言说的伤?

仙人掌

或许，我的表情只适合冷漠
我的脸，只适合自己的双手抚摸
明明有最柔软的心
却非要张牙舞爪
在身上布满荆棘

遥远的夜空
幻化无尽的苍茫
沙漠里到处都是脚印
岁月无声地掩埋了
多少红尘多少沧桑

无论最终还是最初
我总是沿着月光的方向
凝视那久违的美丽
感受一个心灵的游离

无论是最初还是最终
我总是
一个人在无际的沙漠里
默默地坚守
迎风无语

雕镂岁月

（游龙门石窟有感，此诗也给在岁月中守望，记载着千年文化的大佛……）

我把前世的一部分
一凿一凿地雕镂成尊严
灵魂在一瞬间击中我
我的影子被守望成一尊佛

朔风磨砺岩石
雕镂的不止是我的身躯
还有一个神话的文明
和我们一起慢慢变老的岁月

来世高悬于轮回的遥望之上
梦却朝着时间的反方向延长
没有一点声音
但弥漫着冥想

白天和夜晚我都在守望
守望过天空，守望过苍茫
守望过大地，守望过群山
故乡的炊烟湿润了我的双眼
记忆中妈妈的吻是那样的甘甜

如果寒冷是温暖的部分
活着也是死亡的部分
没有血，没有呼叫
却留下了思想

也许成熟的旅途都得穿越寂寞
人生的驿站谁又能将其淹没?
悲哀和失意尽管来吧
没有斧凿加身的痛苦
哪能将明天的美好雕琢……

淡　忘

（有很多该遗忘的东西，却总是忘不掉。用手去抚摸它的时候，我知道其实是不想忘掉。我会带着它们去行走。）

回望来时的路口
一点寂寞，几许荒凉
究竟是怎样的思绪
让一朵平静的花
还没来得及绚烂
就又要恢复平静

想挽住开放的生动
伸手，却怎么也无法触及
有一种美丽，只适合远远地守望
有一种思绪，只适合慢慢地淡忘

穿越时隐时现的悲喜与离合
那些曾经以为可以淡忘的事情
却在被慢慢淡忘的过程中
更加刻骨铭心

掌　握

伸开手掌
指尖传来你的温柔
你的手心
一条条纹路
一道道经脉
纵横交错
是你布下的十面埋伏
专等我陷入迷局

伸开手掌
指间沉淀你的执着
你的手心
一条条纹路
一道道经脉
纵横交错
我们之间
聚与散
分与和
全由你　掌握

（选自诗集《听香》，2012 年获贵州省政府文艺奖文学类三等奖）

末　未

倾斜的力量（外二首）

不是他的重心不稳
是一路追来的风太狠

此刻，他的身体更加倾斜
四十年了，没有根据的风
始终不肯放过他
是骨头里的一声喊
他在趴下去的瞬间
没有趴

他一直就没有趴
即使黄昏的转角处
大风掠走了他，可明天
他又带着太阳和阴影
继续出发

假如某一天
他真的被一阵大风刮走了
大风和他，都不再回来

失去了倾斜的牵引
这个世界是不是，很危险

风中的草帽

当一顶草帽千疮百孔，我们要帮助它
找回那些丢失在时光深处的草
修补好眼前的漏洞和伤疤
让它重新回到高处
为一个人遮风避雨，挡太阳
然而事实上，神仙也不可能
把这件事情做到

当一只草帽满身巾巾吊吊
我想，那个曾经赶路的人
一定戴着它在夜里顶撞过星星
甚至还在雷雨中冒犯过闪电
当然，也说不定
或许还有别样的原因

但一只草帽现在破了，这是事实
那个人随手把它扔在了大街上，也是事实
我看见，它在十字路口滚着滚着
突然离开地面，飞起来
恍若一个不服命运的人，故意隐去身体
只暴露破碎的灵魂，在大风中落魄地奔跑

投 降

在祖国的地铁里
我发现，稳坐江山的人
太少

更多的人，是摇晃着
举起手来
把自己吊在一根杆子上

这姿势，多像
向生活
投降

（原载《诗刊》2013 年第 1 期）

末　未

梵净山：坐看云涌金顶（外二首）

事实正在证明，水穷处生长白云
也生长凸起的孤峰

前世，千里之外，有人摸着夜色匆匆赶来
想在日落之前攀上崖壁，再攀上一朵白云

他一把一把借着金顶道上铁索的力
再一步一步借着八面好风的威

然而他用尽一生在天路上摸到的全是雾
后来他用了三生也没摸着一朵白云

现在他干脆坐在那里一动不动
一会儿看山，一会儿看云

在梵净山新金顶遇大风大雾

大风不卷残云，大风卷走的是万里晴空
大雾不失楼台，大雾失掉的是千座大山

此刻，居然还有人站在天桥上袖手旁观
好像已经物我两忘，八百里风光即来即散

星星点灯，山河终于站稳脚跟
残阳，一声比一声慢

鸟鸣张家坝

确实没看到鸟
但确实满坝都跳着鸟鸣

半亩之外，青
五步之内，翠

最贴身的一声，回响在心里
云蒸雾腾

后来有云比山阔
有雾比涧深

山重水复，鸟
不飞出来才怪

（原载《民族文学》2013 年第 2 期）

2013年

惠　子

闲　潭（九首）

闲　潭

给你谈风雨似乎为时尚早
只谈阳光又似乎太浅薄
那就谈谈今天的天气吧

贵州的天气多变
北京的天气同样多变
早晨还是阴云密布
浓雾锁住了城市　也锁住了掌声和我的心情
连中央电视台高高的塔尖
也湮没在浓雾里
而中午　忽然云开雾散
太阳露出金灿灿的笑
那个笑像钢针　像熔炉
在头上锥　在脸上刮
仿佛要把整个城市吞噬
俄顷　暴雨倾盆

大颗大颗的雨　像一串串惊叹号
砸在人们脸上　砸在烧焦的房顶上
溅起一朵朵水花　溅起一朵朵
大旱逢甘霖的快意
也溅起大朵大朵被淋湿的无奈与困惑

天色渐渐暗下来
喧嚣了一天的城市渐渐恢复平静
华灯初上　万家灯火
这个无与伦比的城市又开始新的轮回

早晨　我在假山之间读诗

早晨　我在自家的阳台上
在假山与假山之间读诗
初秋的阳光照在书页和假山上
让人真实生发许多惬意和愉悦
但这些诗就像眼前的假山
空有山的形状而无山的神韵
我不知道这是山的错我的错还是诗的错
山生活在山里　生活在荒郊
是我硬把它拽进了城市
这多像当下的诗歌
她们失去了天地灵气　失去了日月精华
失去了根基
空留下诗的枯枝
在风中摇曳

静　物

一片叶子
在另一片叶子的后面
始终隔着一个眼神的距离

阳光从叶子的缝隙间漏下来
风雨从叶子的缝隙间漏下来
他们共同享受
这来自上天的恩赐与祝福

所不同的是
一片叶子正慢慢打开
而另一片叶子正慢慢关闭

感　激

真的感谢你对我们的包容
这种爱已大大超越了你的年龄
真的感谢你来到我们中间
来到这个家　来到这个家族
并延伸了家族的血脉
都说至亲不言谢
但我还是要说出来
就像婴儿之于乳房
萤火之于夜色

朝霞之于天空
因为你我变得善良
变得有勇气　变得多愁善感
变得渴望被一切所爱和爱所有一切
包括花草　鸟兽　鱼虫　和一切的一切
我忽然想陪你一起静思　一起欢乐　一起哭泣
我想告诉你
我们是父子　更是兄弟

我和你

我和你　是两粒光子
穿越时空的微尘
来这里相遇　来做父子
我有我的朴拙
你有你的细腻
我把表情挂在脸上
你把光芒藏在心里
挂在脸上　多一份唠叨
藏在心里　多一些神秘
我更愿意　把你
当作朋友　当作兄弟　当作知己
当作男人之间的秘密
当作小小的来　或去
如果可能　我还要把你当作空中那朵云
而我就是云下面那片
秋水望穿　却欲下未下的雨

忧　郁

这沉甸甸的蓝
这沉甸甸的重
这沉甸甸的解也解不开的惑

曾经想给你谈少年的心事
可我还没来得及开口
那些蓝色的鱼群
已横七竖八爬满季节的枝丫
还没有等我开口
你似乎早已
霜满天涯

烦　恼

就像大学操场边上那株枇杷
就像对面宿舍楼上那束灯光
就像鞋子里的那粒沙子

金色的火把
橘黄的灯塔
鞋子里隐隐的痛

是我把你的鞋带系得太紧
还是前面的风景太迷人
亦或什么也不是

什么也不因为
就像瓶里的春天
亦或天上的流云

牵　挂

牵挂　是一缕风　是一片云
是思念的手牵着的风筝

牵挂　是河边的柳
是柳上的枝条
是枝条上欲言又止的　青

牵挂　是鞋里的沙子
是沙子硌脚的痛
是隐隐的痛

落　寞

落寞是什么
是一条蛇吗?

落寞缠在旗杆上
落寞的旗帜
飞扬的青春
忽明忽暗的花的影

（原载《山花》2013 年第 3 期）

郭性汶

真　相（组诗）

一

一堆怨恨被砌起，一个窟窿被撞开
这时候，伤疤被失落的眼神逐一检阅
爱情像风干的肉，不再奔跑
感伤像上瘾的大麻
尘世里一个不甘堕落的瘾君子，在裸奔

二

嘴角的笑意像潮水一样褪去
青春成了他溃败的理由
死亡仿佛茶炉旁上的夜话
暖暖地告别，却冷冷地离场

三

严肃比雕塑还僵硬
谁在一条搁浅的鲨鱼旁悲伤地默念悼词

而人孤独的灵魂却独自上路
落寞被劣质酒灌醉
忧伤却在酒残夜阑时独醒
我们必醒着向死亡妥协

四

我还在大口地出气吗
像冬天一样苍老地喘气
我与冬天犯同样的喉疾
岁月咳嗽的声音夜半不息
大地苍老的时候我们是一粒种子
生命有些意外
就像邂逅有些意外

五

当往事停止回放，像触屏一样失去灵敏
瞳孔像生锈的快门变得呆滞
手不能灵巧地弯曲
脑溢血阻止了思想的刷新
那一天，是甜蜜的圆寂
还是痛苦扭曲的定格

六

一枚钱币用旋转来决定阳面
一个人却可笑地用随机来抽取命运
鸟儿的喙深深扎进岁月的肌肤，吮吸着这些非疼痛的记忆
生与死却羞怯地隔着一层纸
但是智者不用捅破的方式来揭开

七

夜鼾声如雷，一条河流梦到了昨天
一条河流滚烫的昨天
誓言与爱情耳语
背叛与谅解媾和
一条道路停止了延展
迁徙在冬天里被冻成了不能移动的僵尸
死亡与故里划清了界限
我们怀着陌生的恐惧在伤逝别离

八

我们凭借风的方向辨别人生的方向
但是风往温度一路骤降的方向疾驰
坐苍老快马加鞭
苍凉的尘世是个陡峭的悬崖

九

身体如荒原一样裸露
欲望像发酵的馒头一样膨胀
当乳头从斑驳的墙垣伸出，给贫穷哺乳
傍晚的暮色像得胜的军队已完全占领黄昏
我们被清洗得如此彻底

十

于是，我们开始让身体与灵魂保持距离
一个圣女和罪犯，纵欲和清心
这一丈开外，他们叫修行

尘世像一个盛装悬浮液的瓶子
我们在摇动里面浑浊
在平稳中澄清

十一

如果生命如春笋，请在此刻剥开来
在你滚烫的眼泪未成行时，笑着
剥开来

幸福岛

我总是在暗处感动
像蚯蚓，伏在土壤里恸哭
哦！没有什么比一种有距离的端详，更动人了
羞怯是我们隔着的最后一层纸
而世界早把羞怯遗失

关键的音符正在线条舒展的五线谱上，跳着自己的艳舞
世界由妖娆的曲线和节奏组成

我的指甲已修得如千年妖姬一样长
我用哈利油来涂抹，但不加胭脂红
因为那样会提醒我想起红尘里的一切红
陡壁悬剑，但我不用它斩断青丝
而是让它立于一颗有热度的心之上
好在夜晚来时，互相对视
让我看看，你眼帘垂下，泪珠涌出来时的模样

追赶太阳的人，必然熟悉太阳落下的方向
有人踏着黎明的脚步来了
有人循着黑夜的踪迹走了
鸟儿还一如既往地恋着，那些生命中魂不守舍的客栈
用沉默对抗沉默
完美的粉碎，胜过一切的瓦全

一只宠物狗高大的身躯，穿过午夜的街区
摇晃的灯光像一个醉归的人
汹涌的泪水汇进夜河，我们的感动不再肤浅

所有的鱼相聚湖底耳语
而我的脚因痛苦而痉挛
姜太公钓的已不是那条鱼，但岁月的钓竿还在，作为摆设

涂鸦的女孩，成了我们感情荒原上的一尊雕塑
幸福的孤岛上，一叶小舟驶过黎明

夜梦喃语

一丝薄寒划过熟睡的肌肤，黑夜里
一双含情脉脉的双眸凝视着，我静如秋月的脸庞
幸福藏在暗处
而痛苦就在明处
那调匀的呼吸间，除了接受一些安抚
是否还意味着，包揽全部痛楚
苹果因为透熟就那样不可抗拒地落地
万有引力只是上帝的一条鞭子
领悟比悔悟简单，

我们像寄生虫一样寄居在别人心里
然而扔下味道的我
却在另一张床上梦着什么
从一个枕到另一个枕的距离，原来是那么遥远
我讨厌那个欲望的道具
拒绝那些平躺的姿势，与床同流合污
无力反抗的同时，我们羞于谈出闭着眼睛享受的感觉
直觉和嗅觉本会在一些温暖中邂逅
但是我们会突然在一个惊怵的梦里醒来
愣在黑夜的边缘

好马不常有

那些夜晚树枝上的叶子，该在午夜时分承接一天的雨露
我们睡去的时候，万物是清醒的
保持着一贯流畅的姿势，粉饰着太平的夜

一只保持警醒的狗，瞧！虽然失去了青春的毛色
还在较真地对抗着那些风吹草动，而这时我相对平静

沉睡的夏刚苏醒，就被洪流冲走
绿色像闪电划过天空，就像一些真理圆寂后的虹化
看到真相的人不相信真相，只有穿过真相的人才会折服真相

那些叶脉像极我们的血管
我们的营养都取自相同的阳光，但我们的凋谢不尽相同
于是夏天成了我们一种茂盛的心情

从苗到一棵古树，可以跨越几个朝代

让那些意欲对抗时光的人蒙羞
但是厚颜无耻的人却坚持拽着光阴的衣袖
根繁叶茂时
那青枝结成的因果，却是沉甸甸的缅怀

一条路，不知道涉足过多少双唐突造访的脚
沉沙反复覆盖着那些没有任何个性的脚印
像那些发白的牛仔裤，人的命运会随着一双腿的漂泊
而让我们一生变得扑朔迷离
任何尝试走回头路的想法，最后都以可笑的理由告终
回头草遍地是，好马不常有

（原载《山花》2013 年第 3 期）

2013年

罗霄山

火车倒退（五首）

倒退的火车

请倒退吧，亲爱的火车
请倒退到他童年的小木屋
在他的作业本上
画一只作势欲飞的鸟，倒退到煤油灯芯里
烧成一只火凤凰。
请倒退吧，亲爱的火车
和铁轨上的枕木，请枕木回到一棵树
继续与鸟雀的爱情。
请钉子回到矿层
煤渣回到最初的森林
爱，回到胸腔。
回到野兽们狂奔的时候
请野兽回到童年，人类回到鱼
我们回到洪荒的尘粒。
我坐在山坡上，口含草根
众鸟低回，群山逶迤

我大声叫唤：火车你请回吧
请退回到凤凰烧死之前
回到诞出你的隧道
请隧道缩回山体，请生活缩回
要扼住我们脖颈的铁钩。

旅馆来信

你说你到了一个不知名的远方
宿在一个不知名的小旅馆
窗外就是草原和蓝天
也许有经过的旅客
成了毫不相干的亡人，他们的气息
似乎留下来，有别于你自己
一种气味在一个地方待久了
会有土著黧黑的肌肤
在恍惚中，你仿佛能听到他们说起
旅途的见闻，莫名的艳遇
你期待一个陌生女子
走进你的房间，谈谈生存的
疲惫，和异乡般陌生的故园
谈谈那些凶杀案
关于死亡的诸多线索
当然还有制度下的委顿
所以你逃出去了
而逃避并不意味着，你已失去爱的能力
可这些有什么用呢？
当我接到你的信

我的阅读，还是蒙上了一层
高压下，惴惴不安的薄雾。

对一颗停止跳动的心脏的观察

是的，血液已经凝固，而且我们听不到了
他晚归时响亮的口哨声
他已经不能感受寒冷，他死了。

这个球体正在紧缩
空气带走它们——温润的水分子
它在最后一刻强有力地搏动，然后静止

它会作为消失的事物被遗忘掉
当坟墓里只剩下白骨
我们尚能想起他黑色的脸和瘦削的身躯

这个球体不能接受任何指令
它在它的位置，显得无所适从
它因引发一场死亡而陷入静止的不安。

如果肉体是透明的
我们能看见它还悬挂在那儿
这生命中的句号，有很多缺陷。

针一样的肋骨织成一张网
美好的囚笼，使死亡变成一场戏谑
我的堂兄躺在那儿，直直地望着我。

夕光记

树木倾斜阴影，构成夕光的韵脚
楼群喑哑，鸟雀的乡愁
蹦出了天空，波形的弧线
被小小忧愁占据的房间，展现出
较为宽阔的肃穆。

当然怀念野地里的哨声
兄弟们散落各地
在同一片夕光之下，命运
有着相似的伤口

牛羊尚未被赶入圈舍
圈养的何止它们?
月亮适时升起，星星，是从大地
降落的石头，无非是它们
一再领取天空的奖赏

池塘静寂，一截圆木
兀自抱着自己，缓缓发胀。

冬之意象

在一片叶子上发现，秋天倏忽而过
蚂蚁们的盛宴在继续，一个人对于空旷下来的
内心，突然觉得无所适从。

需要说到鸟，在这里飞不了几天
它们将离开，烙印上沿途的风俗和炊烟
抵达枯草季节的心脏。

出门人裹紧衣领，匆匆而过
对于面无表情的时代，都突然
缄口不语。

所有生存的伎俩我都熟知，有如熟悉
左手的纹路，刻了什么样的命运。
哦，冬天的神，温暖一只鸟，有如
温暖一个婴儿的新生。

拖拉机突突地奔驰在原野，空寂下来的
土地，盛不下悲欢，这些俗世的礼赞
消耗了我们太多青春。

我们乐于不发一言，乐于听从命运的指挥
一个人静静守着自己的麦田
养育蛙声、萤火虫，和爱

别告诉我的孩子，我经过的万家灯火里
藏满陌生人的面容。之于同类
我有着和他们一样的个人成长史

无奈，屈从。将满山的柴禾运往
内心，火柴、打火机、或者燧石
这些，构成了我抵御这个冬天的——全部

（原载《山花》2013 年第 3 期，《诗选刊》2013 年第 7 期转载）

2013年

姚 辉

雨

一

有谁比我更懂得天穹的琐事？

神已成为最后的手势　大量春天
从眼前远去——谁
比我更接近雨滴的日子？

我目睹着不倦的承诺　当爱情重复爱情
欲望如花卉绽放　我阖上遐想
让沉重的云　拥有
暗黑的盟誓——

谁比我更熟悉雨水的道路？
从未来直到往昔　倾斜的星光业已消瘦
有谁　握热灵魂
像握热大把呼喊的文字

我经历的天空你也注定还将经历

我背弃的幸福你总难以为继

谁比我更善于遗忘？雨滴坠下
我　已不敢再有太多的迟疑

二

经过我们脸色的那些时光
并不能留下什么
除了一张单独的身影　以及
四种季节中　雨滴弯曲的痕迹

目光闪耀在疼痛的天涯
谁的诗篇被一场暴雨忘却？
祈愿苍凉啊——嶙峋的手势
挥动的　已只能是沧桑之外的勇气

所有的疑问都比雨滴更为易碎
如果继续追问　我又能不能
坚持走近　骄傲的目的？

而大雨依旧在下
想象那些闪电与歌吟的日子
多少疼痛进入雨声
我们躲过了幸福　却又只能走向
幸福之前辛酸的千种遭遇

三

雨中的街市　你是不是仅存的衰老与苦痛？

我像一块饥饿的石头奔走在雨中
我　火焰的愿望　深不见底

谁把身影挂在倾斜的雨幕之后?
那是焦灼的身影　一些花卉被岁月磨旧
我不知道　碎裂的雨
包含了　多少难以忍受的漫长深意

当我带着善恶与爱憎穿越雨声
我已经放弃勇气　而闪电出现
它照耀的时光变得尖锐
零乱的脚印　消失在枯旧的风里

谁也没有理由背对这浮华遮掩的一切
成堆的夙愿弯曲　残垣替代远方
谁能寻找到姓氏上燃烧的遗址
谁能寻找到梦想的痕迹?

遍布回忆的雨夜从中折断
我走着　没有什么
能够在简单的行走里　让苦乐延续

四

雨落在我的骨头上　它穿过了血肉
径直打在发白的骨头上——

打在灵魂上。这个春天让人感谢寒冷
梨花苍白　像一部分雨声

如果允许我通过唯一的夜晚
如果允许沉默：嶙峋的雨打在
生锈的梦境上——

打在张望上

骄傲碎裂。街影一片泥泞
花朵和女人
你在撕裂的路口踩响大地的吁声

如果允许遗忘……
从祖先的名字上　雨　落下
现在的冷
也可以是过去的冷

这个春天改变了幸福的方向
背对灯火的歌谣渐渐消失
怀想颤动　成为启示的夜色掠过远方
雨……打在雨上……

五

密集的雨滴里嵌着黑马的头颅
它们奔跑　谁聆听——
空旷的世纪　容忍了上千种道路！

从黎明开始　首先是马骨在动
然后　一阵嘶鸣闪电般坠下
受惊的雨：它们的奔跑
是否已在远离所有宿命的错误？

而我是那个背负天堂沉默的人
在雨中　我鞍形的颂歌压碎历史
我挥舞双手　让漫漫时光
听懂自己的脚步

一匹马。一片雨声……
高处的山峦数不胜数

我穿过整座城市　像欲望穿过贞洁
雨穿过雨——那些幽暗的马影
只能成为被不断重复的瞬息

如果我被淋湿
如果我枯萎——钢铁的蹄迹飘过风声
雨啊　世事冰凉
我是谁快乐前后的疾苦?

六

灵肉的常见病　叮当作响的沉默
甚至暴虐的安魂曲
你是不是还掌握着对生涯另外的描述?

雨肯定会打在一些骨头上
——通过遐想　雨连接起往昔
古老的光阴　布满
命运倾斜的种种纹路

如果想成为第一个衰老的人
你就不会轻易越过夏天　延误的日子
浊雨弄垮的名字盖着风声

骄傲或美丽　都需要
更为新颖的重复

就这样大雨充满了回声
从历史到忘却　破碎的雨滴代表守望
谁　又在犯着泥泞般曲折艰险的谬误?

灵肉的常见病　它躲闪着秘传的偏方
你无法躲闪的欲望扑面而来　雨
雨——有人　将独自学会幸福

七

幸福的人不一定是认识雨滴的人
眨眼间　往事于皱纹里醒来
认识雨滴的人不一定是潮湿的人

潮湿的人不一定是坚持沉默的人
鸟儿占据荒野　横斜的风声已经消失
坚持沉默的人不一定是远去的人

远去的人不一定是别有用心的人
所有歌唱重新浮现
别有用心的人不一定是陈旧的人

陈旧的人不一定是习惯忧伤的人
道路在瞩望里锈蚀　我已经警惕过了
习惯忧伤的人不一定是熟悉黑暗的人

熟悉黑暗的人不一定是苦痛深处的人
水声起伏　你被天涯垄断

苦痛深处的人不一定是骄傲的人

骄傲的人不一定是认识雨滴的人
季节渐渐淡了　尘土与旌旗替换火焰
认识雨滴的人不一定是试图幸福的人

八

所有街市都可以被同一滴雨水挡住
越过广告上的手势
我接近硬币：此刻的黄昏
像一个走失多年的人

谁把秋天剜在脸上？
沉默不会简单地消失　破旧的雨
成为　最难诉说的追忆……

这样的雨点杀戮着思想
绳索之上　昼夜坠落
它的声响
让远方放弃了遥远的勇气

谁嗅出了天堂生锈的气味？

——现在比过去更远。

一种歌唱收敛起羽翼
我向雨滴走去　踩着黑色诺言
我看不见繁华掩映的痛处——
以及无数骨头　抖落的尘屑

九

雨水淹没了典籍　在你呼喊的时刻
雨笔直地落下来——
我在雨中　以雨的方式　看你

岁月自何处闪现?
连苦乐也遮不住单薄的身影了
我们在雨中　血肉间的风俗
成为某种铁定的迟疑

谁说雨季无可指摘?
当金质的苔藓遍布秋天
我看着雨声　想起
一些荒芜过的回忆

雨从梦幻边缘坠下
像千种启示
而风中的道路依次卷过
我不知道　那走过雨滴的人
是否还能拥有过去?

我在雨中　倾斜的时光
接近遐想—— 一滴雨
留下　黝黑的痕迹

十

那不断坠落的是整个世纪难以收留的怀想
那坠落的一切　正不停地消失在
我们凝望已久的大地上

父亲为往事骄傲。而我也有过往事
泥泞的春秋让我变得沉默
我沉默：远去的天空
比梦境更为漫长

忍受过的伤害包含了多少自豪的理由？
有人想起歧途上的惊惧　一滴呼啸的雨
说出可能的幸福与忧伤……

而荒野堆满了祖先的名字　还有骨殖
血　青苔覆盖的时辰
我已不敢随意留下足迹
雨打江天　我已没有理由
藏起独自的波浪

我无法回溯。当雨声消歇
陈旧的鸟影被反复刻入疾风
一次颤栗的挚爱
便代表了　所有的迷惘……

十一

我已经倦怠于倾听这些雨声
它们正诉说着什么
它们　又隐藏起了什么

可我却只能无悔的听着啊　一滴一滴
又是一滴：孩子的梦境没能将生活覆盖
天堂在头颅上
思想被麻木一遍遍　省略

一只手攥住过怎样的沧桑？
雨声业已生锈—— 一只手
僵硬的姿势随雨滴坠落
孩子实验出最新的风向
政治在镍币脸上　仿佛雨在雨声中
坚硬的政治　渐次变薄

而蒙尘的雨声再次经过追忆
孩子的歌谣之后
雨滴疼痛　我
已经厌倦了这类深入骨髓的执着！

十二

像一次来自高处的警告　雨
打垮了某些肉体

一句承诺成为千种警策
有人在灯盏下做梦　他的远方
阴霾遍布——有人
正试着忘记

长长的河道被折叠的涛声撕裂
脚印漂浮——独木舟的晨昏
只有长桨　测得出所有汹涌的努力

唱歌的孩童丢下鲜花
他手势外的幸福
已渐渐美丽

而我不敢在雨滴中放置眺望与怀念
骤雨黧黑
我不敢在流逝的往事里　叹息
——像一些来自未来的呼唤　雨
坚持着　瞩望倾斜的履迹

十三

一个孩子被一滴雨浸湿　春天
被夹在画册中　一个孩子手提花香
从张望里走过——

孩子被雨滴唤醒　肤色上
潮湿的幻想缓缓洇开　孩子叫着
喊出四月及其他日子的轮廓

更多的人在道路上匆匆行走
雨滴斜了　更多的人看旧苍空
刀刃般的鸟　划过　黛青的旷野

孩子回味着雨滴溅响的种种惊异
春天在手势上　晃动
风儿徐徐　吹透春色

更多的人想到天气与往事
这是四月——十年前
四月是一张纸和它上面颤动的文字
而一百年前　四月从空濛里坠落
依旧是一个孩子肤色上那滴遥远的细雨……

十四

一滴雨打碎了整座大海

意外的雨　从远处落下
你将在起伏的波澜上
剜出　谁唯一的呼叫?
雨滴经过了最高的回忆
像四季支撑的遐想
一滴雨　划响预言

为什么你将再次沉默?
从街衢到骨骼　从梦到酒
整个时代的症结被张望覆盖
为什么　一滴雨里
又浮动　尘埃般的往事?

警惕千遍的歌者为苍茫所动
大海破碎——那些呼啸的伤口
渐次鲜红

一滴雨让毛羽重新回溯飞翔
黄昏消失　为什么
还有人　在大海边缘
坚守着雨滴般易碎的风俗?

十五

如果站到历史后面　我会看见什么?
一串雨点　一串沉寂的雨点

向未来落去……

季节留不住更多的许诺
我会看见什么？虹影遗弃的鲜艳贴在远方
任意一条道路　都将使人
远离奇迹

而雨点填充着名字的间隙
从你到我—— 一次火焰照彻怀想
而雨点　已淋湿了　岩石深处的追忆

我还能看见什么？旗帜被手势遮掩
歌咏的雕像裸立风中
我又该　怎样忘记？

一个时代有一个时代的忧伤
——镍币和政治：一个时代
有一个时代的戒备

我看见什么？天穹已经苍黄
在我们的骨头上
留着　枯裂的暴雨

（原载《作家》2013 年第 2 期）

2013年

徐　源

一转身，我们便会拥有这世界（外一首）

一群黑山羊，爬到岩石上
咩——咩——咩——它们拥有呼唤
不遗失生命的真诚。
春天，拥有阳光，就不曾悲伤
我是想说，世界，虽然存在阴影
生活虽存在黑暗，只要我们拥有心跳，就没有死亡
只要我们拥有热爱
就没有冷漠。我所说的，不是虚幻的浪漫
而是希望，你父母早亡
留下一颗人间的种子，神把你种在贫瘠的岁月
你在大地上
背着大地行走，砍柴　养马　读书
七岁的村庄，像一座小小的山，执著而倔强
我是想说，孩子
低处的草，拥有梦想，就不绝望
荆棘上的花，拥有舞蹈，就不孤独
你已点燃马灯，就不曾恐惧
你已拥有走向苦难的力量，就不会退缩。
此刻，我手里握着的助学考察表

像一面悲悯的镜子
一页光，多轻！好像所有沉重
被你藏在破旧的书包里
孩子！这是一个真实的童话：
一只向着高地爬了一个下午的蚂蚁，一转身
便拥有了整个世界

脑海是海

无数人在我的海里
游弋。赤身裸体，像来自幽冥的鱼
有的扭曲两腮，若有所思
有的一脸愤怒，张开嘴巴，呐喊
吐出一个气泡。有的，像神一样
练习眨眼，想把对手囚禁在眼睛里
这海！这愚昧者缔造的王国
一群家伙疯了一样觉醒。梦想沙漠的鱼
欲冲破我的脑袋
获取全新的生活

医生说，同志！你脑部CT已做好
请耐心等待结果。主啊！请赐给我祈祷的机会
告诉它们
我需要一场审判，而不是浩劫

（原载《诗刊》2013 年第 3 期）

2013年

郑瞳

木偶记：第一千零四个哈姆雷特（外一首）

和她不同，他
爱看大幕落下

人群散去
他心动，她沉默

她爱听掌声
他爱看背影

那台词其实只是
她在说

人们该早早离去
回到寻常的日子

小丑扮演小丑
警察扮演警察

空出这剧场

让他看着她

但她难受
她哭

他看见冰冷的脸
她的手更凉

她松手，他跌落
他和她都不出声

她真的生气了
她忘了这只是戏剧

他也忘了他只是
木偶

他的戏其实都只是
她在演

修行者：第一千零五个哈姆雷特

然后那片云飘得更远
而河流仍在原地

他曾打算回去，却不知道
回向何处

黑压压的鸟群飞回
更黑的森林

它们并不快乐，更多的时候
它们只是夜晚的前奏

一个静坐的人，在或不在
都并不重要

河水并不在意游着什么鱼
鱼也不在意游在哪条河流

等待天亮的人，在天亮后
也等待天黑

许多事情其实并不用看
河流还在原地

修行是通向彼岸的路
渡船也是

（原载《星星》2013 年第 3 期）

雷晓宇

雨中书（外一首）

生于三十年前一个下雨的清晨
死于草原雨水苍茫的黄昏
生命只不过是，一场雨到另一场雨的旅程
——像一纸诏书，有着严厉而精确的训谕
三十年了，我一直在韬光养晦
学习白云的技艺，用岩石收藏雷霆
我想循白云之声遁去，念头一闪，终将成空
三十年间，我用坏了很多张面容
换掉的脸谱，一张比一张苍老
一张又一张，跟着流水，永久逝去
住在水边，我早已习惯了漫长的等待
并在等待之中，保持不曾衰老的耐心

白云飘浮，天上风大。仿佛下一刻
所有山川就会从疲倦中站起
一齐把大地低洼处的积水灌进大海
太阳就会从群峰间涌出
圣歌般地响彻云霄

照耀着那个仰面静立的少年
我将走过去与之合而为一的身体

铭　文

面壁十年。我终于从闪电中找到了
一些刻在龟壳、兽骨和大鼎上的象形文字
把它们装进我浪迹天涯的行囊之中。
天上白云翻涌，远方群峰静穆
我终于读懂了陶渊明在门前种下的桑麻
和白石老人笔下的虫鱼鸟兽
背上的楚简、汉帛，一会儿意境悠远，
一会儿又是墨迹浓淡
当我迟疑，一把戒尺，从背后重重打在我的头上

（原载《星星》2013 年第 3 期）

2013年

周雁翔

我想你时最美的失态

流连卑微的黑蜻蜓，随行雷电的苍鹰
沿着弯曲的风雨，寻找到锁钮
从不同的高度，插入钥匙
它们想到的打开，是否与我的一致

我们相遇的悬崖，不属于地质错位
两棵命悬一线的树，在绝境开出花朵
只想慰藉彼此的痛处，却披露了多年的隐情
而我一生的顾忌，怕泪水流出我爱的人

朝露原来是一种指纹，按在了春情的穴位
道路是另一种流动的河，我不能最好地回应
却能最好地沉默。我爱的人
你看到的花朵，是我想你时最美的失态

（原载《星星》2013 年第 3 期）

2013年

韦　忍

已经醒来（外十五首）

一定是轻风把我唤醒的
一定是小鸟把我吵醒的
一定是草尖上露珠欢乐的尖叫声
把我惊醒的。这不重要
重要的是这个春天的清晨
我在这场浑浑噩噩的梦中
已经醒来。多么尴尬的幸福啊
当我轻轻撩开窗帘
阳光像一个害羞的少女
和我撞了个满怀

不要在多年以后来找我

不要在多年以后来找我
尽管蓝天还在、大海还在
春暖花开的季节还在
通往我的那条高速公路还在

但请你不要在多年以后来找我
那时的我，老了
人群中，我已羞于谈及诗歌和爱情
人生和理想
就像我羞于面对我从前的恋人
老了，满脸的皱纹里有我漂泊一生的凄楚
蹒跚的步子里有我今生最沉重的那份牵挂
不要在多年以后来找我
我的心跳减弱了、激情没有了
所以我已经不会拥抱、也不懂得接吻
如果不问及我的姓名和年龄、出生和嗜好
你即使找到我也认不出我
已经老了。那时的我既不抽烟也不喝酒
更不能陪你K歌跳舞
不要在多年以后来找我
我已经一个人默默地回到乡下
找地种花种草去了

2011 年的冬天

除了天空没有雪花
除了陪爱人去了一次医院
除了那晚我侥幸躲过一条美人鱼的红唇
一切正常

歌　唱

蜜蜂歌唱阳光花朵
小鸟歌唱蓝天白云
鱼儿歌唱青山流水
蚯蚓歌唱泥土露珠
事实上，除了春天、童年、梦想
我还歌唱孤独、伤口和疼痛

今夜风大

今夜风大
我在风中想你
想起你，就想起你背后那场大雨
我抓得住下滑的雨滴
却抓不住转身的你
我忘得那如烟的过去
却忘不了雨中的你
今夜风大
风中，我在喊你
今夜风大
风中，我在等你

理　由

整整一天
我都特别想哭
没有理由
仅仅是一粒沙子进了眼睛
至今还不出来

十　年

多么漫长。这一路啊
我们是怎么走过的
遥不可及的距离
除了让我有了点点小女人似的伤感
还会让我不自觉地抚摸到了很多词
比如稚气。清纯。灿烂。沧桑
十年，一些不可能
都被生活牵着我的鼻子
让它变成了可能
而明天，还是就像那只航行在
烟水里的小船
谁能预言它在何时靠岸
十年，最让我感动的
是陈奕迅都已经淡出你的记忆了
而你还清晰地记得韦忍

爱　了

就这样爱了。毋庸置疑
我的忧郁
原本就和泪水一样饱满
我的内心，原本就像露珠一样晶莹
现在，就让我大声说一次
痛痛快快地说一次
爱了！我要把我真诚的话语
说给天空听。说给大地听
如果有必要，有一天我还要说给世界听
世人都会笑我
而你，永远不会
你只会把小嘴凑到我耳边
温柔地说：亲爱的！小声点
别让喇叭花听见

起风了

院墙外的那几株野菊
终于在暗淡的阳光下
败下阵来。这寂静的谢幕方式
最容易让人想起
那一缕缕浅黄色的忧伤
如今，哪儿去了
它们就要在我温暖的笔下
长成记忆的苔藓

起风了。请允许我吝啬一回
对着那枚快要枯落的夕阳
不轻声说爱，不轻声说痛
距离，在风中
是一壶浓浓的相思
起风了。嘘！别出声
不惊扰黄昏后的美好
不惊扰小松鼠的幸福
黑夜将至
暗香仍在浮动

昨夜你来过

清晨，露珠还没有被阳光叫醒
芨芨草还在薄雾里微微打着呵欠
在那条通向远方的小路上
我看见一串绿色的脚印
于是，我知道昨夜的你来过
长在院里的那几棵栀子
也开花了。一朵，两朵，三朵……
那深藏在叶丛中的几朵白
一定是你，昨夜留下的微笑

爱，也会融化

说出来就化了。月光下
爱，泪流满面的模样
多么无辜，好像是我们的失语
让它受伤。着凉
草叶上，碎落一地的泪珠
宛如星星点点
夏日的香气一样散失
很多时候，牵挂也只能成为秘密
只有风，在幸福地传递
而你不能说，我也不能说
事实上，没有谁比我们更清楚
爱比雪花更像雪花
一不纯洁
它就慢慢融化

广　州

那时候，对于这座南方的城市
我知之甚少
只在学生时代的地理书上
记住了它的名字
而它的人文历史、地理位置、气候特点……
我知之甚少
这些年来，不知道为什么
我时常在睡梦中喊着它遥远的名字

因为那些离乡多年的亲人和朋友
广州，这座南方的城市
仿佛已经成了前世
和我无意失散的那个故乡

飞起一脚

飞起一脚
能踢倒什么
一堵墙？一棵树
一群人还是一个人
对于一个才六岁的小家伙
哪有如此本领
他只能踢飞一只麻雀
一颗石子儿
或者，踢飞他自己
问题是他刚才把夕阳
当成足球了
飞起一脚
夕阳便灰溜溜地
滚下了山坡

外地人

我来到城市
像城市人那样着装

像城市人那样走路
像城市人那样
坐在公园一隅静静读着书报
可我一开口
他们就说我是外地人

站在夜里

让我在黑夜里站一会儿
就一会儿。因为生来就是个怕夜的人
所以面对无边的夜色，我只站一会儿
就一会儿。尽管眼含忧伤
但我不是在等一个人
也不是为了想念
站在夜里，我只想让自己短暂地感受一下
是不是真的伸手不见五指
是不是自己也是黑的

悔过书

韦忍
男。汉族
贵州绥阳人
人民教师。于二〇〇四年六月
放下篮球和吉他
与诗歌相恋
终日喜欢与书籍为朋，孤独为友

其行为已影响到学校教师形象
亲爱的上帝，请惩罚我
一次次，我放下家中妻儿
与诗歌含情脉脉
私订终身。曾多次在桌上
沙发上、被窝里、人迹罕至的野外
与诗歌干不可告人的勾当
其行为有昧良心和道德
亲爱的上帝，请惩罚我
这些年来，我用香烟熏黑了夜空
用墨水弄脏了河水
丢掉的废稿，污染了土地
其行为危及到他人健康
亲爱的上帝，请惩罚我
我把寒风说成是刀子
把伤口说成是世上最美的花朵
把落叶说成是回乡的游子
把雪花的飘落说成是与蒲公英的约定
我已走火入魔、满口胡话
其行径违背了自然规律
触及到上帝您的权利
亲爱的上帝、请惩罚我
最后，亲爱的上帝
我恳请您以神的名义
将对我的惩罚公诸于世
让更多的人引以为戒

（原载《诗选刊》2013 年第 3 期）

张　野

山中书
——悼长兄

长兄如父。

——题记

一

五月的阳光过分明亮
我们感到冷

并听见破碎的细微声响
你咽下一个漫长的黄昏

我们又在深夜翻越那些山岭
这一次我无话可说，你也如此安静

如同你一贯的沉默
如同我们身后的深渊一样清晰

上山，后面的车灯照进黑暗的穹隆
前方是你的归宿，沿着虚无。

从离开又回来，三十五年的时间
以及多余的才华，溢出你瘦弱的身体

几个夜晚长过我之前的岁月
连续的大雨要洗你藏在骨头里的疲惫

同时洗去我们的记忆：
泛黄的自我挣扎的痕迹

好了，现在我们的大脑终于变成一口井
冰凉、空洞而幽深，间歇性地冒出烟雾

群山间继续闪耀灰色的雨
我们掘出泥土、尖石

我们比划长度、宽度和深度
我们喝着酒，议论天气

用树枝盖上大地张开的口
死亡是它最好的食物

你的生活曾经是雾，是烟，然后是雾
呛出这世界的空虚

你睡在山间，在你身旁草长了，树叶黄了，
只有风从峰顶无尽吹过

二

在黄昏，你绷紧的身体慢慢松弛

你散步时看过无数次的落日
此时在远处的峰顶
在我们的奔跑中似乎停止下来
多么漫长！这人世的苦役。
没有风的时刻这世界多么安静

你偶尔无声地微笑，从十七岁到四十九岁
讲授物理、化学、生物、历史
在没有人时喜欢哲学和艺术

你没有教授过死亡
死亡却借助你与我们构成完美的对称
而大雨连绵，每一滴

都从天空夺眶而出
填补着大海的空虚而大海也是虚无
一天凌晨，我看见沾满露水的蝴蝶

在微风中颤动翅膀
蓝色的火焰把时间
化成一堆白灰。那么轻

正如这步入盛夏的阳光
没有重量，却让我们
向每一个落日发出痛楚的呼喊。

三

你倒向软绵绵的黑暗
我们推下泥土，铲来草皮

包围你。在这样的雨天，墓旁的刺丛
开着粉白色的花。

一切那么简单：一个盒子，一堆小小的
泛着腥味的泥土。你从不追求堂皇
花白的头发正好可以掩盖
眼中清澈的悲哀。好吧，

实际上也很少有时间沉思
谈话中偶尔让人惊讶的语言
更像是一出戏剧中漫不经心的道白
长久的沉默，哦，多好的一片田园

是未知的恐惧留下的空白
群山之间也是空白，天空之上
也是空白。雨水和阳光
洗刷不去的是空白

一个夏天过去了，一个秋天
即将过去。山间岁月依然
有时大雾弥漫，有时明朗清醒
而时间在继续消逝

安魂曲在潮湿的空气里显得酸腐
星星在黑暗中的和鸣也许更加明亮
但请告诉我，该如何消除
高耸的杉树上那些针形的孤独？

四

面对一个普通人的渺小
我们羞于给出赞誉
三十二年的教书生涯，一个泛黄的取景框
远不及这个时代一夜成名的传奇伟大
对生活中袭来的一切
你只能一直无声地接受

Ca+，比你授课时提及的元素多出
一个小小的“+”，正是它
滴落进你艰难的呼吸
疼痛让你彻夜不眠
没有摇晃，只有扭曲
和干渴的嘴唇的沉重

内心的禁令让你不能开口
表达自己的想法。遍地梦想的青春期
你照看着蹒跚的家
云朵一样变奏音乐，让我们骄傲
而现在，我只能无力地
让你靠着我，换下被玷污的衣物

又一个黎明终于来临
我们的心跳一起紊乱、紧缩
群山起伏
回家的路这么漫长！

父母在，不远游。这一次你果断转身
愧疚使他们如一对衰老的大提琴

间歇性地涌出低沉的悲鸣
山间苍茫的云气使大地显得永恒

五

四十九年的时间让你疲惫又平静
你越走越远，走出我们的生活
你破碎的形象也将走出我们的记忆。
呵，异乡，每个人都生活在自己的异乡
灯光展开不眠的盛筵
转眼我也步入中年
有了自己的亲人——
也许我们怀着共同的恐惧？
悲哀还像山间的荒凉一样无处不在？
水边的梧桐低垂
等待随时间而来的智慧
或者仅仅是一段裸露的
灰暗的肉体？大雨洗去尘土
那种洁净瘦得像这个秋天的回忆
世界是一片摇曳的火焰，迅速噬尽
你的孤独
这也是世界上每一个人的孤独
救赎的舌头在遥远的时代
被彻底割除
空荡荡的山间有风
有一切。但它们从不言语
我们都不善于争辩——
不是出于傲慢，也不是谦和
软弱是我们共同的悲剧。
大道周行，相对性引出绝对性。死亡

并不能让我们更自由地呼吸
作为一个共同的终点
死亡，会不会穿越泥土
穿越灰色的草木，让我们
再次相遇？这一次
让我们从终点开始倒退
直到长出天空幽暗的面影。

（原载《山花》2013 年第 4 期）

熊 焱

我是如此迫切（外四首）
——写给我还未出世的孩子

如果你是女儿，我的孩子
在前世，我们就是恩爱的情侣
吟诗作赋，饮酒抚琴
三千绚烂的光阴
都是星星的钻石碰响月光的水晶
只是，只是私奔的路上
我跑快了一步
三十年了，我将在霞光中等来你露水的脸

我的孩子，假如你是男儿
在前世，我们就是义结金兰的兄弟
八千里江湖，十万片天下
我们用好酒灌醉春天
用鲜血换取美名
只是，只是风声紧，雨点急
我转身的瞬间，就丢失了你的背影

你是背着哭声来找我的
我准备，还给你温暖的怀

还给你一场滂沱的泪雨

我准备还给你滚烫的血、善良的心
还给你腰板上那一根坚韧的骨节
我准备还给你天空庇护湖泊
还给你大地庇护粮食

哦，原谅我，原谅我
我的孩子，原谅前世我的不辞而别
只为了今生这漫长的路上
我多一分颠沛，你就少一分流离

给妈妈的信

你生下了我。在你的疼痛与贫穷中
在杨花飘过我尖尖的啼哭中
妈妈，你生下了我。以女人的苦
以超生的形式，你生下了我

妈妈，我身子的孱弱和伤病
给了你破碎的忧心、迷蒙的泪眼
我成长中跌跌撞撞的摔倒和失足
给了你丛生的皱纹、牙关咬碎后的欲说还休

你给了我脉搏的热、血液的暖
你给了我张开的臂弯、扶过来的手
妈妈，我却以我任性的脾气
给你沉默的委屈。我却以我廉价的虚荣

给你暗疤下的伤口

二十年了，我独自在异乡漂流
妈妈，我对一个个的女人说过滚烫的情话
却从来没有向你表达过温暖的问候

我不配做你的儿子呀，妈妈
你给了我生命和爱
我却只给了你白发苍苍的暮年和孤独

我就要走在你的后面

百年之后，我们都会走向远方
这人生的路，我们一直并着肩往前走
我们一直携着手往前走
只是这一次，我就要走在你的后面

这一生，你有很多亲朋
也有不少好友。但只有我
能在我们漫漫的路途中
抚慰你的寂寞，温暖你的孤独
也只有我，能在你双鬓斑白的暮年中
一如既往地吻你的脸，牵你的手
因为我是多么爱你
这一次，我就要走在你的后面

当我们风烛晚秋，除了我
还有谁能与你一起回忆过去的甜与苦

除了我，还有谁能为你清扫华发上的霜雪
为你抚平皮肤下的涟漪
除了我，又还有谁能帮你敲打疏松的骨质
陪你观看暮晚的灯火和清晨的旭日
因为我是多么爱你
这一次，我就要走在你的后面

我要活得更长，更老，不能先你离开
让你一个人活着相思的痛、孤单的疼
我要走得更久，更远，送着你最后消失
为你唱响安魂的曲子，点亮远行的风灯
而后，我将会马不停蹄地追上你
我将会在来生的路上，跟你再次相伴相依
只是，只是我是多么爱你
这一次，我就要走在你的后面

原来死去的亲人从未走远

他们从未来过成都——
可在成都的这些年里，在我清晰的梦境中
我却一次次地看见他们，看见他们小心地穿过街道
就像一抹阳光挤出云缝；看见他们安详地坐在府河边
朝我微笑的脸，就像一河流水荡漾着春风
看见他们在黄昏点亮的灯盏，就像雨后斑斓的彩虹
——每一次醒来，我都坚定地告诉自己：这不是梦
一定是他们，千里迢迢地赶来看我了
一定是他们，抚慰着我独在异乡的忧伤与孤独
哦，这些我死去的亲人呀

天一亮，又各自回到了人群中
正如那在街头扫地的清洁工，她弯腰的背影
多像我病逝的大姑在田间锄禾的身姿
那在巷口卖菜的小贩，他称量瓜果的喜悦
多像我故去的三叔收割庄稼的甜蜜
多少次，面对夕光中相互搀扶的老两口
我都想走上去，轻轻地叫一声祖父
又轻轻地叫一声祖母

十　年

喝完最后一杯我就上路了
这酱香的液体，包裹着热辣辣的情
舌尖上一次次地滚过夕阳的余韵

下一个渡口的兄弟已备好了烈酒
据说是浓香的味，足以灌醉每一段坚硬的时光
那些词语就在酒香中发芽
最后长成湿漉漉的别离

干了这最后一杯，兄弟
山头的风正在低低地呜咽
像酒，穿过我忧伤的肠胃
像受惊的马蹄闪过这个黄昏

送我离开的，不是灞桥的杨柳
而是明月的霜，是火车悲情的长哭
兄弟，当我远去的背影飘浮成孤鸿的悲啼

江水泛起的浪花，是我们别过身后落下的泪滴

多么漫长的旅程啊
兄弟，这飘摇的江湖
是我们的拥抱，是这杯酒中的心心相印
温暖着我们这一生如影随形的孤寂

（原载《星星》2013 年第 4 期）

2013年

徐必常

茶

茶过了三杯水，生活过了四十
日子越来越呈现水色
那些曾经的浓酽，被岁月的水冲淡
你是否还在埋怨一杯水的淡泊和无味？

西风已经来了，不是很猛
但它的猛是必然的。一个寒冬
是注定躲不过的劫
在一个又一个劫中
就连青山都开始老了

你数着我头上的白发，我说
不用数。乱麻它千头万绪
现在挂在头上
就是一片别样的风景

我们该不该回忆过去？
有人说过：忘记过去就等于背叛
但是，我们如果不转过身去

谁来背负这千钧的岁月？

你我再次端起这淡泊的茶
生活把本色给我们……

（原载《诗刊》2013 年第 5 期）

2013年

顾 潇

地 图
——给木郎

到现在，一天总算过去了。
在狭小房间的寂静里，
我打开体内的地图——它会把我
引向哪里？我的朋友，在你的地图里
一定也隐藏着某种经验，崭新如
初出子宫时的我们。无论何时
它都代表着更加辽阔的孤独，当我们谈笑
或沉默时，它都在作怪。
飘忽的生活令你，更加依赖于
同类的温度。因此我又想起
你误以为快要死去时，所流露出的不舍，
这让我心痛。当我们再次饮酒
这一切将以醉的形式远离我们。而那时
我们的地图会断裂，发出清脆的声响。

（原载《民族文学》2013年第5期）

2013年

鬼啸寒

游离在现实以外（外二首）

对于一套宝典索然无趣
不能肯定 也不能否定
它其实已经是真理?
我不是怀疑论者，只是
不惯于被束缚的妖娆之绳羁绊
犹如我对统治上的缩影
不践踏，也不抹黑
不评价，不反对
也许我陷入了沉沦的低谷呐喊
张开双手声嘶力竭

灵魂的漂泊

寻找一圈坚硬的外套裹住怯懦
像核桃归顺核桃壳
我不喜欢阳奉阴违的完美整合，像防身术
我更愿意像河流中那些饱经冲刷的岩磐

参差不齐，支离破碎，模棱两可
我安分，平静，意志有些不稳
可我自甘随波逐流，我坚守自由放荡
但不碰触法律武器的辖区，当然惧于应有的惩戒
当然，我还可以在适当的时候
轻微地拉一下制度的胡须，入狱温饱　创作
法律是至上平等合理的，如果用关押蚂蚁的牢笼锁老虎
作示范和警示，那么我将毁灭性地，放出
一只驻扎在精神里忍耐已久的病蛹，让其肆虐横行
共同维护彼此公平的待遇

崇高的春天

我进了花园，啊！花园？多么幽寂。
拂长袖以歌，三步并两步一迈。
我多么着迷，躺在草丛中和彩云漩涡。
不要惊讶：我不是单薄的疯子。请收回目光。
蜜蜂，与我为伴？不会的。
我没有配带武器，没有防卫意识。
蝴蝶，一只　二只　三只……
轻灵。我不懂营销策略，像其中一只
孤孤单单地飞，低飞。
楼台上观望的人，我的师长，什么表情？
我尊敬师长的教导，我尊敬。
我讨厌神的诉语，我讨厌
我已经听不入耳。

（原载《民族文学》2013 年第 5 期）

2013年

马关勋

与一口老井邂逅

与一口老井邂逅
他邋遢。乱世，杂草，淤泥
像一个从田地回来的老乡
一脸茫然，满面尘灰
要不是遇上梅雨时节
他肯定满脸羞涩
与一个故人相遇
竟没有一滴泉水相迎

（原载《诗刊》2013年第6期）

姚 辉

浮世之影

一

饕餮之纹在信仰边缘　它击碎什么?
从青铜到骨肉　黄昏倏忽
一个种族的寄寓有可能只是一种锐利的纹饰

青铜曾经穿越的烈焰你是否熟悉?
像一个启蒙者　烈焰让利刃流淌
让梦境失去梦境最初的位置——

你可曾看见?骨肉被欲望覆盖
那是谁的骨肉?怎样复杂的欲望?
它比什么重要?它将以怎样重要的方式
出现　然后消失?

我们有似是而非的未来　在饕餮之纹上
我们有放弃过千遍的坚持!

一个时代自信仰之巅滑落

比失败更快　比时代本身的痛
更为迷离……还有什么值得滑落？
我不是质询者　我
是值得你们反复质询的那一切

而我也在滑落　从饕餮的锋芒上
我拾捡被遗弃的苦痛与艰辛
你曾遗弃过什么？我拾捡春天远逝的花香
拾捡一个孩童卡在歌声中的黑色恐惧

时代遗弃了最少的苦乐
而我们依旧饕餮着　我们有虚无的饥渴
遍布铜锈的饥渴——看
在什么地方　那些飞舞的锈蚀之影
仍在不断地延续？

也许　我们仍然有赞美的理由——
这是一个不断消失与重现的时代　为什么
我们总在一次次失去赞美的勇气？

二

连诅咒也常常被庸俗地重复着
你说出的天色　也是你们共同玷污的天色

我兀立在这样的天色中
像证券与匾额上那只暗黑的鸟
我的暗黑　代表着一次怎样空洞的努力？

而我就是你们——

是所有疼痛的骨肉重叠而成的遗忘
或者　坎坷与铭记

让我再次重复尖喙上微颤的天穹
重复褴褛者左肋上闪耀的汗渍　重复信念
重复一个许诺的人放弃过的千种恨与旖旎

我们是否重复过飞翔？市廛不断浮动
——毛羽纷落　成为骨肉间
最为易碎的证词！

要失败就失败成一条漫长的歧路
当风声重复骄傲——要幸福
就幸福得不断烧制新的原罪与徽迹

玩偶正在醒来　在文件上
颂辞穿越诅咒——
我不是最好的讥讽者　我开始飞翔
让玩偶的春天接近迟疑

三

旗帜正被什么代替？绢帛与甘苦
信仰历经的风雨　让风雨恢复陈旧

街衢将灵魂逼至渐黑的曲折中
那是苦乐的贩卖者所能坚持住的唯一蹊径
它通向何处？旗帜上的苍茫
划过　泥尘般坍塌的手——

我们泪流满面时我们忘记了什么？
脊梁裸露在风中　开始遗忘时
我们　被哀伤刺透

是值得被伤害的么？你　或者你们
将被怎样艰难地伤害着？
彩绘的幸福宛若阴影
玫瑰之外　沧海漫流

有人触及了更多的追缅
没有什么比旗帜的消失更为艰辛
灵肉枯萎在焰火中　没有什么
比旗帜的坚韧更为持久！

但我们正背对那片高高扬起的鲜艳
它开始下坠　像燃烧的石头
呵　像只能燃烧的那块石头……

浮华超越了梦呓　别测试善与恶的距离
整个春天随欲望旋转
下陷的信念　已下陷得太久

我们即将失败时我们战胜过什么？

疑问带来遥远的启迪　有人
正渐渐靠近　最初的守候……

四

骷髅将脂粉静静扑撒在坚硬的阴影上。

繁华是经得起反复虚构的：彩饰的爱
镀金的姓氏以及怀念……为什么
繁华总掩盖不住
击碎人心的种种力量？

枯槁的欲念被不断传诵
那些在狗影上刺绣鲜花的人
像一种传说——而歌者随风雨退却
一片天空　容忍着不可能消失的遗忘

我要坚持说出时代的症结　不是疼痛
是甜腻　俗艳　颠倒的爱憎
是雕镂千遍的易碎之美　掺假的苦乐
是用麻木与虚伪拼贴出的种种颂唱

骷髅占据的天色仍旧辽阔
从你的肩胛上看过去　晨昏倾斜
痛苦　攥不住应有的光芒

别寻找可以简单转过身去的理由
这样的晨昏容不下锐利的宁静
别试图放弃——风雨仍将归来
比所有冷峻的期待　更为浩荡

——脂粉消失　谨慎的人再度出现
他黧黑的手势　让霓虹的光景
变得耻辱　漫长……

五

惯于诵读童话的人渐渐老了　在风中
他诵读的声音　融入雾霭与追忆

衰老可以被鸟影颠覆么？从肋骨之侧的宁静开始
孩童趔趄着走向往昔：旧巢。花瓣深处
藏着弯曲的道路——谁是即将远去的人？
暮色出现在灯盏背后　一只鸟
代表了可以虚构的种种隐秘

诵读童话的人开始忘却疼痛
春天从横斜的枝头上浮现　那只鸟
掀动羽毛　露出赤红的梦呓

请记住试图穿越城池的少女微颤的迟疑
路径被泥泞引申　在童话尽头
路径被曲折与泥泞　一遍遍放弃——
别忘记那堆砌苦乐的人
他的左手捏着沧桑　而右手布满伤痕
——别说出苦痛　现在
砌一座雕花的童话需要更多的麻木
需要阴影　隔膜　抑或未来之雨

有人把沉默高擎成星盏
或许他就是那个最后的诵读者
在进入历史之前　所有骨头都可能是无辜的
或许　他们堆砌的手势
已成为　可有可无的赞许

我在谁的诵读声中再次沉入遐想
看　旭日高过了全部的警觉与夙愿
那种童稚的光芒　深不见底

六

乌鸦经历了祖先的碑铭：冷漠或爱
一只手　被桑麻牵动　指引

旧檐遮没了雨季　鸟翅回到风声之外
岩石被虫蛀的族谱击碎　那些迸溅的烟尘
比晨昏间的遗忘　更为坚硬

我在谁燃烧的身影上镂刻奇遇
那时　水进入雪色　远方成为足迹
火焰喊出的激情逐渐生锈
我在那些灰暗的身影上　寻找
生命炽烈的沉吟——

乌鸦带来祖父的瞩望：黑是某种记忆
墨写的誓言难以坍塌
我看见　你与我们共有的沉静

一只手　静静飞翔
不朽的辛酸　在疼痛的苍穹上
艰难地　旋转　升腾

七

有人在找寻消失过千遍的预言者。

街衢陈旧　许多欲念扑面而来
镍币压扁的春天　徐徐卷过
我们即将放弃的艰辛

时代比深藏于骨缝中的苦乐更为锐利
这是谁的时代？乳酪之外
风声带来别样的阴暗
玩偶开始讪笑　在我们警惕过的天色上
玩偶　已经习惯了疼痛与既定的沉沦

有人为遗忘歌哭。耻于幸福的手反复坠落
谁　将成为最后一个敢于遗忘的人？

而我只能穿行在怎样泥泞的时辰中
像一次悸动　我　找不到沉默的理由
找不到可以被复制的沉默　抑或震惊

许多身影正不断陷入荣辱交错之地
别试图放弃什么　预言者将再度走远
别在那枚呼啸的荆棘上　刻镂
如花般散佚的黎明

只有灯盏边缘的空旷记得某种启示
它戳痛了什么？又容纳着什么？
骨头渐渐软了　有人高举浮华
灼穿　遍布经幡的种种疑问

这是烙铁与脂粉的年代
欲望裸露于失衡的风雨中　它不消逝
春秋逶迤　裸露的欲望

代表了　多少缓缓垂落的魂灵

八

旧衙。雕花玻璃后的脸被市声湮没
达则兼济裙裾　或者墨染之欲
但蚊蚋觑见了针孔中的世相
在尘埃与信仰之间　伪饰的笑
击碎　蚊蚋不该嘘叫的记忆——

镀金的人影触及遐想
灵魂滑入泥渍：旌旗成为戏谑之刃
它还能为谁飘拂？我们坚守的晨昏
转瞬即逝——但我们已坚守过了
在失败与期盼前　疼痛的坚守
抵达　唯一可能存留的奇遇

榫卯状的机构如一张错落的眠床
在东侧隐匿赤忱　然后
借助西风凛冽的锋芒　占据
梦境狭窄如梦的间隙……

或许仍有骨殖飞翔在旧衙上空
——仿佛耻辱与抒情
谁扔弃火焰预留的骄傲？或许
仍有人　说出
破碎千遍的盟誓与际遇

请回答来自时间深处的种种质询
你为什么活着？掺假的吟唱升上天穹

谁 凭借锈蚀的鸟啼
印证消失年年的翔舞以及翅翼？

而我只能铭刻旗帜鲜艳的沉寂
星空垂落于脊梁上　惊悚的人啊
一任沧桑　无助地　延续

如果为灵魂绘制不能更改的苦乐
谁将注定要沉入警策与追缅？
套色的徽章挂满姓氏
别谈论浮华与挚爱——只有遗忘
才能留住　所有无辜的隐秘

九

我嗅到了来自人类的虚假气息
塑料在歌唱　伤痛的时光触及灵魂
那些塑料的手啊
握着　时代的哪一种机遇？

所有塑料化的生涯都可以用一种方向来概括：
麻木。或者俗艳——塑料带来了忧郁
“灰黑的脚印掩盖天空　苦难旧了
塑料的光阴　碾碎一部分窸窣的奇迹”

有人忆起粉蝶之翼　天色散落风中
一次塑料的慰勉　让谁
跨越　多年前的回忆……

来自人类的清冷使残存的塑料变皱

——呵　这时代的词根　梦想之刺
甚至　锋刃边缘反光的质疑

要诅咒就诅咒到塑料之巅
时代在变　而梦境业已冷了
谁　还可以让骄傲　再度变热?

（原载《山花》2013 年第 7 期）

2013年

惠　子

花非花（组诗）

鸟沿着河岸低低地飞

河水清且涟漪
那些花就开在河的两岸
那些五颜六色的花
那些不知名的花
那些像碎花布一样的花
小小的　就开在河的两岸
而鸟就沿着河岸低低地飞
雪白的羽毛　红红的嘴
和那些碎花布　和蓝蓝的天
和蓝蓝的天上的流云　揉碎了　一起
倒映在水里
河水清且涟漪
河两岸的花开得热烈
鸟沿着河岸低低地飞

名字与号码

每隔一段时间
我就要从我的手机里
删掉一些名字
连同名字删掉的
还有他们的背影
他们的笑声　以及
那一串长长的黑色的号码
以前是几年删掉一个
现在是一年删掉几个
有时　甚至很短的时间内
就要删掉几个
这使我恐慌　使我不知所措
我常常在梦中喊他们的名字
或拨那一串长长的黑色的号码
仿佛走过一级级黑色的阶梯
经常是电话通了
那边却无人接听

梦　境

我经常梦见我的母亲
三年　从未间断
且每一次相同的梦境　都是
蓝布衫　云鬓发　拈花的笑容
黑色的棺材　湿漉漉的屋子
以及围绕屋子开放的　不知名的野花
不同的梦境　是

我每次都在不同的地方奔跑
都在拼命奔跑追赶着呼唤母亲
蚕豆花一样楚楚动人的乳名
可我与母亲总是隔着一垄蚕豆田那么长的距离
我永远无法赶上母亲的脚步
且每一次都喊不出声来
母亲也仿佛　永远没有听见

相见欢

不要以为这是一句暧昧的话
更不是一个词牌名
人生　真是一次艳遇
相见就要欢　就要
充分享受生命之快乐
想想　在一瞬间
村庄没有了
河流没有了
亲人没有了
那些曾经点亮　并心痛
我们的野花没有了
我们还剩下什么呢
清风　明月
握不住的乡愁
情切切良宵花解语
意绵绵静日玉生烟
还有多少人会因这些美丽的诗意而感动
而生情　而幻化成翩翩的蝴蝶
相见欢　相见难
相见勿要泪湿衫

相见欢　相见难
相见不如心相欢

风吹过

风吹过　一片金黄的田野
稻子低下头来
饱满的稻子
像戴着苗族头饰的妹妹
她们用身子摩挲
用身子撞击身子
发出欢愉的笑声
发出青春的笑声
发出叮当的时光的声音
风吹过　稻子低下头来
羞羞的　多像我乡下的妹妹

就等春风

似乎还是春寒料峭
但春风就吹
那些桃树
冒着花骨朵儿
就像我乡下的妹妹
嘟哝着嘴　排成一排又一排
就等春风一到
就噗嗤一声
笑出声来

风又吹过

风又吹过
田野开阔
稻谷已归仓
只留下一些草垛
云飞过来
雾岚升起
炊烟归林
几只麻雀
在草垛间飞来飞去
而后消失
这寂寥的叮当作响的
青春时光

沼泽地

有一片沼泽地多好
有一片月光照着的沼泽地多好
沼泽地里的水草多好
沼泽地是自由的
沼泽地里的草是自由的
沼泽地里的泥是自由的
沼泽地里的泥鳅和月光是自由的
如果我有一片沼泽地
如果我有一片月光或者一撮淤泥
或者一蓬水草　一尾泥鳅
该多好

火 柴

无需为你申辩
是他们掐头去尾
再重新给你安装上假肢
硬把你塞进一个盒子
你的家在山野　在乡村
在离火焰和石头最近的地方
他们忽视了一个基本的常识
只要春天一到
只要桃花一开
你就会把远山点燃
而且一发不可收拾

多 么

我多么羡慕那蓬衰草
我多么羡慕那抹夕阳
我多么羡慕那被击中的猎物幸福的挣扎
衰草逝去明年还能生长
夕阳过后肯定是万丈霞光
而一只猎物的消失　会使
多少猎人征服的心得以滋润
我多么想急切地老去
我多么想成为那一蓬衰草　一抹晚霞
甚至　一只幸福挣扎的猎物

影　子

有一个影子
躲在时光的另一面
手握利刃
你不知道
她在什么时候
穿透时光的刃
对准你的胸膛
狠狠地　刺上一刀
而每一次都要让我咳出血
甚至失血到休克
她才会把刀　冷冷地
收回　就像一个鬼魅

逝　物

突然之间
一个人
只留下照片

就像一朵花
急剧离开枝头
在这个小巷　留下
最后一缕香

（原载《山花》2013 年第 7 期）

2013年

熊　焱

最优秀的诗篇

再大的字，她也不识一筐
再经典的诗篇，她也不曾翻阅一卷
这一生，她从不懂得意象和节奏
更不懂得语感和结构
她只知道要在春分后播种，在秋分前抢收
要在繁杂时除草，在荒芜时施肥
几十年里，她种植的一垄垄白菜、辣椒和黄瓜
比所有诗句的分行都要整齐有序
她收获的一粒粒玉米、大豆和谷子
比所有诗句的文字都要饱满圆润

三亩薄地，是她用尽一生也写不透的宣纸
在她的心中，偶尔也有小文人燕舞莺歌的柔腔
有大鸿儒指点江山的激扬
可胸中太多的话，她从不擅于表达
只有一把锄头最能知晓她的诗心
只有一柄镰刀最能通达她的诗情
她以掌心的茧、肩膀上的力
把土地上的每一缕春天的绿，每一抹秋天的黄

写成了粒粒生动的象形会意，和起承转合的语法修辞
全都在字里行间奔涌出波澜壮阔的诗意
那些种子破土的声音、麦苗拔节的声音
稻子灌浆的声音、豆荚熟透时爆裂的声音
与满坡的风声、蛙鼓、虫吟，以及牛哞马嘶
一起押最动听的韵

这就是我的母亲，我们乡下的母亲
我们的穷苦的农民的母亲
她不是诗人，却写下了一个时代最优秀的诗篇

（原载《诗刊》2013 年第 7 期）

朱永富

静夜书（外一首）

夜有微澜和献词，
你把夜百合给了我
而我，总想着把思念如何缝合
穿针，引线，甄别，徒步
小步小步地游走
像极了幸福和疼痛
把它们缝制成蛇皮袋
逶迤的黑，清晰的脉络，层次
离心力和向心力
可以博大，宽宏庇佑
可以轻装上路
装下行人，车马
节气，五谷
三月，安静如一本古书
如果未曾忙碌或婚嫁
我不会暗通术语
与一朵桃花幽会
每一个人，都是汉语的语汇或词组
呼吸那么古典

爷爷的叙述

八十多岁，耳聪，目明
一顿吃两碗饭，三个荷包蛋
一口气抽一杆旱烟
还能逛逛几十里外的乡场
真的很好，我也为此而骄傲
除了语速缓慢
他还能把一本生活的流水账倒背如流
何年大旱，何年饥荒，何年失火
他叙述的时候，我就跟在他后面
不停地奔跑。一日百里或千里
三十年或二十年
时而插叙，时而倒叙
有时候也翻了几次夹篇
跳跃性很大
我不是每句都能读懂
其间有历史和年代的隔阂
旁征博引或文献考证
八十多岁的爷爷
是我们家祖孙三代的编年史
一首跨越八十几个年头的诗
要读懂他，我还得再花几十年
或许，这辈子也别想读懂

（原载《星星》2013 年第 7 期）

2013年

姚 辉

黔地行记（组诗）

草 海

一

一片被阳光浮雕在苍茫中的草叶
以锋利的疆域　界定
某种潮汐及潮汐带来的年代

我从潮汐边缘走过
我的经历是谁共有的经历？
黑颈鹤将身影剜刻在水势中
——我们的经历　让整片土地
坚持着最为莽阔的期许

二

像一个神游者　我把手势
搁置在草海无边起伏的波澜中
我已看清了　风雨来去的种种方式

或许　每一种水声都是重要的
一如我左手之外的黄昏
让草叶与黑鸟　悄然伫立

三

那无数次击楫波涛的人
此刻　是否仍在轻声吟唱着?
一个孩子　在黝黑的手臂上
凝望　这片移动的草海

一个孩子辨认不断重现的幸福
希冀在鸟翅上　它们高远而美好
触及　四季般悠久的挚爱

四

风从灵肉深处出发
它抵达多少人试图坚持的慨叹
杜鹃花畔的女子潜入春天与轶事
听　大风如诉　草叶
将倾斜的水声　悬挂在
高耸的记忆之间

五

有一种水声属于传说　或者眺望
谁聆听?每一片土地都在创造着自身的苦乐
有一种水声　代替追忆

——渔舟上的篝火
抟出　孩童了望的最初星空

六

村落。桑麻之影印满农历的天穹
荷锄而立的人　看旧
草海边缘绯红的落日

鹤群掠过
像家园表面浮动的斑斑字迹
歌谣　可能会再度出现

七

有没有一种能够超越草海的凝望方式
从黑颈鹤或草叶的空隙中　闪现

有没有一次自姓氏丛中跃起的旭日
让我们的遐想　更为遥远　深邃

八

关于草海：千种脚印粘满泥渍
蔚蓝的风声
不断上升　延续……

石门坎的黄昏

——兼怀英国传教士柏格里[①]

我肯定在某本卷角的旧书上看见过这缕夕光
它辽阔　宁静　照彻苗女银饰上的光景

山峦让遐想逶迤　而更多的鸟声属于未来
此刻　石门坎的黄昏已再次变得幽深……

谁将苗女春草般的口音刻写在绢帛与纸页之上
还有衣襟上的纹饰　传说前的歌吟

梦想也是一种文字　比岩穴中的寂静更为古老
还有嵌于骨肉中的企盼　以及雨意　风声

从人群中走过的人总能记住四季艰难的履迹
从人群中远去的人总在修正自己坚硬的身影

我反复设想你一百多年前所面对的那种天色
它斑斓的美　该怎样沉入旷远的灵魂

也许有人仍将站在我难以抵达的高处
他的手势舒缓　仿佛眼前这片漫长的黄昏

---

① 一九〇四年，英国传教士柏格理来到贵州省威宁彝族回族苗族自治县一个叫作石门坎的小村落，在此首创中国双语教学，男女同校，建造中国西南地区第一个游泳池、足球场和西医医院，并根据苗族服饰上的一些图案符号和拉丁字母，以石门坎为标准音点创制了拼音文字“伯格里苗文”，流行于川黔滇苗区。

短　歌

——寄威宁友人

大乌蒙停在视野之上　风雨已经远了
我看见坡麓上的洋芋花　低垂着
从紫色的那朵花影数过去
在离黄昏不到三厘米的黄土缝中
一枚结实的洋芋露出些许浅蓝
哦　浅蓝的人
我看见了你试图说出的回忆

再转过一道山梁　可能我接近的
会是另一片篝火般腾跃的夏天
这一刻　你是金黄色的
站在燃烧的正午　以黄金的花瓣牵引太阳
你　舞动向日葵久远宏阔的璀璨

但我想在秋天深入你巨大的梦境
菊花卷过风声　一抹霜色搁在谁的额头?
黧黑的人　在九月的肩胛上
悬挂　超越年岁的歌吟

而大乌蒙将在一片薄雪上　旋舞
这会是你回溯苍茫的最初时刻么?
从洋芋到雏菊　还有向日葵流淌的身影
整片黄土被黄昏翻动
谁是充满挚爱而又不忍随意说出的人?
冰凌之间　山川横斜
——咏唱的人　正成为
千种不断映照未来的奇遇

对称的印迹

——“贵州小春虫”①的黎明之歌

亿万年前的黎明和它绯红的阴影是完全对称的
此刻　春虫正试图从遗忘深处醒来
它　触及了史前的追忆和全部露水——

可能仍有更多的生命被反复虚构着
春虫保存住了恒久的梦呓　像黎明的某个片断
春虫将呓语悬挂在烈烈风声边缘
它试图醒来　让锯齿状的阳光
照耀自己辽阔的灵魂　以及土地

而阔叶静美　它躲闪苍茫的绿代表着未来
或者爱憎　灾祸与祈愿……
此刻　太阳从沙砾中跃起
那些歌吟的春虫　回到了命定的所有斑斓

岁月是否可以覆盖更多的期许
在春虫的史册翻开之前
黎明的凝重与阴影也是完全对称的
——或许　只有岁月　能让春虫的梦
在黎明悬垂的宁静里　不断延续

虫声唧唧　这镂刻在年轮上的最初印痕
依旧闪烁——亿万年前的那轮旭日

---

① 贵州省瓮安县境内发现的距今五点八亿年的动物化石群，是世界上发现的最早动物化石，其中，以“贵州小春虫”为代表的两侧对称动物的发现，为进化论提供了科学佐证。

正用光芒之网　罩住
春虫巨大的怀想与千种隐秘……

江界河渡口[①]

那些泅渡的身影还掩映着最为遥远的那片雨意。

打满补丁的身影　承载着霞光与泥淖
他们经历的岁月被一次次叫作坎坷
谁高擎的天穹上　星光　依然旖旎

他们在险要的泅渡前整顿好自己踉跄的步伐
火光陡峭　手持铜号翻越巉石的伤者
又忆起了先辈牌位之上的骄傲
他前行着　像漫漫山川间断续而艰难的记忆……

谁把遐想刻写在了渡口那堆尖锐的岩石上
旗帜在血脉中　飘拂
我看见一个种族不屈的夙愿　上升
卷动　最为高远的晨曦

如果书写历史的手势被泅渡的历史记住
谁有理由遗忘？——江声中迭现的脸孔
仍将浮现　春与秋漫长悠远的痕迹

（原载《诗刊》2013 年第 8 期）

① 江界河渡口在瓮安县境内，一九三五年红军曾在此抢渡乌江。

2013年

赵卫峰

寂寞深居，热情简出（外一首）

说到深居简出，麻雀是做到了
这不讲究穿着的隐士，以翅膀为凭据，早起
为食忙，来去都歌唱，生死与爱恨
都不会改变它对一方山水，对一棵树
对一段房檐、一个小草帽的忠诚，但是
我并非要给你现场讲述何为忠何为诚
今天是个好日子，今天，我只休闲不发言

周末之山车马喧，大绿疆域十分蓬勃
向上之道枝节横生，不平的前途缓慢着行人
风湿，土软，而树立于不败之地，而草帽
貌似散漫，以不变应万变；每分每秒
确实都这样，你出门就会有风，有风就会
有景，就目前而言，停车场已远，山稳重
如固执己见之人，值得靠近，和相信

倘若看远一些，时间在麻雀这儿更具体
这方面我更比不上它了，它的飞不仅是飞
它玩遍树的全身，高蹈的表达，务虚的插画

并不把人放在眼里，这也是说，弱者
自有弱者的风俗？当然了，强弱本是相对论
你的看法只是你的，正如树叶们手拉手
这春天的啦啦队，没人看，仍会自觉练舞

身在此山中，心能在哪儿？麻雀上蹿下跳
无非要引人注意，让人感慨：能动就是好
有翅膀就是高？迄今我认为树的活法挺玄机
它能倒着生，明暗都能延伸，它凭空露出
就能让缺氧的人生离不开，让人赶来，望它
靠它，一待就是一日，一日恍若一生
树的快乐与不快乐，你是否想过

寂静也有地理差别

寂静也有地理差别。骤雨后的花翅膀，有时
难免逆来顺受。你所知的从前却依然故我
它驱动着回归的倒影，绕开史册，随暮色
移位且辗转，肩负使命的神与动物
也由此先后起伏，拟在靠近黎明处，硬来
嗯，干嘛不认为，山是恒久的意外，必须的
你念念不忘的开始，只因它是开始

你一次次用心倾听，用相机感应小隐的幽灵
它此前暂住于一月的中间，形若裂缝
作安息状，每当你来到春天的拐弯处
就看到兔子侧身，给得过且过的风让路
看到兔子眼又红了，色如建筑者的头盔

布道者收回仪器，百废待兴的郊区，白白的
盛行的风光，已吸引不了散落的土语

偏僻之地也有热闹，原来，热闹在人世都是
同样，当天亮，天可怜见，游山玩水的
真相，走马观花，半坡承上启下，老鹰高踞
等着瞧，时间早在群峰之间形成洼谷与深渊
让诸多梦想耽于测量，又被测量所牵
路漫漫其修远兮，大半的声音在途中消耗
大半的消耗不仅仅是声音

在路上你其实不会真正在意远方，在郊区
你又难以真正放下蜗居的时光，总在摇摆
总在矛盾的烟雾里度日如年，有时感觉似鹰
亦像鸡，更如暮色里后来居上的色素，沉着
应对静默之中的隆起，每每，那种硬都让你
暗中叫好，说道：山，是梦想的路标或暗桩
是日月的亲戚，你认不认，它都无所谓

（原载《诗刊》2013 年第 8 期）

哑　木

祭母亲书（组诗）

妈　妈

妈妈　当你退到生活的背后
高天之上　厚土之下
继续着悲喜无常的命运
我在人世间
同样悲欣交集

多年前　你来到这个世界
温暖的春风吹拂过后
你开始进入生活
为小小的幸福劳瘁　奔波
为家庭　为儿女　搭上一生

现在　我在尘世
继续着你的生活
百年之后
我也会步入你的后尘
与你相聚于高天之上　厚土之下

荣辱偕忘

多年以后　多年以后
妈妈啊　我们都已不再过问
生活给予我们的悲喜
但又怎会遗忘
这一生　我们母子连心
不离不弃　并把我们的爱
给了同样爱我们的人

葬我的母亲于何方

葬我的母亲于高山
高山巍峨兮
天堂的距离
是否能近一些

葬我的母亲于平原
平原辽阔兮
一辈子没出过门的母亲
是否能望远一些

葬我的母亲于河畔
河水清流兮
一生尘土的母亲
沐浴　洁净之后
甘露洒身

没有！没有

高山自巍峨
平原自辽阔
河水依然在远方奔流
我的母亲安身于祖坟堂内
陪着一山的草木　亲人
守着她的村庄　她的家园
看着她漂泊在外的孩子
每想起她一次
就哭泣一次……

寄母亲

这是今年第二次立春了
第一次立春时　你还在
第二次立春时　就只剩下我了
一年立两春　我无计可施
一年能立两春　我却再没有一个你
两年来　我看见那些中年妇女
我都认为你还在
还会带着我们几个孩子
欢欢喜喜置办年货　过个好年
我用挣到的钱　给你买好看的衣裳
好吃的东西　再买上烟花
在过年的时候放　让你欢喜
但是你不在了　我只能在立春的日子
给你说说这些浮世的人　浮世的事
过不了多久　春天真正到来
大地生机盎然　你的坟头
必将草木丰盛　而我仍将在浮世蹉跎

可现在　我想着你　想着你
却不知道说些什么
又该怎么说

古老时光中的母亲

古老时光中的母亲，在村庄的土炕上
虚弱，苍白，有着
初为人母的羞涩，以及自豪
因为饥饿，需要甜蜜的乳汁
充饥的粮食，喊叫母亲
一声，又一声，至今清晰可闻。
十五六岁时，因求学，生计，事业
离开母亲，一步三回头，直到看不见
站在村口的，那瘦小的身影。
开始想念母亲，是在异乡的夜晚
黑暗无边无际，眼泪一滴，再是一滴
直到濡湿外省的天空。
在城市的梦里，异乡的街道
背后的老人，一声，再一声
呼唤谁如呼唤我的小名。
再次想念母亲，是我的眼里
进了一粒，古老时光中
死亡的沙子……

我是你一生的忧愁

妈妈，对门坡上的苞谷，在晚秋的
风中
熟了。耗子啃食的声音，被飞过
躲雨屯的鸟儿
听见。

坐在对门的坡上，秋天的颜色，
缤纷了躲雨屯。老房子飘起炊烟，
您的墓地，若隐若现。

和故园遥遥相望的这片坡地，
是您生前，一锄一锄开垦出来的
这么多年，没有一棵苞谷
能让你摆脱痛苦。没有一片苞谷
能给您安慰。

就像我，妈妈，多年以来
不管固守在躲雨屯，
还是离乡背井，和这片苞谷一样
丰收时您欣喜，如果歉收
我就是您，一声声的叹息
连绵不断的忧愁。

安　好

村庄安好　躲雨屯安好
父亲安好　妹妹安好

朗儿安好　村庄里的亲人安好
咯咯叫的鸡仔安好
新做了母亲的白狗安好
苞谷洋芋荞麦安好
葱姜蒜苗安好

上午安好　下午安好
夜晚安好　黎明安好
悲伤安好　孤独安好
思念安好　泪水安好……

妈妈不在了
我们一切都要安好

（原载《诗刊》2013 年第 8 期）

2013年

熊　焱

屠　夫（外一首）

多少人剖鱼时去鳞，杀鸡时取血
打蛋时劫走了还未孵化的梦
天天开荤，顿顿食肉
干煸、红烧、清蒸、黄焖、爆炒
换着口味烹，变着花样煮
即使是一大把年纪了，也还在割羊鞭补肾
挖蛇胆明目。四处打听偏方
八方收罗大补
又有多少人白白净净，双手空空
却在话语里藏刀，文字里埋斧
诋毁、调侃、讥讽、斥责、诬陷
一粒粒尖锐的词语，堪比白刀子进
红刀子出。堪比飞翔的子弹
足以打穿胸口和头颅
而我是多么愧疚啊：跟他们一样
三十年来我从未杀过人，行过刑
但我却是这生活残忍的屠夫

春天的哀歌

拥挤的街道上寸步难行，汽车的轰鸣
是胸腔里咆哮的愤怒
空气里飘飞的雾霾
是心口里压不住的喘息和疼痛

这个春天，彭山南河上飘浮成堆的死鸭
黄浦江里滚滚而来的死猪
又一次告诉了我：没错，没错
这些年我们饮下的、吃下的、吸进的
都是一点点的毒

别怪我心里埋着地雷
别怪我心里藏着刀斧

我看到这尘世间奔跑的人影
有的是蛆虫的身子
有的却是畜生的头

（原载《星星》2013 年第 8 期）

哑　木

四季轮回，一生缱绻（外一首）

初燕衔着一枝桃花，率先打开了
黔西北广袤的春天。十万茎草叶
齐刷刷绿遍天下，天下呀
百草坪上的石头，都有了
恋爱的想法，为什么还不见你
临水照花。

长夏草深，没过的
岂止是马蹄。十万朵索玛
隔山隔水，犹自送来
赴宴的请柬。草海湖畔
百草丰茂，静水流深
何故就不见了你。这一生
多半又是白来这人间一回

秋叶寂寥，从青海远道而来的黑颈鹤
长唳三声。
皓月临窗，凤山寺内诵经的老和尚
轻叹一次。

——相思相见知何日，心猿意马
何当共剪西窗烛，携手天下

好像春天才开始呢，转眼就是寒冬了
仿佛和你才相识呢，转眼已是半生了
可是你呢？四季还春夏秋冬地轮回着
你却无踪无影，空剩我在这茫茫人间
看白茫茫大雪，不远万里从高空赶来
落得个大地白茫茫——空忙活了一场

你的身影

威宁四座山
麻窝平箐，西凉马摆
登了一山又一山
你的身影，为啥我还没看见。

乌撒五江河
乌江，牛栏，洛泽，可渡，二塘
无论顺流而下，还是溯流而上
你的身影，终究没在人间

高原八匹马
从春到秋，迅如追风
从冬到夏，疾如雨下
八匹马都跑老了
你的身影，看来只在我心里

人间十座庙
三千比丘尼，五百大菩萨
青灯黄卷，木鱼声声
我愿受五百年风吹日晒
其实还是只想见一见你
好让我了却这万千心事
了结这旷世哀愁。

（原载《星星》2013 年第 8 期）

2013年

黄成松

大风歌（外一首）

何必把自己紧紧扣押在风暴的中心
风雨飘摇的旧房子，苟延残喘的荒街
尸横遍野的大树，慌乱的飞禽走兽
阳台上呼救的花被单，作祟的隐身衣
以及潜逃未遂的人群，足以使你方寸大乱。

何必小心翼翼地龟缩于露天体育场
他们用劣质的木料，废弃的纸壳
孱弱的电线，临时搭建的棚户区
充斥着工业用品，方便面，狐臭，潲水
以及荷尔蒙刺鼻的味道，足以使你精神失常。

老人的叹息，妇女的咒骂
男人的粗口，孩童的啼哭
事实上那是谎言的试验场
是勇气与力量的天敌或杀星

勇敢地冲出那片迷离的海吧
狂乱的大风，河流般倾泻的暴雨

飘落的残红，损毁的舰艇
丝毫不会削减你君临天下的威仪

其实风暴来临，你应该像一个王
大可从容地走出倾斜的屋宇，手持长剑
号令四方诸侯，迎霹雳风暴于广袤荒野
你该泰山般安坐帅营，用星子摆一盘棋

排兵布阵，手上端一杯
月光酿制的酒。在八面来风的间隙
安详地捻须，微笑，看猥琐的风暴
怎么暧昧地吹走，少女五彩的裙裾

烟雨帖

碧桃，郁金香与山樱
这些词汇与你有关
与花香馥郁的春天有关

长桥，木栅栏与堤坝
这些隐喻与你有关
与雾失楼台的三月有关

三月乘飞鸟的白羽而来
它越过磨山，掠过东湖
设伏于旧货市场
把季候提前引进雨季的宫殿

雨季不远，先期抵达你的心海，邀约
时间缠绵，起草永恒誓言，准备把宇宙攻陷
心的空间与维度，却可以比宇宙更加宽广
藏得下，任何一个烟雨迷离的雨季

烟雨迷离的雨季，你在谋划一场春天的回归
该有一叶豪华扁舟，扬帆于鲤鱼寄居的滩涂
载着江南随你的白发远去
江山旷远，故事注定绵长

（原载《诗刊》2013 年第 9 期）

2013年

段家永

墨　水（外三首）

水加进石墨
被称为墨水

墨水有一颗干净的心
你们看到的
不过是水穿了一件上色的工作服

就像煤矿里的工人
像一截烧焦的木炭
一笑，便露出两排洁白的玉石

因此，墨水可以抒写清白
可泼于纸上
勾勒山水孤傲的骨头

亡人书

四野茫茫，上坟的人就是一块行走的石头
每株草每棵树都是陌生的
现在是春天
风却穿着一件冬天的衣裳
父亲，你走了十多年没回过一次头
我在后面追
一下子就追到了中年
人生多么短暂
消失的人仿佛从未来过人间
生和死一样安静
怀念仅仅是为了挽留还未消散的温暖
父亲，你的坟多像一个小小的地球
我抬头看天的时候
总觉得大地在微微颤抖
地球多么孤单啊
地球它没有父亲

猎　物

撞在蛛网上的这只蜻蜓
惊恐、挣扎和绝望
还在散发出灰败的气息
但身体，已经安静下来
翅膀指向天空
身体弯曲，像一张变形的弓

已经不能把自己射出

此刻，它成了天空掉落的头皮屑
微不足道的死亡
没有改变什么，也不能改变什么

生活的陷阱无处不在
生命有着太多的疼痛和感伤
把它取下，捧住这卑微的命运
松手，让它再作一次飞翔

它坠落在地
大地没有一丝摇晃
那落地的声音
我竖起耳朵细听，像极了蚂蚁的心跳

感染的伤口

夜晚，没有雨，但我想象着
一场雨，正走过去年的棉花地

香烟越抽越短，有人在镜子中喊我
我答应了一声，时针，刚好指向一个人的心脏

不可与命运交谈，它说的冷笑话，有锯子的形状
咖啡壶响了起来，咖啡的苦，长着十八条触须

你在别人的梦中，向我招手
有情人泪水浸湿的地方，我把它都叫作沙洲

（原载《诗选刊》2013 年第 9 期）

姚　辉

面具之夜（外一首）

——乡野傩舞之夜侧记

蜡染的风声泄露千种慨叹与苦乐
南高原：多少世纪的幻梦　沐在灯影中
岩石歌唱——虬枝随年轮旋舞
油彩深处凸现的天光　照亮山峦
一代代人试图遮掩的诱惑　又一次叠出
种种巍峨的寄寓……

或许　河道仍在默念那片最初远逝的野水
鸟翅起伏　旧镰　嚼疼谁悠久的追忆？

月影坚硬。裸露的骨肉反复扭动着
苍天在苦痛之上　野径翻越歌哭
此刻　酒滴在牛角中老去
像一次追缅　酒滴在人群翔舞的秋声中
不断老去——

我们为谁交换过多少失传的喜悦？

酒滴浩荡　山峦被半片毛羽覆盖

这是面具之夜　苗女翩然的姓氏深入骨髓
一把旧瓢　舀响火势之源
所有可能出现的怀念开始燃烧　呐喊之星
正自大片黧黑的脊梁上　缓缓升起

手　势

怎样才能把手势搁在花上？我要走了
背后的昼夜　仿佛累累伤痕

怎样才能把手势忘在花上？让我走吧
风声不绝　让风声扼断的烛光守住永恒

怎样才能把手势……放在水中？
花朵渐黑　岁月挤窄了共同的指纹

怎样才能把手势　放弃？
合适的幸福　让人震惊

怎样才能回忆？
手势穿越气候　一只鸟
带着梦境升腾

怎样歌唱？我热爱的时候　手啊
我也开始变得残忍——

怎样才能把手势刻在花上？我已归来
我面前的春天　像你一样幽深……

（原载《人民文学》2013年第11期）

钱　磊

少年简史

一

所爱之物，渐次消逝……
我常在不确定的时辰，委身于星空下
恐惧。仿佛幼年的猛兽
穿着新娘的礼服出没，而我爱这斑斓的傍晚
和你一道走进丛林，岩石凸出缺陷
我描绘的成长也大抵如此：
“露水是火焰遗弃的词，静寂
制造的孤独，占领了飞鸟的巢。”
我一定是幻想某个星座
来接纳所有的伤害，才会陷入迷途

二

如果没有爱情，我们是否会更轻盈
像初雪降落，讶异这尘世的欢爱
我一直以为孤独会把我毁灭
只有你，像某个词

给予我井绳，滑入陷阱
我复制无数个小丑，围在你身边
可是爱啊，你一定是看见了我的暴戾
才会消耗更多的好时辰
将它们置于绝境。我想到冷寂的冬天
房间之中，风信子已经枯萎
读到这样的诗句——
“也许光亮最终只是另一种独裁”[①]
我翻飞的身体，为何一直停留在梦境
海水在每一条金色的路上翻涌
风暴延迟，黄昏把信件焚毁
我的记忆，是否也该换一对新的翅膀?
可是爱啊！你不该就这样到来

三

少年可以写到一些美丽的事
譬如你在雨中奔跑
昆虫低飞，穿过雨滴
玩具般消失于无形
雨也落在友人肩上，带来
另一个星球的气息
譬如北方的教堂正在举行一场婚礼
你不动声色，像一名路过的艺人。
譬如某一年，在储物间偷窥到
死亡像断尾的壁虎，独自舞蹈
词语之火，照耀它的影子

---

① 引自卡瓦菲斯诗句

你欣喜如获得一份伟大的职业
抄起锋利的时间，割裂或修补
加深那死亡，而不是复活。
这些美丽的事，好几年以后
才对我说起——

四

直到星空熄灭了呓语，醉酒后远走
想起此地是异乡，所有的理想
是到不了空中秘境的滑翔机
——我便有了进入成年的技艺：卑谦与深谋
像果农不需要通往季节的梯子
一样能摘下高处的果子。像木匠
在体内钉入钉子，也能获得美誉
我坚信，万物总将会把它崭新的词递给我
促使我衰老。如一首老成的诗
等我今天写就。可是能阻止我们的太多
星辰若要将光芒埋葬，必会设定未来的包袱
你说："我不必为了虚无的永恒
而接近事物本原的深渊。"
但所爱之物，已渐次消逝……

（原载《山花》2013 年第 11 期，《星星·理论版》2013 年第 12 期转载）

2013年

肖仕芬

黑夜绽放的疼痛（五首）

黑夜绽放的疼痛

黑夜瑟缩，孤独而空虚
北风如同一群狂奔的饿狼
今夜，我又滑入这无边的黑暗
黑色的漩涡，像一张张贪婪的
嘴巴，大口大口地吞噬
苍白的誓言

你的影子，如同黑色的闪电
剑一般的光芒，穿透黑夜
直抵我的胸膛，涌出的鲜血
仿佛一朵朵娇艳鲜花

千年的轮回，打不开隔世的风月
伤口上盛开的春天，长满病态的灵性
黑夜绽放疼痛，是一种变味的幸福
幻觉修饰的诗句，却无法温暖

三角梅

从春天开始，疼痛就像
一条河流，一直往南
忧伤的美，来自荒诞的
岛屿。她温婉，眉目含情
把疼痛深深埋于海底

五月，她把初夜献给了月光
绚烂的美，让季节瞬间
失去了温度，她的爱
像一场狂欢的节日

花香漫过月光，海水涌向月亮
悲伤往返于季节之外，火焰
在她体内燃烧，所有的夜晚
不休不眠，花香的尽头
她是夜晚唯一的女神

把你放到月亮的脸上

一轮明月倚在山冈
夜晚静谧，我把你放到月亮的脸上
我期待花朵在午夜盛开
我心怀复苏，万物葱郁

今夜，月亮是情窦初开的女子

花朵穿越千年的冰雪，春天再次复活
噩梦消隐，卑劣与肮脏无处躲藏
原来月亮是万物的故乡

月亮守在所有的窗口
我的身体辽阔，我的伤口裸露
我的泪水盛满夜的杯盏
锈迹斑斑的灵魂瞬间发光

我把夜晚叫作桃花镇

谁在夜晚的背后，长歌吟咏
谁将前世的琴弦拨弄，沉睡千年的
桃花一夜盛开，踏琴而至的白马
风度翩翩，月亮露出桃花的脸

月光滴落，如同一位
策马穿越古今的少女
我手持桃花剑，让春天重回故乡
剑气的锋芒，再次绽放

所有的夜晚被占领，所有春天被
奴役，所有的桃花为我而开
我把夜晚叫作桃花镇
月光是通往小镇的路

月下的紫丁香

月下，她一袭紫衣
矜持，婉约，浅浅的忧伤
遥不可及

月光荡起，她悠悠的香
散落。风儿柔软，大地柔软
凄美的传说柔软

浮生若梦，美貌被弃于荒野
才智被她装进坟墓
今夜，是什么
让她如此地惊艳

朦胧中起舞的萤火虫
奔跑的蛙鸣。某种幻灭的感觉
她的内心狂野。不想说爱
也不想说孤独

（原载《山花》2013 年第 11 期）

2013年

郭性汶

我用一段往事覆盖一段往事（七首）

我用一段往事覆盖一段往事

我用一段往事覆盖一段往事
一个恋人覆盖一个恋人
我与不同的我在争吵
所有的你不过是在看热闹
疼痛垫高时
我以为牵上了地狱温柔的手
死亡有似亲切
这种往来我们并不陌生
小鬼视我为哥们儿
我并不想与他们大块地吃肉
在往事的甬道，下坠感是明显的
甚至感受生命呼啸而过的尖利
一种身处何方的迷惑
像失眠一样把我折磨
于是我开始抽掉积木
所有的因果开始坍塌

当比萨斜塔的角度与我的灵魂的角度一致时
斜阳的余辉终于穿过
那一缕处在阴面的发梢
有泪自这一事件之后，滴下

我的沉默代表一切

我用内层有拉链的来盛装
很重要的痛
敞开的部分是我并不内敛的姿态
那样随身带着一些，扔也扔不掉的往事
我们放纵一切寄生的东西
夕阳投下的光影
像给酱香型的酒灌过
今生在摇晃
我在光影间跳危险的舞蹈
过把瘾却不想死
刀锋划过风的呼啸
唯独听不到战马的嘶鸣
猎人梦见猎枪
在扣下扳机的时候哑火
我的沉默代表一切

如是，如此

如果生死的逻辑
如是
在弥留之前我们还能喊出一些乳嫩的名字
爱若游丝
谁都有把世界拉进地狱的冲动
不过这只是善意的想法
毕竟众生偏爱喧嚣
这令我常梦见鱼
在痛苦中穿梭
唯有水是介质
没有违反常规的事物出现
苍老便水到渠成
如此
我听到了灵魂叮咚的声音

张　罗

你看我，多么忙
在张罗，无聊
比如，一截被咬断头颅的菜青虫
蚂蚁们，在张罗未雨绸缪
在张罗，一些空洞的
不能再捡回来的事物
他们看着我，多么忙
在张罗，一身的失落

比陀螺的旋转更具有持之以恒的味道
在张罗，原地的旋转
以及原地旋转之后的停顿

我看着我也多么地忙
在张罗一生的奇痒
以及奇痒后抓痕的痛
在张罗，麻木
摆弄着一条失去知觉的腿

死亡不是可以玩味的
我们常常被死亡玩死，我深知

你别提，我多么忙
我在张罗不断的忧伤

画轴，人生

江南烟雨，你以中锋起势
广袖长裙仕女，依次宽衣解带
君王醉不归
落英缤纷，秋至熟宣
一滴重墨带寒至，几番霜雪飞
水墨常以我自居
而青山活在第二人称里
春不老，人亦老
一生一卷轴
趁这年华好背景
挂在光阴明媚处

抒情的哀悼

血流最终会奔行何方?
血的故里，抑或背井离乡
血和悲情是至亲
而我与水是近邻
我仿佛看到有鱼在我们体内游动
我们试图摆脱的东西
像幽灵一样潜伏下来与灵魂言和
事物穿过身体时
我们用墨镜遮盖着眼睛，默立在
一块无字碑前
一个孱弱的肩膀被一双有力的大手揽在怀里
斜阳的余辉穿过温情
一个下午
我竟不能自已
醒目的岁月碎而干涩
我们常常在盲点中感动

画面双鹤

这好比世外桃源
天空还原成水墨，尧舜时期的黑白
混沌初开，只有两仪
爱在太极中央
班固的竹简描述一对站立的鹤
以一种亘古恩爱的姿势
爱了一万年，活了一万年

白云自毫间舒展
线条比幻象具象
低垂的枝条收紧，像日子的卷曲
甜蜜在纸张上被点睛
纷繁的世界被收进瞳孔
喧嚣可以被画轴卷起
江湖之远超乎想象

没有什么比隐居在这尺幅间更好的了
鸟鸣的声音被折叠成逼仄的痕迹

无声处万马嘶鸣，那是画外的事

一个王朝的兴衰在两只鹤不经意的漫步中
发生
惊天动地，而你不曾耳闻

你们，可以在爱情的调子里睡一万年
君是梁，卿是祝
尽管爱情的灾难不断把爱情变成坟墓
这却是分娩爱的地方

（原载《山花》2013 年第 11 期）

2013年

卡　西

躁动的思绪（外四首）

想象的事物并不一定存在
我喜欢在子夜里寻找
带着铁锈的呛味，把死亡的太阳
拉出来。尽管早已不属于我

我知道心里在燃着什么
闪亮的颜色，煮沸了星空的沉默
清晰的呼吸藏在雾霾中
如果拔出，是否会刺穿心脏

我刚从一个小城归来
未散的气息，风一样贴紧我
这么近。不能释怀的火焰
藏在时间后面，把白天和黑夜揉碎

许多看是静止的，其实都是
活的生命。假如我走出自己的肉体
在草长莺飞的春天里开放
是水域的沦陷，还是漩涡的光芒？

下弦月

一个伤口，在夜的肌肤上
醒着。白森森的洞穴，殷红的血
已卧成弯曲的阴影
闪着霜的白光，像草叶一样锋利
划过跳动的心脏

如飞翔的箭矢，点燃在荒漠的
杂草与乱石之间
火焰盘旋上升，把黑拉长
一群风轻手轻脚，搅动四周的声响
深沉的夜，生动的夜，不安的夜
有咸咸的泪在一段往事里
无声流淌

生命有时是无边无际的苍茫
有时又是一粒细微的尘埃
从起点到终点再回到起点
这样轮回的过程，没有谁能逃避
就像此刻，将寂寞铺开或写下
穿越一个词，独自疗伤

其实，雪的隐去不是流浪
一颗繁星，就是一片很脆的目光
让思念变得悠长
蹲下来倾听脚步的温度
呼啸的风速，正朝着一个方向

柔软的心事

一不小心，柔软的心事
突破时空的封锁，闪电一样
指向梦寐的地方

那个地方在血液里流淌
无声胜有声。一些香气出生了
那是前世遗落的一个梦
挂在黑夜潮湿的墙上
往事的烟尘，纷纷扬扬

独自坐在无边的岸上
如一尊躁动的礁石
被海水浸泡，又被海风吹干
反复的形式修饰着命运
声声呼唤，大片的积水在反光

三月的月亮如雪
淅淅沥沥，覆盖夜的苍茫
一种无法抵达的惆怅

有些幸福你不知道

被风吹熟的夜晚，花开的速度
是惊人的。一朵朵，多么鲜艳，柔软
吐露的芳香，卷走内心的尘埃

安静如镜，容易找到真实的原形

这么多年了，语言鸟一样飞翔
灰色的影子掠过广袤的天空
用时间的衣襟，抵达梦想的高度
在一段宿命的经文里，只为一瞬间
与漫长的箴言相遇
绽放的气味，在五官中荡漾
在肌肤和骨缝中，已知和未知中荡漾
快乐与痛苦相互撕咬，不动声色

相思如种子，挣扎在黑黑的风中
遇水发芽遇光开花。就像有些熟悉的
草叶和花朵，叫不出名却能感到
他们的呼吸在体内，真实地存在着

曾经的梦

曾经的梦，藏在身体的哪个部位
如今已无法找到
只知他们还隐居在时间的深处
熟悉的心跳与我的心跳，保持一致
我不说出，谁也不会知道

难以描述的奇妙，有时像炉火
暖着生活的累。有时似饥饿的兽
啃食日子愈来愈腐朽的骨头
有时深，有时浅，有时近，有时远

有时无穷大，有时无穷小
形而下形而上的激情和虚脱
都是没发芽的种子，灵魂的化石

若能掰开，从里面走出的
要么是升腾的云，要么是坠落的血

（原载《山花》2013 年第 11 期，《诗选刊》2014 年第 1 期转载）

张　毅

垂　柳（外一首）

不是仰天，要高举什么
而是垂地，画出心迹
一些高树断裂了
你在烟雨中
伴花红鸟啼

有谁知，垂下
往往是一种昂起

流　星

穿越时空沿着那条
心中向往的轨迹
与空茫擦肩而过
焚烧自己

留下一些美丽的光芒

亮在世人眼中
一些天长地久，因之
锈迹斑斑

（原载《星星》2013 年第 12 期）

2013年

惠　子

诗　歌（外三首）

一个词紧跟在另一个词的后面
小心翼翼
像小孩牵着大人的手

词在闪光
是思想在闪光
词不说话
是思想保持沉默

谁被谁举着
高过头顶
在夜间行走

关灯的体验

突然的黑
让我睁不开眼睛

慢慢地就有了花开的声音
慢慢地就有了云走过的声音
慢慢地就有了虎撕裂咆哮的声音

把灯关掉
让思想停顿下来
让心安静下来
让身体还原成原始的状态

把灯关掉
除了思想
你不会受伤

瞬　间

我从你的眼中读出了

更深的黑暗

孤独燃烧　更深的孤独
倒向丰茂无边的水草
无垠的白　无边

某个夜晚　一只迷途的羔羊
敲　门
栅栏燃烧　白色的栅栏
静静燃烧着
隐退

一只亮色的羔羊
朗照天空

失　眠

一朵花在无人的夜晚开得最艳
一条鱼的嘴张了一半再无法关闭也无法开启
一只猫围着明天转了一圈又一圈
一位熟悉而陌生的友人了无消息

（原载《人民文学》2013 年第 12 期）

2013年

陈　灼

一路平安（组诗）

清　明

相比一年中的日子
这一天尤其疼痛
尤其背井离乡的人，要预备更多的隐忍
所以要把清明看作宽恕
把宽恕潜于内心
努力安宁，躲开词语的静谧
故土之上的氤氲
岁月飞逝，即使春风化雨
转眼又是荒凉
放不下自己就保持敬意
放不下奔波就继续奔忙

敬　畏

在秋后，空的山坡，一棵树
离群索居遗世独立

它忠实于陡峭的地势，背阴的寒凉
也忠实于渐次打开的萧条
一切烟云不为所动
它内心深藏长天与大地的隐秘

它手掌微张，仿佛转瞬
就把夕阳点得更为遥远
就把时光化得更加深邃空蒙

旧　屋

黄昏可以远一些
远到小路上的藤蔓
院子里的野草
远到土墙的缝
木格窗的旧
燕巢的空

黄昏可以远一些
远到瓦片上的青苔
小鸟飞临时的颤动
远到听不见风吹

黄昏可以再远一些
远到小阁楼
最安静的暗
远到暗里一动不动的书香

字 典

喜欢她的小
她的安宁
她的轻

喜欢她在我的枕畔
白天，或者黑夜
我们彼此温暖

喜欢她的内涵
她的淡
喜欢离别时
她静悄悄的孤单

旧 照

时光真是一把快刀子
飞快的，剪下屋檐下的欢愉

飞快的，就剪掉了
那么多的亲人

时光真是一把快刀子！

农　具

我要去找寻湿重的蓑衣
破损的竹笠
浸透了的补丁
我要去找寻手心的茧
脚底的裂痕
皱纹里的泥星

我要去找寻沙哑的吆喝
尖锐的鞭响
粗重的喘息

它们都是为了耕作而去
它们都是艰辛贫苦的农具

中　秋

今年的明月千里
我们还好。不同的安身立命之所
不同的月色朗照

其实有很多遥望
可以宽慰。当一袭比衣衫单薄的月色
消褪，我多么期望
等，再等，总有明年

明年的明月千里，母亲啊
您是否安在

故 乡

我希望有一座简单的庭院
栽上一棵李子，两棵柑桔
三棵杨梅
盛开着一树闹闹热热的石榴

我希望有一条清幽的小溪
一座古旧的石桥
一步、两步，或者更长些

我希望有一间朴素的木屋
我的爷爷奶奶，我的姐姐，我的父亲
我的那只叫“来宝”的狗……
他们还在
他们还是在世时的样子
我们还在一起高高兴兴地生活

中 年

屈从于孤独，陷落于不适
生活就是这样，人间烟火不呛人
就没有味道
来历不明的尖锐，步步为营的软
水落石出的隐痛
终是少年过来的路途
随手拣点搁进行囊
宴席终要散尽，一切归于阔别
锈蚀一般的脸影，透露不出菩提

亲人爱人，依然不可预想

并非一切梦，可以让你彻底消失
让你感受不到当下
并且绕开命中注定的苍白
并非几片落叶，把你镇住
影子一样形同虚设
无所谓至亲的生老病死
无所谓故乡的困顿徨凉
无所谓爱情远离生活
生活远离安详

走散的人不再关心寻找
内心负累，藏掖破绽，憧憬草率
他已不再关心还有几分勇气

与女儿书

念上大学，不饿肚皮
不用拣墨水瓶，捻绵绳
做一盏煤油灯
不用就着一粒微光，满屋子黑烟
读书、写信，做作业
不用怀揣十五元汇款单跑向邮局
不用掩饰龅牙、冻疮、显眼的补丁

不要过于想家，担忧亲人
要面带微笑，欢乐更欢，天真更真
力所能及，给身边的人更多的关爱

多做一些运动，挤时间练一练毛笔字
认认真真读一点书
字祛病、书宽心

要爱惜爱情，珍惜缘分
努力让初恋的人成为终身的伴侣
不要步父亲后尘，第二次婚姻
是他一生最大的失误和悲凉

言　辞

下雪的时候，诗人说
天地老了，白发苍苍
送葬的时候，诗人说
送葬的人呀，这几朵悲伤的雪花
来年是否还要再次飘下

下雪的时候，送葬的时候
诗人说，诗人啊
你的悲伤何时能够化尽

销　蚀

日子张大嘴巴，它饿
喂了它童年
喂了它少年
喂了它刚刚开始的中年
它还饿

它咽下了爱情
咽下了祖屋的香火
咽下了一部分至亲的人
它消化不良

它还把一些失散多年的消息
藏起来，像一个拾荒的人
预备着某一天把他吞下

日子还张着嘴巴
它怎么有那么好的胃口

（原载《山花》2013 年第 12 期）

2013年

冰木草

边　境（外一首）

一群自视读懂阳光的孩子，他们
挤在一起，像一堆糜烂的蘑菇
根部，结构复杂。他们无法扶直
弯曲的腰。黑暗总会来
孤独总会来
微风吹过，会惊动
他们身上的耻辱

那些美好的

安静的，那些美好的
有羽毛的轻，流沙的慢，针的短
我可以亲切地喊：
牡丹，梅，金线菊，杜鹃
既像哥哥姐姐，又像弟弟妹妹
我见证了它们
诞生、成长、绽放

同时，也看到了
流逝和感伤。并一再用时间
纵容自己的软弱无力

（原载《星星》2013 年第 12 期）

2013年

刘功明

冷洞村印象（组诗节选）

我是一滴水

我的高原病了，高烧一直不退
碾过月亮的春天，碾过我的家门
田边的花语，潜伏在龟裂的缝隙中
被风卷起来又摔下去，很痛

雨水很远，翻越不了疼痛的高原
我从矿泉水瓶中最后滑落出来
像春天的一滴眼泪
与天无关，与地无关

渴死的鱼

先行一步，去了。躲过冬寒
终究躲不过这年的干旱
请记住我，一条鱼的名字
和那些雨水无关

雨水走得很远
消失于春天的眼睛
你唤不回
碧波荡漾的嬉戏场景

龟裂的伤口
期待你经年之后
用一柄放大镜
研讨我死去时的情形

四方井

这个季节
坐在一口大铁锅上面
月亮升上天空之前
蚂蚁搬走最后一块青苔

空着的水桶，左右摇晃
眩晕了四方井的一世英名
月光从半空中跌落
井底洒满苍白的碎片

春天现场

这个季节到处是湿漉漉的
燕子掠过山坡的边缘
许多人在高原的最低处
突围。雨雾包裹现场

不管你行走在高处
或者低处，有一些事物你无法
穿越。春天现场七零八落
一朵桃花来过，又走了……

再次说到雨水

雨水很少，不得不再次说出来
我是一棵饥渴的树
要把根须深入坚硬的地层

早些时候，你提及桃花
藏在远山的一角，没有诗人寻访
我和桃花相似，雨水忘了归期
萌芽的声音几乎折断

或许雨水就在你的云朵下面
只是被一些景色诱惑
对于人为的布置
我知道的内容不是很多

扎根在西南高原的季节里
期待雨水的泪珠
挂满我的树梢

夏天印象

炎热
越来越接近我的思维
许多憧憬
一夜之间蒸发
我拼命摇晃着夏天
祈求一丝绿意
滋润阳光下的脆弱

一只细小的虫
在农民工的指缝中行走
听见他们的骨节
有烤煳的味道
远处卖西瓜的兄弟
徘徊于炎热与脆弱之间
汗水滴落的声音
震疼我冷漠的神经

春天的花红柳绿渐行渐远
秋天的金黄也没有熟透
生命如蜗牛般爬行
荒芜的田野从眼前掠过

这些景致
这些热气腾腾的意象
很适合人们去轻描淡写
夏天已经面目全非
每个人必须抓紧干活
呐喊显得苍白无力

我潜伏于钢筋水泥的斑驳之间
苟延残喘
灵魂在热闹的空气中散开
行将消失的夏天
与你我
有关

枫叶上的翅膀

这个季节
有太多的东西值得寻觅
村庄，河流，天空，以及一段
青涩的故事

一阵风吹过来
点燃早晨与黄昏
光照下的稻谷亮起本色

点点滴滴的记忆
从枝丫的缝隙中跃入我的骨头
撞击着每一根神经

大雁从北方飞往南方
庄稼回归到它们的位置
河水也奔向大江
花朵们正在朝着高处攀登
整个季节
唯有我如此渺小

原谅我的不辞而别
明天我就要出发
你的梦中
会看见
枫叶上的翅膀已经飞翔

金银花

最先看见金银花的人，走出石缝，又踉跄而回
春天的眼睛，迷惘在太阳的绚丽下面
一切都无关紧要，他只想拥抱他的金银花
在嶙峋的乱石丛中，把自己坐成春天的绝句

树皮炸裂，山石呻吟，高原将声音引入骨头
金银花一朵挨着一朵，开在柔软的掌心
沿着冷洞人的肩头
谁都看见那种眺望的姿势

我的乡亲，我的父母，我的兄弟姐妹
在蜿蜒的山路上，站成一条永不干涸的河流
山坡的左边，浇灌茁壮的青苗
山坡的右边，滴灌我的金银花

冷洞村印象

撩开冷洞村的窗帘，听见土地龟裂的声音
从顽石的缝隙中穿过。把目光投向远处
闷热的天空下，疼痛依旧，喊渴的声音逼近

春寒风紧，金银花又瘦了三分……

又一次面对干旱，高原的这年春天
正好被冷洞人剪裁下来，移植于山石旮旯之间
村寨坐在半山腰的云上，三角梅和娃娃们连成一片
冷洞村，在匆忙的脚步声中，长出绿色的新芽

（2013 年获贵州省第十一届“新长征”职工文艺创作评奖文学作品类一等奖）

2013年

徐必常

毕兹卡长歌（节选）

第四章　龙船调

龙船调是土家族的一首古老情歌，从一月种瓜到腊月种瓜，用细节反映土家人的真爱。本章以“龙船调”为题，反映土家人民朴实无华的情爱观和追求真爱的执着。

一、播种

九十一

从正月开始
我给每一粒种子安一个家
我种下的是爱
我憧憬着我的爱人
和我朝朝暮暮在一起

我们不要相聚
我们要的是日子

就像大地把种子容纳
我们等着身边的人嫉妒
让他们说：
那一对人儿多么恩爱

就像种子回到大地的怀抱
我们朝朝暮暮在爱的怀抱里
我们有芽要发，有花要开
如果你也爱我们，就等着分享我们的甜

九十二

惊蛰一过，杨柳成天
弄它头上那几根小辫
我爱着的人也在臭美
要是一过春分，就连阳雀的心都活了
我爱着的人
不管你怎么个美法
我一点儿不怪你

春风催生的
不只是脚下的那点嫩绿
我一次又一次走到种下的种子身边
我的心思就是它们的心思
这些肚子中的蛔虫
咬着的是我的肝肠
但我还得感谢它们

九十三

春茶比清明来得更快

那欲滴的嫩
清清的苦
淡淡的甜
多么像眼前的日子

我爱着的人
激情已经过去
我们低下头来
向草木学习
做一对不声不响的爱侣

现在只管发芽
相互依靠着对方
前面的路和脚下的根
哪一样都不能怠慢

九十四

立在荷上的蜻蜓
它们是想让荷花
插上翅膀
蜻蜓的爱是小小的
荷花的恩泽是大大的
不信你再看一眼荷叶
它聚下了多少激动的泪水

离采莲的日子还早
我爱着的人啊
昨晚我一夜未眠
整夜在想
怎么还不如一只蜻蜓
我的爱是大大的

但我缺少一对蜻蜓的翅膀

九十五

我再一次播下种子
爱人，季节到了
人们都忙着挥洒汗水
他们忙着种下希望
我们忙着种下爱情
芒种真忙
没有时间捂自己的心跳

就让心儿如野马脱缰
但要跑
还得和你跑在一起
那叫成双成对
也叫如影随形
但不要天马行空
要从泥土里冒出来的喜悦

二、发芽

九十六

什么能让人心静
除了爱情
什么是一味解暑的良药
在夜晚，我用双眼看着天上的月儿
它时而柳眉
时而细腰
时而是一张笑脸

多么地像你
我还在你的脸上
看出了月亮没有的羞涩

盛夏的日子
你成了一个怀春的女子
我和你一样
也怀上了春色

九十七

田里的禾苗们
不再愿做禾苗
它们一夜之间成龙成凤
成龙的高举双手
像稻谷和高粱
成凤的背着红缨
像极了玉米

你和我什么都不像
就连鸳鸯都不像
我们就是一对兄妹
正月种下的种子
现在正在酿造成蜜
我们得择一个良辰吉日
把甜和蜜
向世界宣告

九十八

就这样一步步走着

日子从天黑又到天明
如果再唱一支歌儿
那更会甜到心里去

唱支什么歌呢
明月当空
草丛里的虫鸣
一声比一声更响
它们的幸福是能唱出来的

那我们就换成听
从虫鸣开始
一直听到对方的心跳
直到彼此
向对方靠近

九十九

如果还不能彼此承担
那算什么爱情
风花和雪月
那是日子以外的事
是与爱情无关的事

爱就要爱到地老加天荒
像一头白发爱上一生的操守
情歌要从心底流淌出来
我从来轻看浪花上的泡沫

如果你还不知道什么叫恩爱
那请你跟我来，我带你到

云雀身边去。它们渺小
翅膀单薄，但它们
总是身子挨着身子
这一点让我感动

一百

如果在寒风中不能站着走路
那跪着和爬着都行
人生的路，就是艰难
艰难到随时都想放弃

如果没有爱，谁还能走过一生
如果没有一副别人递过来的肩膀
谁在寒风中撑得了多久
谁还能把希望当做播撒给来年的种子

更多时候是咬咬牙
痛苦就挺过去了
我们最初从本真出发
最后又回归这里

我决定在寒风中寻找风景
如果不能，自己站成也行

三、开花

一百零一

不要瓜熟蒂落
在瓜的身上

永远有一根藤
岁月把它织成一张网

网里有大瓜小瓜
你不用分青红皂白
也不用分苦涩和甜蜜

日子会把生活酿成酒
酒要逢知己
才能成为酒

就在这个季节
有人把花开在你心上
那是一朵瓜的花儿哟
你希望结出什么样的果来

一百零二

从此往后，你我是否就成为了
护花的人
至少我不是
我要助花一臂之力
抓住生活中最牢实的躯干
然后，拼了老命
直奔高处

那不胜寒的高处
适合这世上最忠贞的人
因为他们的热血
就是为了
捂暖高处的冷

最终让寒
生出暖意

一百零三

这就是四季种下的种子
在最初的《龙船调》里
它是种下的瓜

从古到今，我们土家人
种下瓜种可收获爱情
种下爱情会收获甜蜜

种下甜蜜，会收获幸福
种下幸福，会收获美满
种下美满，你看那春天的桃李啊

桃李脸上挂满了笑
我的笑藏着掖着
我们用真情酿造美酒

我们的酒醉人
我们的爱哟，比美酒更醉人三分

四、酿蜜

一百零四

你听，是谁在唱歌
歌声甜美，像河山一样醉人

那最甜的何止是歌喉
你静听从歌声深处发出的声音
是不是像山泉
以最欢快的形式流淌

那唱歌的人群中
一半是我的姐姐
一半是我的妹妹
她们的美，是山川和岁月共同酿造的
日子，从她们心底渗出芳香
再去用芳香醉人

谁能在这个时候发出心声
谁就能最先成为知己

一百零五

但你得有一副
男人的肩膀
要敢于承担
包括爱和被爱
要敢于付出
包括青春和热血

要敢于眼望前方的青山
然后去一口咬定它

青山是不会老的
就如你我心底的爱情
时不时它还会泛起浪花
时不时它会果满枝头

我最爱的是阳春三月
妹妹，我们行走在桃李树下
桃李无言，却默默地孕着果实

一百零六

有一句歌词是这样唱的：
冷水泡茶慢慢浓

心中的事急不得火不得
要瓜熟蒂落
要水到渠成

其实更要心心相印
就算是先从眼神
再到心

除了爱，还有什么
能在时间的河流里
发酵
再在日子中
开出一路花来

除了爱，还有谁

一百零七

我不愿把爱情比作美酒
再美的酒
只能饱口福

我要的幸福是天长地久的

与生命同生
和死亡一同投胎转世

在转世的轮回中
我们再众里寻他
我相信修行

一世都这样爱了
下辈子更是锦上添花
花上再结出更多的果实

果实累累的日子啊
我们就是这个世界上
最幸福的农民

一百零八

你是否去过土家人的家园
在荒草丛中
一代一代的土家夫妇
就是死了
都要挨在一起

人们习惯于称之为合墓
除了土家人，有谁知道
这是最为圆满的爱

俗话说
少年夫妻老来伴
终老了过后呢

在荒草丛中

土家人于无言中
为爱立了无数丰碑
那碑文是：
青山易老
爱情永恒

一百零九

这就是用爱筑起的家园
爱到最深处
就像一团泥土
紧紧抱着种子

再让种子长出根
根深叶茂时
土地仍旧张开胸怀
收容落叶

如果这还不算爱得真切
那就让我用落叶的形式
来爱你

最终啊，最终
就让落叶，在日子中
回归到土地

一百一十

在唐崖土司王城
谁会相信两棵杉树
是一个民族爱情的见证

夫妻杉，这对夫妻
一站就是三百多年

而田氏和覃鼎
谁能够计算
在三百多年的时光
有多少种子发芽
有多少杉树开花

有多少杉树又成为
夫妻树
又有多少夫妻树
倾其一生
沐在恩爱里

一百一十一

这只是故事的一部分
另一部分，是田氏的
丫环、婢女
她们从峨眉山到唐崖
就是一条爱的通途

不应只顾感激田氏
更应感激的
是她心存的大爱
和她大爱中
那坚定的光芒

今天，我想问问
沿途的草木

草木无言
它们只顾开花
就像那些
只争朝夕的爱

一百一十二

还有土家的女儿会
那么多女儿
那么多开放着行走的花朵
就是放在整个宇宙里
还有哪一朵花
敢来争妍

不只是争妍
她们亮出的
是一个民族的美
美到极致
就成了
一个民族的根系

那盘根错节的日子哟
谁说不是另一种爱情

一百一十三

有好多情爱
我们是借助高山的高
山再高
我们的心儿
永远在高山之上

人们说
想说爱你
真的不容易

而我们
最不容易的
是爱的萌发

种子发芽了
花儿开了
剩下的时间
就是期待果实

五、陶醉

一百一十四

谁说我们的爱
不是果实
谁就还没有
尝到爱的甜蜜

你可以不听我们的歌声
但你无法拒绝
心灵的震撼

那是爱的纯粹
纯粹得
只有天上的大雁
才能和它比翼飞翔

是谁一直在做
领头的那一只
不是我，也不是你
是我们共同掏出来的心

一百一十五

这就是肝胆相照
在此之前
每人献出的
是一副肩膀
虽然最初是以
拥抱的形式
给世界一个姿势

赶在生活的重担
还没有醒悟之前
我们备好行囊
义无反顾地
朝着未来的路上走

赶在重担还没有
压下来之前
让我们先它一步
学会承担

一百一十六

于是我们跨越生命的河流
我们从种瓜开始
然后乘船启航

河水顺流而下
每一条河
都是一颗
称量爱情的砝码

你肯定还会问我
那秤呢
那秤
在心上

河流自然也在心上
于是，我在肩头
一头挑着爱人
一头挑着河流

一百一十七

担子肯定是越来越重的
那些绕膝的儿女
是爱河中最欢快的鱼儿

一河水的爱
鱼儿啊水啊
你们就尽情地欢吧

我也会乐在其中
我含饴弄孙
嘴上的甜和心头的甜

一边写在脸上
一边写在大地上

一百一十八

但我更愿意做
一条河流里的鱼儿
如果还不够
就从一条河

流向另一条河
再从另一条河
流向海

有百川流入的大海
它的爱也是大的
它的胸怀，就是我正在
努力追赶的胸怀

不是单一的时间问题
而是要像大海一样
咬着牙关承受

一百一十九

于是我们在一座又一座山上
看到比山高出一个头的爱
于是在土家人的河流中
看到每一个人
都有鱼一样的幸福

这还不够
爱教会他们
把平淡如水的日子

酿造成酒
再让心儿把它窖藏得更醇

就算你我远隔半个地球
我们的《龙船调》啊
它的香艳
你想捂都捂不住

一百二十

一段又一段河流
最终连接成历史
历史的细胞
哪一个不是高品位的爱

世界哟，我从一个民族的历史里
感知所有的民族
那每一滴血
都是爱的全部

即使是痛
也因为爱得深切
爱到切肤的程度

就像我们儿女的降生
那是一轮又一轮朝阳
一次又一次地升起

（摘自长诗《毕兹卡长歌》，民族出版社，2012 年。2013 年获贵州省首届专业文艺奖诗歌类一等奖）

2013年

南　鸥

破　庙（外四首）

依然端坐于村庄，像一位酋长
我如残废，在你迷乱的掌纹里一生爬行
泥泞的山路总是诉说幽深的虔诚
祭台上神秘的红布，总是暗藏死亡的
密码。一把神火忽明忽暗
直烧到千年之后

晚钟绕着房梁融入死去的黄昏
穿过所有的季节，而没有爬出你的领地
逃出地平线却不能跨出你的台阶
木偶的四肢，总是被一根拉杆带着舞蹈
僵硬的手像死者的手紧紧攥着
一个原始的部落

存在的虚无，是一种绝妙的囚笼
比死亡更深，比深渊更黑。而祭台的神像
总是我们心尖一种永不愈合的命伤
一位蒙面的杀手，总是穿行于
善良温驯的人群

枯 井

一只飞鸟带走了时间的容颜
青蛙，在光石板上爬动最后的表情
枯裂的嘴唇锈迹斑斑
谁能用死亡装饰青春

一群孩子趴在井口一动不动
千里之外，如同活人被死者箭一样追踪
这是一种植入染色体的黑暗
死者的眼睛轻轻眨动，远方的风景
被时间射穿

这是一种与生俱来的命运
记忆如烟霞消逝。一群可怜的孩子
即使你纵身跳入井底也不能把
消失的云霞，从水中捞起

一座空城留不住饥饿的人群
沙滩上的宫殿，无法拯救陷落的命运
内心的狂热虚构了王位与时间
而盲者无法掩饰黑色的记忆

天空生锈，鸟陷入回忆

天空锈迹斑斑，鸟陷入回忆
成群的白鹤扇动着明亮的双翅自由栖落

林中的篝火送来了忽明忽暗的故事
古老的河面上波光荡漾

林中的野果从树枝滴入口中
黄昏，人们围着一堆堆篝火席地而坐
当太阳逃进了黑色的丛林
孩子们怀抱鸟兽卧在草地

入夜，女人坐在油灯下绣花
孩子们数着星星安静的睡去
江河静静地淌进梦里。梦的边缘
月亮从脸上悄悄升起

一盏油灯打扮了午夜
村庄入梦，夜莺高飞

墓　碑

落日，把万物的影子渐渐模糊
登高远眺，延伸的白骨燎起缕缕荒烟
逝去的万物从天外纷纷归来
一块松动的墓碑，总是让我
老泪纵横

旺盛的阳光泛滥着欲火
天空荡漾，熟透的果子已把秋天压弯
愈是辉煌灿烂愈是病入膏肓
眼神稀疏，灯火一下子古老

此刻，你指尖的火焰从天边
再次回到笔端，回到这个发霉的午夜
而暗藏的星光总是神出鬼没
无法在你手指间流淌

当草垛依着树丫，点燃秋天
孩子们坐在太阳上欢跳。当阳光回到指间
你的姓氏和家乡，风不能告诉我
那湍急的河水也无法告诉我

所有的汉字，都是我满朝的文武

留下一堆生涩的普通话
被阉割的器官无力支撑被拦腰斩断的青春
一道口谕，敲打着贫民的屋顶
无法缝合的伤口，翻卷着破旧的黄昏
顺天承应，从胸口飞出的寒鸦
闪出一道陡峭的口谕

我从来就不是他人的子民
更不是皇亲国戚。我的血液是流向天空的
我只属于粗糙的大地和天外之天
时间的背后掩映我的故乡
我醉卧故乡的草地，千年
狂饮，万年不醒

其实，黑夜藏着我的舞台
我就是自己的主角。一个人独步的传奇

在词语间策马而行，狂醉的身影
穿越古今。我敲打着键盘
所有的汉字都是我
满朝的文武

其实，我的胸脯起伏着疆土
我就是自己的国王。我的书房是皇宫
沉默的书卷浮动五千年的暗香
我睁开眼睛，所有的山河都是春天
我入梦，五千年的历史
昼夜迁徙而来

（2013 年获首届“贵州省专业文艺奖”）

2014年

罗逢春

长恨歌

他困惑于自己的匮乏。
风流的皇帝致力于探寻危险的美
即便这美的力足以毁掉整个帝国。
这么多年，他一直沉迷于这未竟的冒险
美妙的音符时时从心底升起
总是缺少相称的形体与之对应。

危险的美隐秘地生长。
呼吸着珠帘绣户的娇嫩空气
她不动声色地长到妙龄
她有热带雨林气候的潮湿和善变
也有荔枝的鲜美口感。
这个娇弱的少女，许多事都超出了
她的控制。比如天生丽质，比如
有一天她竟会坐在皇帝的身边。
许多事情都越过了她想象力的边界。

我拥有世界上最大的花园
原本以为自己坐在花园的中心。

可是当她不经意地回头
那灿烂的笑容让春天黯然失色。
我明白这就是我一直寻找
却总未获得的。
现在，我让她在华清池沐浴
我要用温泉来抵御倒春寒。
她的肌肤光滑如凝脂
在我的燥热的手掌中一寸一寸地融化
最后化成一泓清澈的水，一幅华丽的丝帛。
当侍浴的宫女扶起她的时候
手里似乎仅仅握着一条被温泉充满的浴袍。

她的头发，云朵的
她的脸，花朵的
她，皇帝的。
在温暖的芙蓉帐内
春天的夜晚何其短暂！
无尽的花粉和体香
让勤劳的小蜜蜂替代了懒散的老皇帝。
快乐的事，似乎永远也没有尽头
比如吃饭，春游，比如坐拥江山
和美人，一日又一夜。
所有女子，被浓缩成这唯一的一个。

她仔细化妆，在宫廷宴会结束之后，点燃
那些黑暗的时辰，点燃酒精里的春天。
她带来荣光，改变女孩在父母心中的位置
生一个皇帝，谁敢想呢？
而生一个皇帝挚爱的女人
成为天下父母都可以为之不懈努力的梦想。

骊山似乎要乘着云朵离开尘世
而华清宫里，天上的音乐随风到处流传。
慢些，再慢些，让歌声在共鸣腔和耳朵之间静止
让舞者成为一尊尊雕塑，直到每一个音符
凝固在洞箫和琵琶弦上，最好让太阳也慢下来
最好把这神仙日子，变成一支永不终结的歌
以便有更充足的时间去取悦那君王。
而安禄山的马蹄从边关带来了打击乐
渔阳的鼙鼓窜入并颠覆了皇帝精心创作的乐曲
在帝国的版图上巡回演奏。

烽烟和尘土笼罩了长安，它们来自战火
和凌乱的马蹄。一场病恹恹的溃逃
从延秋门开始了。最初的一百里是散步的
一百里，是巡幸的一百里，更像是偷情的一百里
慌张压过了威仪的一百里。
一百里后是马嵬坡，他不知道
这见鬼的驿站，将拴住他心爱的小马驹。

士兵们像因愤怒而不断膨胀的气球
终于爆裂——珠玉织成的花朵掉在地上
碧玉的翠鸟的长尾巴掉在地上
黄金打造的金丝雀和白玉簪……统统掉在地上。
多少个柔软而短暂的春夜
她曾优雅地卸下它们
她深谙美的数学法则，随日晷的运转调整
白天是加法，夜晚则需要减法。
他不厌其烦地欣赏着，她变少，直到不能再少
似乎这是世间唯一值得去做的事。现在

那轻柔的眉毛，那漂亮的眼睛
终于带着一个国家的责难
如同一只蝴蝶背负春天所有的花事，飞走了。
少被掏空，归零
一种无法补足的空旷。

他遮住自己的眼睛无助得像一个孩子。
他转过身，竭力让眼泪和血安静下来
这徒劳的努力让它们更恣肆
洪水解除了堤坝的束缚，喧嚣而汹涌。
有人攻破他的城池，有人
让他眼睁睁看着心爱的女人去死
江山和美人片刻间离开。
太快了，仿佛不是真的。

他揣着突然被掏空的心
回过身继续走他的路，走向严寒的风。
他在恐怖的梦里漫游，侧身入剑门
经过一座又一座山峰却罕逢同道
冬天的太阳像阳痿的男子
难以在光芒中竖起鲜明的旗帜。

蜀地清澈的流水和丰隆的山岭
使心灰意冷的皇帝倍感衰朽和乏力。
他热衷于逃进回忆，逃进记忆中的
都城，都城里的宫殿
那里还是王土，任他纵横驰骋。
此地阴晴都不合时宜
夜晚如同一口平底煎锅
不断翻烙他干瘪的身体。

月亮刺痛失眠的眼睛，
雨弹奏夜晚，风吹响金铃
合奏一首悲伤的乐曲。听者
只能用肠子聆听。

皇帝终于退休，国家已经改元。
好在长安又回到帝国手中
他立即踏上来时路。这不正是他所期待的么：
打开通往过去的门，回到那不容丢失的往日
但也意味着一种冒险：重新经历死亡。
在马嵬坡他停下来
她死的地方还在，被空旷据为己有。
她不在，这地方陡然被多出来。
死亡被剩下，主宰着生者。
他流下眼泪，有人陪着假哭。
他开始害怕宫殿，不想回到
那些空荡荡的容器中。
他的疆域辽阔，她的水草肥美
这些都被倾倒，无法重新注满。
他只能骑着懒洋洋的马匹继续启程。

宫殿是旧的，池台是旧的
时间似乎并未带走什么。
太液池的莲花，一张出浴时仰起的脸
还带着粗心的侍女未擦干的晶莹的水滴。
风摇曳着未央宫的垂柳
音乐摇曳着腰肢和画眉……
宫殿里弥漫着往日的欢愉
体内苦涩的潮水日夜拍打着
怀旧癖筑起堤岸。

他完全被过去攫取
被她离开后留下的巨大空白
塞得满满当当。他不是太上皇
而是一间忧伤的杂货铺
用心象交换物象，靠残忍的盈利活着。
春风献出花朵，梧叶在秋雨中滑落——
她往日的面容变换着在时间之树上闪现
她褪去衣服的光滑身体
正缓缓步入华清池……
消逝的音符，回到乌有之弦。

我怕去太极宫，但还是去了
庭院满是枯草，落叶覆盖台阶
和兴庆宫一样。这些丢失水分的骨头
在秋风的扫帚下，发出苦涩的沙沙声。
岁月指挥一曲衰老的合唱。
我的乐工和你的宫女都老啦
白发亮铮铮，像骊山顶上的新雪
闪烁而寒冷，脸黯淡如黄铜。
唯有时间高歌猛进
唯有回忆带来欢愉。

每当太阳落下，萤火虫
提着小灯笼在庭院里散步
秋虫唱起小谣曲，宫女们翻检
旧时光。黑暗挤出
思念的时辰！
灯盏把自己耗尽，睡眠被削尖
关节炎在膝盖里刺挑顿挫。
更鼓打着哈欠巩固

夜晚，这黑色乐队的蹩脚鼓手
懒散地重复着几个枯燥的重音
不断磨损月亮的听力。
银河涨潮了，天空溅起白色泡沫
光终于揭竿而起。大地献出清霜
屋瓦相拥取暖，我只能一个人僵卧。
这无梦的夜晚，和没有你的梦一样荒芜
我醒着，只有醒着
才能活在有你的时间里。

道士来自邛崃，精通招魂术
这是唯一的希望。
他骑着云朵阅遍星辰
他乘着带雾气的竹筏渡过黄泉
天空的图书馆里没有她的名字
地狱的生死簿里没有她的名字……
但他还是带来了一丝振奋人心的消息：
听说海上有一座虚无缥缈的山
精巧的楼阁有彩云的基座
住着许多仙女，其中一个
有雪一样呵气就化的肌肤
和花朵一样的脸，她叫太真
她应该就是您日思夜想的人。
于是他带着老皇帝的期待叩响门环。

侍女急促的脚步在门户间传递
久违的人间消息。他毕竟没有忘记
这突如其来的问候让她无措又欣喜
她推开枕头，她顾不上整理服饰
她走向镜子又迅即转向珠帘

她绕过屏风。

头发来不及固定在往常的位置
头饰凌乱，刚刚醒来的女人
反常带来新鲜的味道。
她走得优雅而迅捷
衣服轻盈如飞翔的鸟羽
仿佛是在跳霓裳羽衣
那曲消逝在战火中的舞蹈
美得让整个中原都难以承受。
一张被眼泪不倦地冲洗的脸
在苍白的寂寞边上
兴奋镶出一圈潮红
像一朵暮春的梨花
几乎被沉重的水滴压垮。
眼睛里汹涌着咸味，她
只能以一种低沉又飘忽的嗓音说话。

人时已尽，日子显得漫长
他的声音和面容就是遥远
想看看长安，有他的城市
但是眼里尽是尘土
尘土覆盖了尘世。
他送的金钗和钿盒
我一直带着。
正是这些身外之物
赋予爱以固定的形式
死亡也无法取消。
现在我把它们一分为二
请带给他，这些信物是我们

通向彼此的唯一的路。
让我们共享爱着的岁月
和一种近乎绝望的等待。
告诉他，如果拥有黄金的心
它们定会合二为一，我们必将重逢。

告诉他，别忘了我们有一个
属于传说的夜晚，时间反证着传奇
让人沉醉的宫殿，那里通向永恒
当喜鹊在银河上筑起桥梁
神仙踏上重逢的路而我们
依偎在低语的河流上：
托生为鸟，要翅膀挽着翅膀
生而为树，就枝叶连着枝叶
无论如何，都要手牵着手。
那时我们爱着，不知
别离漫长，美好短暂。
我们以为此生长久
但死亡不假思索地改写了一切。

告诉他，天地总有尽头
死亡也有边界
而爱没有终点。
如果恨被磨得更长一些
那是因为我们依然爱着。

（原载《山花》2014 年第 1 期）

2014年

王富举

黄　昏

一辆马车从天边，缓缓载来夜晚
想要的黑
菊花茶端坐，杯中湖泊清澈
微苦、性寒，像一个人
无法饮尽的孤单
究竟要从多少流逝的光阴之中
才能分拣出诸如贝类的
小小的愉悦和幸福
北方，有人正疾步奔走于暮途
风凛然，撩起夜色的衣角
我已经在这一瞬望见你
一片落叶徐徐背过身去
如果没有星辰，今夜
我能不能从月亮的后面
凭借一双手摸回故乡

（原载《诗刊》2014 年第 1 期）

2014年

陈国华

心随花开（组诗）

与昙花有关的夜晚

多年前一个寂静的夜晚
目睹了一树昙花的绽放与凋谢
那些短暂而安宁的生命
流星般划过了夜的虚空

我常怀念曾经的那个夜晚
以及随风而逝的静谧之美

任凭内心的树
自由自在地疯长
没有枝叶
没有花朵

旧时花事

一卷卷古诗
将许多娇艳的花朵演绎成无尽残红
谁在深闺聆听丹桂飘落的声音
谁又在静寂的山涧
目睹了红萼的怒放与飘零

唯有一位禅师
窥见桃花盛开而悟道
此花此叶间
数百年后终将走来一位充满疑惑的诗人

浅红深绿梦中看
我不是那位匆匆前来寻找宝剑的过客
多少回落叶又抽新枝后
我已习惯随芳草去
又逐落花回

心随花开

多年来　我没有陪过一朵花朵绽放
也不轻易写下怀念的诗行
我常在梦中醒来
站在辽阔的夜色边缘
一动不动

曾经抒情的花朵　朝开夕落
我无法明白其间的悲喜

魅影摇曳生姿　随风而逝
语言和骨头终将化为尘土

不经意间
已从花朵的预言中看到结局
发霉的铜镜
照出更多空旷　抑或虚无

让我成为舒卷天际的一朵云
且听风吟　心随花开

酥油花

相传严冬无鲜花献佛
信徒用酥油制花

油塑的花朵
在艺僧冰冷的手中绽放
宗教的虔诚
至美的追求
悲悯的情怀
绘出五彩云霞

酥油花开
没有体温的花朵
晶莹剔透　不染尘世
只剩下高原的风骨
阳光的血脉

在青藏高原的塔尔寺
我看见生命如花
菩提如花
愿这些渐渐消融的花朵
带走一生一世的尘埃

飞翔的花朵

昔者庄周梦为蝴蝶　翩翩起舞
轻灵飘缈
高于蝴蝶的天空

一双薄如蝉翼的翅膀
演绎成一份忠贞的爱情
背负了久远的沉重

多少高举的头颅
飘散于落叶寒星
多少海誓山盟
无法抵达年岁的枯荣

千年的羽翼滑落
瘦若黄花
浮尘的光影里
我成为翔游的花朵
有时飞　有时落

（原载《山花》2014 年第 2 期）

2014年

吴春山

人间草木（组诗）

高　原

鹰的目光，蘸着神的思想
将神秘、苍茫、肃穆和慈悲，洒在
离天很近的地方

在高原，所有的梦都没有岸
时间慢下来
所有的事物都能找到源头，或归宿

可以对一朵白云，白云下牧羊的汉子
谦卑的草木，甚至一只蚂蚁
——顶礼膜拜

可以洗脱一切虚空的罪名
在高原，沐浴过尘世的人，都是
与神为邻的人

钟　声

此刻，它的虚无，来自
另一场堆积的虚无
废墟，或沧桑。穿过身体的催眠术
从身体表象的平静
掏出不安

或许，与眼前的事物无关
与夜的深度无关
世界保持着相对安静

一朵花开放的过程，多像春天枯萎的过程
慢下来，一个人慢下来
将钟声逼近黑暗的死角，让灵魂
从身体里逃走
——多么虚空的过程啊

陌生、遥远的地方
一个人，还在努力寻找
传出钟声的尘世
和掩盖真相的
敲钟人

草　木

旷野如此之近，一个人
该暗自庆幸
旷野里，卑微的草木如此之近

一个有着小小孤独的人
更应该暗自庆幸

今夜，一朵野花要开，一地野草带露
一棵顶着天空的无名小树啊
有谁知道，它将摘下
多少寒冷的星子，它的体内
藏匿着多少隐忍的闪电

晚风徐来，那些窃窃私语的生命
已忘记风寒侵袭，野火涅槃
——自由呼吸是幸福，相互敬畏是幸福
用一生坚守在大地上的姿势
也是幸福

就像此时，一个人将孤独
一寸寸交出，成为这人间草木
幸福的一部分

山中小路

静卧于山中，一截岁月
由北向南，一串濡沫的清寂，一串濡沫的命运

曾经，多少匆忙的脚步
叩访着斑斓的梦景，它扑扑的心跳
似闺中待嫁的少女

千年的月光呀，已扶不起荒芜的记忆

像我的目光，始终无法穿越
它潜藏的挣扎、执着
小路一直没回头，仿佛一位老朋友
固执地，向远方延伸……

时　间

这令人心跳的词语，将所有的不羁
和悬念，留给夜晚的静寂
坠入深渊的拥趸
某时，它的挣扎预示尘埃落定
经一些隐痛的目光审阅
从名词变成动词，叹息后
又从动词变成名词

这个过程中
左手学会温暖右手，梦学会安慰梦
有人听见撕裂的钟声
目光消瘦下来，须尽力扶起滑落的时光
仿佛一只蝴蝶
从春天的花事中逃走，一阵风
掏出一面老墙的忧伤

黑暗中，有人仔细分辨
草木耳语，努力消除墓碑上
死亡的消息
——这穿过万物的盗墓者呀
好吧，请将它的漫不经心
交给奔跑的蚂蚁，由温暖大地的影子
淘洗出时间的底色

一片雪花的自由

看见一片雪花的自由，在梦中
它纯洁，诚挚，安静，下坠
欢快地舞蹈

我备下成团的夜色
迷途的猛兽，一条沾染风尘的河流

离开簇拥的伙伴，寒冷的季节
它用一颗单纯的心，测量
梦的深度

它来了，我们在河岸上聊天
整个晚上，我们没有提及尘世的苦难

我看见一片雪花的自由
和无畏
最后，它甚至冒着被融化的危险
将一个梦的来世
变成今生

花朵盛开

花朵盛开，让我想起
某年的积雪、阳光，梦的火焰
一个下午的味道
隔着蚂蚁的微笑，它们学会
左手开门，右手关门

哦，一半是馨香，另一半是破碎

花朵盛开，一两只野蜂
直奔主题，将时光撕开一道口子
随后聚拢的黑暗，可用来引路
风，试图抓住什么
而深藏体内的暗器
往往，比一个人的目光游离

花朵盛开，它们说着：尘世，路人
是呀——
尘世，路人，花朵……
城西五公里外，渐渐热闹的墓地
寒星点点，花团锦簇
沉醉的花期，像亡人偷食的糖果

——黑暗中的恐惧症患者
游走于一朵花与另一朵之间，打探
花朵盛开的秘密

秋草黄

最先知道秘密的
一定是爬上头颅，越来越危险的
露珠
整个晚上，它积蓄透明的悲池
像草尖，噙着泪

曾经，它从它的身体里

窥见青春、阳光、风雨和闪电
直至某一天
穷途末路的梦，在一场火焰中失守
——这让我想起，南方，有低头行走的异乡人

最后泄露秘密的，是黄昏里
村口守望的老人
他将内心的孤独，交给目光中一大片
枯黄的野草
秋天了
将由它们，替一个村庄说出
悲伤的理由……

一滴雨如何返回尘世

入秋，雨从山那边漫过来，步履轻盈
它需要认真洗刷
渐渐颓废的大地、天空，以及
沿途的事物

雨前有慌乱的脚步，消失在小巷深处
秋桐，晚风，囤积起来的暮色
落叶的寂静
——萧萧雨歇已掀开秋的衣角

雨从山那边漫过来，一定很疲惫
所以在我的窗前
流连

其中的一滴小调皮
悄悄爬上我的睫毛，我开始莫名担心
这泄露秘密的使者
来年春天
将如何返回尘世……

现　象

一

秋天住在半山腰，并不陌生
沿透明的时间爬上去
一座原始森林
能否容纳下一个人无尽的想象

二

露珠敞开透明的比喻，周围跳跃着
灼热火焰
一粒种子，有了刻骨的隐情

三

沉默的石头，内心塞满孤独
身边的草木知道
风撤退时，它将努力寻找悲伤的方向

四

一朵花枯萎了
野蜂不该暴露它的秘密

好吧，偷偷给春天一记响亮的耳光
祭奠丢失的马匹

五

这些年，他看清了一些现象
他宁愿摸着夜色赶路
也不愿在路上遇到夜色

（原载《山花》2014 年第 2 期）

2014年

杨　杰

读赤之水（组诗）

红

那一场艳遇的雨滴
飘过你秀发的结
柔软的琴音
压弯你丹霞红的唇印

摄影师的偷拍
按动我心率的真
独竹漂的紫
拉近黑白照片的升级版
合而和

向桫椤致敬
斟满赤水整条河的酱
倒影
是我释杯前的痛

抒情的醋倾盆而泄

十丈洞立下的誓言
珍藏千瀑
竹绿叶阔
薄雾轻纱着
醉

是不是
要爱
就得大声吼出来

读赤之水

九十度垂直当界
注定你飞跃的久远
完美舞姿的韵
诱丹霞石的笑
精彩

恐龙喝花间那壶酒
才醉了一亿多年
水
润着桫椤的眼
勾走度日如千载的盼
续写留言

桫椤的证词
烙铿锵誓言
如爱
纤细深陷

为什么要读水
读水比读书简单
而读人却难
只有读水——
顺其自然

乘竹而逃

这个季节的竹海好静
被你裙角留下的余香
熏醉的阳光丰满
成期望

雾来得远
赤水之竹筏如网
坚硬磐石的翅
被你如蝉指尖的纱
撕破
煽动两岸的酒
醉翻一世情缘

叙着成序
秀瀑成诗
桫椤美女啊
丹霞如毯
洒脱抛世俗弃物欲
齐心扛责担任前行

要逃
我们一起

在老家过年

故乡的年纪好大
瓦屋下的灰尘
铺满
硬板床回忆

抱着公鸡的鸣叫
回到童年
睡得好沉

妈妈的炊烟
点燃乡村的晨
熏不开我的双眼
城市的音乐
你慢慢摇吧

这里停电

（原载《诗刊》2014 年第 2 期）

2014年

泣　河

欠你五分钟（外二首）

用一只盗贼的手
以借问的名义。正当偷盗你的时间
五分钟。分化成五十万个梦
时间，一滴一滴
第三百滴凑足以后。还能运用的
是狡辩
在成功获取你的时间开始
我已私自加息
一分钟等于
我所不能计算的小时
以及写不完的诗

在你喝水的此刻

在你喝水的此刻
我正在看布罗茨基
那个主动把自己送去牢笼充数的野兽

诗人。在野兽稀缺的烟林
我抗拒听不懂的外语
我只注意到
你打开的瓶盖和我的外衣
颜色内质相近

下雨的时候我想起你

下雨的时候我想起你，我想起我应该带一把蓝色的伞
伞里有你喜欢的白云，那些白天从我心门跑出去的小鬼
下雨的时候我想起你，想起我应该拥抱风
一股股冷风被我紧抱住，我尽量拖延时间
今晚你的白色外衣在我看来那么显眼
我担心我怀里的冷风和你相遇

（原载《诗刊》2014 年第 2 期）

2014年

卢　维

原生态（外一首）

站在城市中央，十二点注定霓虹闪烁
抬腿前行，掬一捧尘埃阻止星空
迎面驶来两只眼睛发亮的甲虫
坚硬结实，混凝土路面在三百六十度转弯之后
睡在城市低凹处，春天的绿意
被一车的垃圾吞噬
搂抱城市，地上渐渐垄起乳房，喂养昨天
此刻，工地吆喝着号子
此刻，父亲未被特殊雕琢，还保留着
原始的、原生态的
散发绵羊山气息的表演，裸露于天空之下

旧手套

坐在城市中央，阳光干净或是飘逸
都只能是来了又去，去了又来
没有约定

起起落落的句子要完整地接受伪装的幸福
面对一双旧手套
手里的一切，风是捧不住也兜不住的
隐藏在心里的
似乎都戴在城市的手上
我在想，假使绵羊山的手套能有一千次新生
也只能被阳光晒出一点点白
是改变不了我在胡乱的恐惧中写下的诗歌

（原载《星星》2014 年第 2 期）

2014年

非飞马

我的黄茅坪（组诗）

第一次写到：黄茅坪

这是我第一次写到黄茅坪

关于黄茅坪，我其实不知道该写点什么
我只能写下：1982年4月11日
我出生在那里，从此与它沾亲带故
然后，我在那里度过了窘迫的童年时代
寂寞的少年时代，空虚的青年时代
那里天高皇帝远，因此我体验到了
旷世的贫瘠，和无边的自在
我只能记下：住在黄茅坪的亲人
他们是：父母、爷爷、叔叔、伯伯
哥哥、姐姐，还有一些乡邻
我曾认真端详过他们，无一例外
留守在那里的他们，大多
成了病痛和贫困的奴隶
我只能记下：时光的列车
轰隆隆向前奔跑

带走了一些老人和后生。而黄茅坪
还是那么贫穷，还是那么落后
还是那么土里土气
好像二十多年来，它一直在和谁赌气
你看，它一直停留在原地

地标一：云盘山

坐落在黄茅坪的最高处
二十年前的云
已经散去。二十年前的绿森林
也已散去。现在的云盘山
什么也没有了。除了几根杂草
除了几棵稀稀疏疏的松树
除了满处都是的黄土和沙砾
云盘山上，什么也没有了
春节回家时，我去了趟云盘山
还好，云盘山上的祖坟还在
他像云那样盘踞在那里
高高在上的样子，居然有几分威武
稀薄的积雪盘踞在上面
从山下，从远处，向上一看
云盘山，才有些名副其实

地标二：周（邹）家水井

到底是叫作周家水井还是邹家水井
现在已经无法考证。周（邹）姓的人已经远去

消失在时光的黑洞里。而水井留了下来
喂养了我缺水的童年，也喂养了黄茅坪
一百多号人，细水长流的小日子
童年时代，我常常和姐姐们
到水井里提凉水。至今我还记得那种凉爽
足以浇灌童年的渴意。但有时候那种冰冷
也足以让我感到寒心。我还记得父亲
在一个冬天挑水滑倒在冰雪地里
被水泼湿了一身。而母亲在干旱的季节
守着一口水井叹息的样子，老是挥之不去
当然，这些早已成为往事。我已经记不起
是从哪一年起人们吃上了自来水，就忘掉了这口井
但我仍然记得，那时逢年过节
乡亲们都会给井焚香化钱，在井边跪拜不已
口里念念有词。我仍然记得这口井
对我家有恩，对黄茅坪有恩，对乡亲们有恩
因此今年回家，我特地去看了这口井——

我没有想到，十多年不见
她已经长满厚厚的苔藓，她已经奄奄一息……

地标三：皇家岭

我一直把黄家岭叫作皇家岭
因为，我的老祖宗埋骨在那里
我的曾祖父埋骨在那里
我的祖父也埋骨在那里
我一直把黄家岭叫作皇家岭
因为，那里有我的一亩二分地

一亩二分地里，长出了粮食和蔬菜
我因此得以活在人世
因此，我热爱着皇家岭的一山一水
一草一木。我热爱着我的一亩二分地
我热爱着地里的泥土，沙子，岩石
热爱泥土里长出的粮食
也热爱泥土和石头
垒砌的祖宗们矮小的坟
每年我都要去皇家岭很多很多次
有时是去除草，种地，秋收
有时是去祭祖，烧纸，作揖
有时，我是在梦中去了皇家岭

我既没有看到炊烟，也没有看到亲人
我看到了迷迷茫茫的一片
迷茫中有着无边的神秘和宁静

黄茅坪：爱，或者恨

我不知道，我对黄茅坪到底有多爱
提起它，甚至更多的是恨
恨它愚昧，恨它无知，恨它给我一个
卑微的出身。但我又不得不感激它
这些年来对我的养育，感激它
让我学会了如何在逆境中前行
它的一草一木，都像智者一般充满着哲理
它的每一寸土地，都像母亲一般
都充满了爱和韧性
而这些，都印在我的灵魂深处

这些年，我就是用它
开始了生活的战争
但我不知道，我对黄茅坪到底有多爱
那些青涩的往事啊
为什么一想起就让人流连忘返
为什么一想起就让人低回不已

黄茅坪：高处的警醒

黄茅坪的山
不高、不矮，刚好
闲暇的时候
我可以登上去
摸一摸高处的云
听一听神的言语

每次爬上山顶
我都会看看半山腰
那些矮矮的木屋
这么多年，一直承载着我
低处的生活

这是一种警醒
生活在低处的人
每隔一段日子
就应该站在高处
看看自己曾经立足的地方
回忆一下，这些年来
走过的，弯曲的路

黄茅坪：素描

山脚下，是一条小河
清浅，弯曲
恰如黄茅坪曲折的历史和命运
据说，河里住着河神
不过，多年来无人看见
顺着河岸的小路往上爬
爬到半山腰，就有了人烟
鸡犬之声相闻，山里的日子
穷是穷了点，但充满了诗意
乡亲们早出晚归，五百年来
过惯了平淡的日子，相安无事
山顶上，早晨和傍晚
松树林里总会升起薄薄的烟雾
那是祖先们在生火造饭了
他们住在黄茅坪顶端
他们是黄茅坪的神
这么多年来
他们一直在高处
撑起了头顶的天

黄茅坪：山的抒情

我多么热爱黄茅坪的那些山
它们高高耸立
像真理一样，高高耸立
它们有着比父亲更高的肩膀
比母亲更宽阔的胸膛

它们接纳了我童年的欢乐和泪水

我多么热爱黄茅坪的那些山
它们一座有一座的模样
一座有一座的高度
它们不重复谁，不抄袭谁
它们像山一样耸立着
不弯腰，不屈膝，不点头哈腰
黄的是土，黑的是石头
合起来就是高度，就是骨气

我多么热爱黄茅坪的那些山
它们生长着树木，生长着花香和粮食
它们孕育着云朵，晨雾和露珠
曾经许多次，从山脚开始攀爬
有时爬到半山腰，有时爬到它们头顶
由此我知道了，山外有山，天外有天
有些山头需要一辈子攀爬
有些山头一辈子也无法逾越

我多么热爱黄茅坪的那些山
饥饿时，我把它们当成馒头
一口一口地啃，一口一口地嚼
一口一口地品尝乡村的滋味
孤独时，我把它们当着知音
松涛永远弹奏着激越的旋律
小鸟永远歌唱着飞翔的曲子
而群山静默，静默是永恒的歌声

我多么热爱黄茅坪的那些山

它们是生养我的地方
必将成为我人生最后的归宿地
现在我还很年轻，别离是暂时的
远行是暂时的。我知道我还会回去
后山上，它们给我留有一个位置
爷爷奶奶留在了那里
父亲母亲也必将留在那里
他们和大山一起，等着我百年之后
再去团聚，永远不分离

（原载《民族文学》2014 年第 2 期）

2014年

南　鸥

千年银杏

我在千里之外，就知道
你的名字，知道你的腰围你的身高
就知道你长生不老的故事
我是猎奇而来

我在百里之外，就听到
你的心跳，你的呼吸你的气息
就听到你血液流淌的声音
我被你牵引而来

此刻，我站在你的面前
除了沉默，我没有说话的权利
除了仰望，我不知道方向
我学会低下自己的头

我不是善男信女，也不是
请你赐我长生不老的仙丹和秘方
更不是偷窥秘密，看到你
我知道人的宿命

我知道自己的渺小和卑微
除了仰望，我再也没有其他的言辞
我还学会了祝福，学会了
守住自己，学会了本分
学会安静

祝福你，与时间和结伴而行
中途不许停下来。不许说腰酸腿痛
高血脂，老眼昏花，糖尿病
只能说时间在我身后

（原载《十月》2014 年第 3 期）

2014年

梅培源

叙事：以前和以后（组诗）

叙事：一九八二

那一天和雨水有关，和我有关
在夜里，先是有人感到疼痛，然后
故事开始。我从黑夜和雨水里来，从
一个女人的疼痛里来，继而从一个男人的手里
植身于世。我从他们那里继承了血液
发肤和姓氏，并且有了自己的名字

我叫梅培源。所有的世界都与我有关
包括哭声、尿布和奶水，也包括石头、泥土和
阳光。世界足够广大，时间足够充裕
容得下我吃喝拉撒和学习
我是家族的成员，父亲和母亲的儿子
血脉中的血脉，世界中的世界

之后他们将把我引向土地、田野和庄稼
让我知晓土地如何滋生万物，田野如何
蓄水然后孕育出稻谷，以及庄稼

如何生发抽芽，如何收割回家
他们将我引向语言和算术，山脉和星空
让我知晓世界万物如何称谓，手指和苞谷
应当怎样计数，让我知晓如何攀爬行走
并告诉头顶的星空如何无垠广大
他们将生命引向我，将世界引向我
将他们所继承和知晓的一切一一引向我
使我身心健康并且充满好奇

他们将已知的一切引向我，我先是继承了
血液、发肤和姓氏，又继承了他们的
世界和感知。世界足够大，而我们终究太小
他们将已知的一切引向我，然后将我指向
更为广大的世界和未知

叙事：一九九八

他们将我指向另一片更为广大的未知
我继承了他们的血液、发肤和姓氏，我是他们
在田间和地埂种下的水稻和苞谷
那一片更为广大的未知，才是自己的土地和田野
走出去才是唯一的选择和宿命
只有离开这片已知，才能抵达那片未知，只有
离开这片土地和田野，才能抵达那片土地和田野

世界与我一同成长，烦恼与我同时抵达
它们是我的一部分，如同我是它们的一部分
火焰抵抗火焰，水流化解水流，我们
彼此焦灼和纠缠，甚至扭打

彼此征服却又不甘屈服。有时候，我们像
风一样轻盈，露水一样轻盈，融洽又安静

一些名字走向我，纤细坚韧，一如九月的芦苇
被斜阳涂抹。总有一些故事一边发生一边结束
总有一些声音原本离开却留在原地
我赋予樟树记忆和念想，它们生机勃发
我允诺玻璃可以透下阳光，它依旧可以
行走和穿行在大地，然后，我要给予它们
第一场欢欣且惆怅的离别。我们需要重新
置身另一片沃土和原野，耕垦良田、开枝散叶
一些名字曾经走向我，现在它们应当
回到原地，从时间里来然后回到时间里去
故事连接故事，时间充斥时间。目的地还很遥远
离开必须重复唯一的宿命和选择

叙事：二〇〇三

从一端到另一端，从一岸到另一岸
离开也是一种存在，就像时间组成的栖居世界
亲近也是一种疏离。某个时刻，阳光
透向你，舒展、温暖，宁静就像夜晚。言语和墨
芳香和纸，所有颜色都是淡写轻描，所有文字
都被镌刻在泥土里。你可以坦荡地穿行于大地
风为霓裳，路为布履，如同笔墨在纸上穿行

你所托举的时间，柔软炽烈如同火焰
所有道路都可以畅行无阻。你所行经之处
草木可真正成为原野森林，凋敝之所

可真正成为广厦豪居，连一滴水都可真正
成为江河源流。你所托举的时间，柔软炽烈
如同火焰，傍晚为之褪去，季节更换袷衣
世界在同样的维度偶遇另一个世界
如同指引和召唤，如同笔墨在纸上穿行

从一岸到另一岸，你所托举的时间
柔软炽烈如同火焰，世界在手中簌簌点亮和下落

叙事：二〇一〇

哪一个词语描述夜晚，它的本质
可以是黑。夜晚足够阔大，广阔无垠宛若大海
所有词语都已淡去，颜色隐去了辉光，耳朵闭锁
在这黑里，黑是唯一的内容和主题。在这黑里
世界向前，时间向后。所有悄然改变

钥匙离开锁孔，草木停止生发，庄稼和房屋
开始后退，城市改变方位，只有石头在
暗处散发隐秘的光辉。在这黑里，有人
听见短暂的声响，如同江河截流花瓣闭合
所有想象都应该摘下翅膀，诸神走下神坛
谜团褪下衣饰，结果回到故事中间

时光不必另行书写，世界可以重叠着
被放下的信仰应该再次竖起，灵魂重新浇铸
河流被允许重新流淌，道路可以延向四方
新城可以屹立于废墟之上。唯一的黑按照原色
重新分为七块。人在哪里，最爱哪里

不是所有的问题都需要答案
我以时间为悬崖，然后构筑一个世界
只要我能看见时间向后，看得到以前
只要我看见现在，就无须奢望遥远

（原载《山花》2014 年第 3 期，《诗选刊》2014 年第 5 期转载）

2014年

喻子涵

汉字意象（组章）

口

屋顶的烟囱伸长脖子，一直想向太空说句话。

而我在天上一直面对它。我相信它一定会难过，在一种场合受到难堪和屈辱。

于是一种无法隐藏的情感从大口大口的粗气中奔涌而出，然而说不出话。

我回来后看见，一方大印盖在嘴上，烟囱垮塌，四条边紧锁大门。

日子也就变了，世界不经意变方了，轮廓僵硬，里面空洞。人们的嘴全都

像方形的机器，时间长了，涌动各种各样的蛆。

我翻过围墙，一树樱桃正要红了。

或许，日子曾经是这样圆的，唱着歌，撵着山羊回家，然后撅着嘴，听妈妈讲童话，在油灯下睡去。

每一轮太阳都信任每一轮月亮，每一轮月亮都善待每一颗星星。

然而就一张纸，它被封严了，人们只有一条缝用于喘息。

一口古钟在远处的教堂上空摇摆，回声向每个人的梦浇洒，等待一束光芒把人们的心灵援起。

趁着月光撤开四条边，让嘴唇舒展，让伤口自然愈合。

用棉纱一点一点揩去黑垢，露出晨光一样的新肉。

又过了几十年，已是微信时代了，它不该颤抖，也不用担心外形怎么样。

一个美丽的口形正在生长，它不知道，但我相信，不管是方的还圆的，它迟早会有声音。

我也相信，它那细嫩的嘴唇会把海水下面的一枚太阳衔起。

但是，必须捅破这张纸，让里面的闷气散出来，让它好好生长。

坟

一堆土走近文化，这是文化的宿命。人们早知如此，于是都为自己挖一个埋葬灵魂的墓穴。

文化是一堆土，到处都有见证。在村庄的垭口上，我的祖先已埋在土里二百多年。

文化埋在土里，根就不会败坏。村庄一直活着。我时常想起祖父，并干着祖父不想放弃的事。

文化是一堆土，有时是真理，就像悬崖上开着艳丽的罂粟花。

殷然的血来自土的深处。浸透整个组织，让伤口迷醉。

文化埋藏于土的深处，是宿命，也是幸运，就像老酒厂的一个窖池。

几千年花开花落，歇息在森林背后的湖边，暗香浮动，像幽灵。

文化是一堆土，有时是假象，要么真的是土，要么土就是文化。

一双眼睛，透过厚土，反射鹰的眼。

尔时，土或即文化，因为它浸透罂粟花的血。

文化从土里生长起来，殷红的罂粟花开满原野，无数张颜面复原，相视而笑。

尔时，文化或即土，已经分不清人与面具，古与今，男和女。

像一堆瓦砾与玉石，闹市的喧嚣。时间闭着眼，迅速滚过海岸。

文化受难，浸透罂粟花的血，深埋土里。

文化是一堆土，这是当代人的一种发明。

挖出文化的尸骨，永远是盗墓者的使命。

桑

一段枯木，不倒的原因是它一直没有告诉人们，它是一棵桑。

一棵桑，在陌上见过。那时年少，一脸幻想和烦恼。幽怨的雨天，从桑下缓缓走过。

一树桑花，一层桑叶，再一层月光。一种淡绿的情绪曾在桑下独自喁语。

后来在原野，沿着母亲的脚印，到蚕房，再到机房。

从每根纱，到每根白发。只剩下一张没有署名的黑白照片。

公园一隅的丛林，一棵桑不敢暴露自己。一层光遮住一层叶，一层叶遮住一层梦想，很独立。

终于，探出一个头，伸出一只手。若干张脸，若干只大手与小手，年年如此。

一棵桑，和我一样的中年。每长出一片，让其摘去。但他一直没有告诉人们，他是一棵桑。

每当我经过，有时我伫立。

头上的桑花不再一朵又一朵，桑叶不再一片又一片，连同月光和阳光，在她的盘头无心再插上？

次年，当我再次经过，有时再次伫立。桑皮不再青了，桑枝开始脱落。

一段直立的枯木。一直以来的美梦，像一片湖泊上空的云彩，曾经缭绕与氤氲，如今只剩下风，像我从她旁边走过。

这是一个没有闺妇的时代？桑亦如此？

哀怨没有痕迹，就剩一段枯木凝视远山和夜晚。

这是一个没有闺妇的时代，因此，她一次次接受与堕胎，只剩下荒寒和凝固。

然而，她是一棵桑，一直没有告诉人们。

（原载《诗刊》2014年第3期）

2014年

郑　瞳

画家和鹿（组诗）

一、猎鹿者是个画家

其实鹿只是形状
每头鹿都不够好
他一边叹息一边杀

一头鹿被画出来
这完美的鹿
该从哪里下刀？

二、这画家就是那个猎鹿者

每头鹿都不完美
他一边叹气一边杀

他看见镜中的自己

三、这个猎鹿的画家也要吃饭

就算手不软，饭总不能不吃
何况，有这么多死鹿

四、吃饱了他照样是个艺术家

剩下一堆鹿皮
被他填充起来
一群鹿在草地上
让他很满意

唯一的困惑是
如何把生命
填充进去

（原载《星星》2014 年第 3 期）

2014年

姚　辉

在旷野上（组诗）

夜

——我捡拾星星的羽毛。旷野上
风捋动铁质的静谧　一只鸟
卸下　微微喘息的道路

我熟识那束藏在砾石中的火焰
它有青翠的身影　当大河带来鸟声
砾石中的火焰　延伸出
穿越甘苦的所有倾诉……

转身离去的人接近千种斑驳的目的
荆棘在街衢上　像一丛交错的爱憎
荆棘将渐斜的沧桑　反复摁住

星星滑向额际　它有灼热的追缅
我寻找过的弦月即将闪耀
别让星星的毛羽　随旷野翻覆

大风吹彻怀念——星月泛红

一只鸟　绕过参差的群山
在风声中　翔舞

猜　测

你好像来自另一个时代。血滴毛羽遍布
你好像与另一种遗忘密切相关
你　好像只能让无辜的飞翔　不断重复

你好像属于随雨声蜷曲的某种疼痛
那样的时代　荣耀刻在颧骨之上
苦难带来启示——你好像已经开始苍老了
足迹　正代替所有即将燃烧的尘土

你好像习惯了过时的幸福　以及
期盼与忧郁——赤裸的欲望隐入花瓣
你好像放弃过太多的爱憎
春天重现　曲折的春天　若有若无

你好像忘记了微笑。手势划过。
历尽沧桑的人　捏碎　漫无边际的倾诉

你好像说出了泪水中掩映的全部隐秘
歌者自篝火边缘归来
一次咏唱　便是一次牵魂的救赎

你好像带来了另外的时代
——格格不入的风　尖啸
谁消失在风霜之巅？你
好像已绕过了镀金的梦想与祝福

雪

雪霰近了　道路上飘飞的雪
让凝冻的沉默　闪烁

寒冷浮雕出晶莹的全部往事
别放弃怀念　人影反复陈旧
试图回溯的晨光渐渐刻骨
谁讴歌过的梦想　正随雪粒坠落

飞雪熟知高入云端的千种隐秘
刀刃或火焰的隐秘——
一块骨头在身影右侧疼痛
有时　火焰醒来　看孤独的刀子
在雪的光芒中　变得弯曲　薄弱

我惊悚于严寒的酷烈与美
用一片雪色翻卷的天空换回骄傲
用刀刃思考——当雪霰深入骨髓
有人　寻找丢失的灵魂
抑或传说

而火焰仍在血滴中喊叫
大风皲裂之前　寒冷带来爱与敬畏
我被一条长路逼到尽头
我是失败过千遍的歌者　我
浇铸骨肉间　永不磨灭的警觉

鸦

说吧！砾石堵住了疼痛的咽喉
黑羽上的霞光　理当再次变得锋利

所有昼夜在俗艳的尖臀上闪烁
那里有旭日与荒芜——光芒剥落之前
鸦语　代表了尽可能悠远的追忆

别让身影上嘶鸣的岁月随雪霰飘坠
霓虹试图飞翔　祖先的痛
让鸦翅　不断迷离……

说吧——碑铭抵达了怎样的骄傲？
坚硬的寄寓　被遗忘反复击碎
一个人坚持的遐想穿越鸦影
时光灰暗　卷动
我们共同延展的际遇

陈旧的炎凉带来怀念。鸦声刺骨
谁放弃歌唱？风声中的手
攥碎　宿命间凌乱的隐秘

失忆的人

失忆者被暮色遮没　进入雨滴之前
谁为他擎起赤焰——失忆者扔弃幸福
谁为他　守护横亘苍茫的全部璀璨？

尘埃覆盖锈蚀的怀念　谁离去?
企盼苔痕遍布　失忆者渐渐衰老
他灰黑的足迹　映照苍穹之蓝

谁说出鸦翅上清澈的夕光?
血脉缓缓流过　谁放弃缄默
用肋骨　拼贴星辰般闪烁的祈愿

火势刺绣大剂量的苦乐
失忆者被辛酸卡住——遗忘的梦
将成为　多少坎坷的习惯!

失忆者拾捡星月之影
墨写的谎言喊醒灵魂　失忆者的沉默
比荆棘外的爱憎　更为遥远

颤栗的身影徐徐上升
看——失忆的天色　正渐渐替换
我们共同守候的艰难

雪落高原

村落边的旧井　喊出逝者生涩的名字
井沿上　有人在磨一把颤栗的刀子

雪落在弯曲的刀刃上　刀刃嘶鸣
像某种传说——

有人擦着脸上冰冷的泪水

雪落高原　有人放弃缅怀　用黄土
砌高　所有突兀的爱　以及盟誓

多少村落就这样空了　除了大雪
除了大雪降临前后的美——多少村落
已随怀想飘散　如一捧嶙峋的灰烬

但大雪触及了祖先的季候
骨肉间漫流的风声　依旧陡峭　锐利

有人醒着　卡在族谱中的火焰
在雪的光芒中　醒着

大雪铿然有声　一把弯曲的刀子
彤红　它　代表了怎样沉重的启迪?

在乡间

一些山墙已完成了最后的坍塌
随后　是一些名字——年迈的骨肉
与稚嫩的血脉　几乎同时触及了共同的疼痛

大风凛冽。还有什么延续着这难以躲避的坍塌?
悲伤渐次陈旧　一道被扼断的目光
坠向　天光下冰凉的惊惧——

命运是那片灰暗的树影　被光阴拖动
但从不消失——它烙满了我们无辜的手势

我们守候过什么？鸦啼宛若星盏
照耀山石间闪射的宁静
一些人进入沧桑　一些脸孔
成为　云霓渐暗的记忆……

旧井被黄泥堵住　它喊不出梦境
它用水声　镂刻疑惑

而我在乡间　细数道路上飘飞的足迹
我懂得篝火枯落的理由
大风入骨　我记得生命可能留存的艰难

石　头

石头有饥渴的黄昏　大风中的石头
有一张神的灰色脸孔

祖父用石头雕刻春天的方向
石头淌出鲜血　石头有三月的光芒

石头有一头萤火的卷发　微黄
寻找道路的石头　闪烁
石头与石头相聚——

鸟儿回到天穹深处
雨点中的石头　奔跑
像用黄昏打制的黝黑花瓣

石头有星辰的暗影

啼叫的暗影　反复变得坚硬

我想抠出石头的疼痛
石头骄傲　我想说出神祇的追忆

石头即将入梦
篝火内部的石头　吟唱
带来幸福的最初习俗……

在旷野上

巨杉站成绿篝火　映照
黑鸟翻阅的春天——

足迹深入灵肉
岩石压扁谁生锈的追忆？
我坚守的晨昏　变得
旧镰般锐利　绚烂

大风推迟了凝望
大风斑斓　长路漫漫

野花是旷野唯一的徽记
有人远去　沧桑
比爱憎更为遥远

旷野大于遗忘。小于
诉说与痛。旷野　忍受着
多少祈求　或者厌倦……

巨杉仿佛启迪
所有荒芜过的幸福再次闪耀
只有幸福　能带来
共同的眷念

酒

彤红的沉默开始晃动
杯盏边缘　呼啸的火焰试图飞翔
一个人忍受的甘苦　又一次
变得阔大　凝重……

眺望高过了呓语。雪色嶙峋
歌者　逼近了骨肉深处黧黑的风

谁被一卷酒意唤醒?
寒冷浸透姓氏——谁　记不住
源自生存的所有吟诵?

而我说出了最为久远的沉寂
星空印上双肋　身影之外
春秋更迭——烟雨　依旧迷蒙

一滴酒掘出生涯难耐的艰辛
但我们仍然坚持着
杯盏铭刻的时辰闪耀　悬浮的醉
藏着　坎坷后的所有重逢

沉默的鹰

谁已无话可说？当云霓代替长路
鹰影旋转　成为风声中那团灰暗的火

天穹有铁铸的浩渺，寄寓。翅翼颤动
夕光划过瞩望——大风翻卷
鹰影　带来生命理当承受的焦灼

谁放弃了既定的倾诉？
被诅咒千遍的暮色赤帜般上升
谁怀念？沉默的鹰　仿佛刀刃
从血肉间　倏然闪过

鹰影吱嘎　我们经历的晨昏
留下千种蜿蜒的痕迹
谁翔舞的灵魂　渐渐超越了荒芜？

而许多爱憎是无须简单言说的
骨骼消失在风声中　还有爱憎遮掩的炎凉
鹰影接近春天　缄默者高擎的星光
斜了　我守着自己碎落的诺言
看云霓高悬　鹰影闪烁

乡土片断

一

乡土是陌生的。树挪开身影
留出大片　预设已久的静谧

昼夜在更迭中陈旧：鸦声坚硬
堆积成灵肉深处的痛与警策

但有一块骨骼在乡土中醒着
它不呼喊　它只属于回忆

二

牛群从田埂上走过
缓慢　静默
像一堆　被大风挪动的巨石

有鸟状斑痕的那头牛猝然回过头来
看着我　眼中闪耀星光

它的额上　印着
祖先古老的痕迹……

三

岩石在山麓的肩胛上咳嗽

它曲着身子　随坚硬的空旷

反复咳嗽——

等度过冬天　会有赤蛇前来
交给它疗救的药方

一万种翠绿火焰般腾跃
岩石　忘记了咳嗽

四

石榴的树影被斜风扭伤
高高的树丫上　三朵灼热的花
齐齐喊出一声：痛

这声音也是赤红的　落下来
是五片　旋转的花瓣

五

我不可能比那条奔跑的大河更为宁静
它弯曲　流淌
挟走苦乐与不可能留存的种种追忆

水声吐纳多少代人不懈的歌哭
我可能比那条消失的大河更为持久……

（原载《山花》2014年第4期）

2014年

鲁弘阿立

布　摩[①]（外三首）

我们都是拿火焰写字的人。
我们记得。死亡在鹰的翅膀下面
已经无法坚持。死亡在黑鱼的鳞片下面
已经无法坚持。
死亡在襁褓的破洞下面
已经无法坚持。
我们都是和天打交道的人。
如果我们看见松枝的颜色变成白色。
居住在竹子中的城市
如果在血的地震中叫喊。
那是一种语言在投诉喉咙。
语言。我们曾经称量金子的手。
语言。我们曾经抚摸过爱人的手。
在羊皮书的阳台上，是一朵昙花。
离开恐惧和死亡，我们是一朵昙花。
离开恐惧和死亡，我们都是拿锄头干活的人。

---

① 布摩，彝族智者、祭师、文化传承人。

雄　鹰[1]

它把家安在紧挨着天的地方。
它的羽痕让时空感到压力。
它的对手隐藏在一片倒挂的炊烟下面。
它的休息日是忌日。
它的前世在太阳的瞳孔里蛰伏着。
它的来世在指路经的驿站里踟蹰着。
它是我们与祖宗之间的一条纽带。
它也是肉体。
它的肉体是坚固的。
它有一颗高飞的心。
它的心只有在高飞的时候
才能压进勇士的枪膛。

黑麦与石头

我看见黑麦的眼睛贴在石头上。
石头。它的手势是柔和的。
它的心是坚实的。它的复苏
在种子成熟之前已经开始。
它的喉咙，在歌唱的时刻是环绕着火焰的。
它的耳朵，在聆听的时刻是镶嵌着蜜蜡的。
黑麦。从青涩到性感，

---

① 鹰，彝族图腾崇拜之一。相传彝族祖先支嘎阿鲁是其母鹰血受孕所生。

它的课程是固定的。
它的表达，在石头的心中是滚烫的。
而它自己的心是空洞的。
它不该出现在石头的身上。

最后一天

神庙的背脊上，我看见火光中的一张脸
滚过红尘。他把岩石堆积在清晨的彩霞下面。
他把时间的正面转过去，把灰烬中的婴孩抱起。
太阳顺着我的后脑勺往下滴落。
一个拾荒的老者看了我一眼。
一个在岩石上读漫画的女孩看了我一眼。
一个顺产的母亲看了我一眼。
我的岩石的脸。松枝的衣架挂着太阳的披毡。
神殿里的祖灵将自己的名字越刻越深。
我是在下跪的时候变成岩石的。
下跪的时候我看见我的名字
收拢翅膀停留在又一块灵牌上。

（原载《山花》2014 年第 4 期）

2014年

罗霄山

夜的叙事词（外八首）

更为深不可测的陷阱，在路灯后沉默
微弱的光线，是身体撕开的零星的口子
他摇摆着四肢，无形的手在推着他旋转
他内心的洞穴，就快要露出端倪

因此他像一个被抽打的陀螺
在空无人迹的广场上，一枚独自旋转的陀螺
他带起一阵持久的风，吹着颓败的灯笼
一些若有若无的影子，投射到倾斜的街道上

看着他独自起舞吧，在寂寞的人潮里
在无数人头垒成的厚毯一般的背景
只有他的影子清晰，闪出一波一波的光圈
而他内心的洞穴，快要露出端倪

我们抽掉了他的拐杖，给了他
一堆扔不掉的感叹词，是什么逼迫着他
在深夜的广场上，携带乌云旋转起舞
如果他停不下来，我会比他更着急

他旋转一圈又一圈，一圈又一圈，他
停不下来了，他内心的洞穴就要露出端倪

细　软

如果它能代表一个浮华的梦
在遗忘作为奖章的时代，一个怀念
古老仪式和神秘幸福的人
是不是很可耻？如果细软凝结了
很多人的心血，甚至是入神的一针一线。

如果他还未进入角色，细软是否意味着
命运向时间投递的包裹
或者由承诺所提供的心灵的居所
而它还将承载生活的惯性，带来一切未知
是否就这样了，当他轻吐爱的箴言。

如果时间能留住月夜下萤火虫的微光
在一个静谧的茧里，一个人隐隐地微笑
意味着她还未觉察，她将要革命性地突变
用一个新的身份，在世界变化莫测的版图上
找到一个前所未有的坐标？

只有在静寂的午夜，才能听到一根针
落到地上，发出坚决的辅音
被缝合的针脚，密封了时光割开的旧伤口
一个携带细软逃离冬天的人，她不知道
途中的自己到底有多美。

一个男人对细软抒情，就像
一头牛倾听天空莫名的巨响，充满了
对失去水草的家园的绝望，对坚硬的时代
他还没有找到与之匹敌的钢钎和锤子。

静静地

一池荷花静静地铺满夏季
与一切惯于隐忍的事物一样
在沉默中，蓄积着一击而中的力量
不必讳言美，是如何刺破这乏味的生活。

只是我们缺少闲暇，为莫名之物牵累而走火入魔
那刻在月光下的蹄印
如埋葬欢愉的小小墓穴
我们不知道我们到底怎么啦。

一切静静地死去的事物，经过不为人知的历险
从抵抗到投诚，被迫接受
所强加给它的东西，我们称之为
梦想与事业，一本虚幻的解说词。

如果可以，我愿意看到一颗流星静静地
拽着宇宙飞驰，一匹奔马静静地淹没在尘土
一朵浮云，静静地被天空泅渡
一叶独木舟静静地，沉睡在大海的摇篮里。
如果死亡能带来永恒的安宁，亲爱的
请让他，静静地死去吧。

铁　匠

爱上一个中年人的火花，以及
他的沉默。你会爱上热烘烘的坚硬。
熔炉里的铁浆。
他的手艺在暴力之下，温顺而色情。

如今他只爱锻打农具，犁铧
锄头，以及总能让生活的坚壁发出叫喊的铁钉。
而他还是怀念刀剑、枪戟
冷兵器分离肉体的，血淋淋的时代。

柔软的流汁因之而成为一根自信的棍棒
炉火给他的脸着色。由红而黑的物什
缓慢拥有逼人的锋芒，他在心里
赞叹，这铁的精华，刃之魂魄。

一座铁匠铺因一个寡默的铁匠
而被命名为，灵魂的枪械库。如果有黑夜的
大幕衬托，铁匠铺仿佛时光码头一盏明亮的灯笼
他不断磨砺着，骨头里几近于无的尖刺。

流放之地

兄弟，我要说的盐碱地，最后
说成了荒漠。我们尚还坚守一座坚硬的
城池，兄弟，那已经不属于故国

我们经历的战火在体内烧成灰烬
我们不愿提及，又无处不在的针刺。
青春的骨骼，那些令我们羞耻的事物呢？

我还葆有令鲜血凝成霜花的兴趣
而手艺日渐生疏，老之将至。
春天镜面一样，又开始翻出一页白纸。

我总是能听见体内什么重物落下的声音
在简陋的居室，回声阵阵
或者什么脱落，而无可奈何。

今晚狂风吹着破屋瓦，一只猫在冒险
我已经丧失诸如此类的激情，兄弟
我要说的荒漠，又变成了一片深阔的虚无。

地下通道

从地下判断方向，如一生
那样曲折。通过黑暗部分。
身侧是急匆匆的人们。

打过照面的人，没走几步就忘了
黑漆漆的通道，像敞开的棺材
顶上有水滴滴下，在泥地上砸了无数坑洞。

我经过，一阵冷风穿堂
倘若这是阴间，我宁愿倒下沉睡不醒

这疲惫而茫然的生活已然受够了。

穿过去，爬一个极陡峭的坡
到达破烂不堪的小站
我买了一盒香烟，为了证实还在人间。

一列火车将飞驰而来，停下
喘粗气。有很多人像我一样等在这里
将被带到很远的地方。

我从一个黑色通道，进入另一个
绿皮的通道，仿佛从一副棺材进入另一副棺材
我可爱的同伴们，皮下白骨闪闪发亮。

一柄伞骨靠墙而立

这极易让我们联想到
一具尸体。
一柄完成使命的伞，并不怀念它那
烟雨浸湿发髻的女主人。

墙是斑驳的，呈现岁月的污渍
像晚霞的天空，挤满了犄角和蹄印
一张奇异的脸倒挂下来
覆盖了一个城镇，辽阔的疆域。

尽管还有较为完整的伞衣
它在极力掩饰，岁月经过的痕迹

而女主人已经苍老得如一幅水墨画
只是在时间的装裱里，露出微笑

它抵挡开大部分雨水，一部分
浸入内心，细小的裂缝
以锈迹之名，呈现在人们不经意走神的
细节。仿佛我们的体内
都有一柄伞骨，代替时间来指证。

冬　日

有人边打喷嚏，边取出温度计
这个世界偏向了它该有的指针

适宜的事情是，沿着满坡的松林
爬上山看那些冰冷的坟墓
大雾笼罩小城，无暇他顾的人们。

偶有烦躁袭来，什么也抓不住
怀疑一杯水里的影子，那不属于自己
悬在杯中的茶叶，敛了清明的亮色

抽烟也不能抵挡忧伤的潮水
一下子就涌满胸腔，要向熟人们告别吗？
正好温习一遍方言，暑天的焦糊味
忽然就不习惯了，还有人打听一些
旧地址，和不存在的人
窗帘应该紧闭，柴门前拴狗

暗暗地叫道，不可如此呀
那远来的敌人，往森林里赶
要打下一些野物，贮存在寂寞的地窖。

秋天是一个病句

秋天的消亡，在一张凳子上完成
它承接一片落叶，仿佛将一具尸体
缓缓放入墓穴。

更像一个行动迟缓的老人
时光总能找到，与之相匹配的语言。
譬如那滴滴答答的声音。

我们忘却了许多事物尚未交清存活的租金
这笔账已经无法清算了。
是什么让我们忘记，曾经的兄弟和敌人。

我们对酒当歌，是因为
孤独找不到出口。那灯影和独白
成为寻找多年的至亲。

秋天不过是一个季节反复修改的病句——
毫无来由的悲伤和咏叹调
将生命逐渐转换成，一个蹩脚的比喻。

（原载《山花》2014 年第 4 期）

2014年

吴春山

镜子。或十二月的低语（外六首）

首先，我试图从身体里
截住一场奔跑的雨水。仓惶的羊群
——变身后
它们附在渐渐灰暗的
光线上。终于蔓延成十二月
令人窒息的痕印

但我依然相信
苇壁还在。收割阳光的镰刀还在
蚂蚁在夏天的盛大晚宴
清晨圆润的露珠
山川、河流、村庄、老去的月光
以及花鸟虫草都还在

甚至。闭上眼，我可以虚构
黑暗中与一朵含苞欲放的山菊对话
可以让那位风尘仆仆的
路人，抛弃时间和
扭曲的脸

只是，转身的瞬间——
镜子里的刀斧手
像悲观者风衣上丢失的纽扣
拒绝。或掩盖
都不能阻止
一个锋利的破绽
露出……

目光的葬礼

旷野。你献给我的，是黑白记忆
而时间和鸟鸣在这里绝迹。吟诵的前世
须用干净的言辞唤醒

神的高原。我想起寺庙
苍鹰，僧人和油灯。那风雪中牧羊的女人
多像昨夜梦中走失的场景

风雪继续，为目光举行葬礼
羊群、牧羊人、杂乱的足印。一些黑色事物
沾满经幡上的银白祭文

风雪啊，正将高原一寸寸抬高
羊群蠕动。迷茫。奔走的围牧藏女
头顶红头巾，仿佛一粒点燃尘世的火种

宽 恕

宽恕昨夜的西风。这个季节冰冷
孤寂。那陷入迷途、渐渐枯萎的叶片
终将交出高过目光
或头颅的疲惫的梦。向大地
做最后的倾诉

宽恕撒弃罪孽，低过蒿草和泥土之人
死亡是一剂止痛药，轻易穿越
道德、法律、真理、谎言、碑文……
从尘世表面
注入一颗坚硬的心

还要像宽恕生活一样
宽恕时间
一位少年，从挣扎的琴声中逃走
仿佛一列火车，停下来
剥离那些曾经装载过的光阴

宽恕地震、海啸、战争中罪恶的子弹
另外，请记得宽恕一只蚂蚁
整个冬天，它路过的草木
仍未苏醒
它卑微的足迹难于温暖足迹

——有时，这虚妄的世界
多么需要一个虚妄的词
来救赎

暖 阳

入冬
更多时候，我都安坐于十平米的书房
关闭门窗
谢绝诚实的风、虚构的雨水或雪
拜访。我学会用自己的方式
抵御严寒
仿佛窗外是混沌世界
而这十平米的自由国度，充斥着辽阔
焰火
虔诚与信仰

我可以擦洗容器
盛下那些抽象的，呐喊的，怪异的
昼伏夜行的人
甚至——
让泰戈尔的琴弦，邀来迦梨陀娑加冕的圣光
我还可以想象另外一些事物
比如假寐的蝴蝶，占据一朵花的芬芳
手持刀斧的叛逆者为自己
举行葬礼

某个时候
我停下来写诗。寻找一些模糊的影子
我可以依靠一个秘密取暖
——即将到来的早晨
有冬日暖阳，慢慢溶化远处塔顶的积雪

花朵盛开

花朵盛开，让我想起
某年的积雪、阳光，梦的火焰
一个下午的味道
隔着蚂蚁的微笑，它们学会
左手开门，右手关门
哦，一半是馨香，另一半是破碎

花朵盛开，一两只野蜂
直奔主题，将时光撕开一道口子
随后聚拢的黑暗，可用来引路
风，试图抓住什么
而深藏体内的暗器
往往比一个人的目光游离

花朵盛开，它们说着：尘世，路人
是呀——
尘世，路人，花朵……
城西五公里外，渐渐热闹的墓地
寒星点点，花团锦簇
沉醉的花期，像亡人偷食的糖果

——黑暗中的恐惧症患者
游走于一朵花与另一朵之间，打探
花朵盛开的秘密

黑暗深处

他是那幕后推手
趁第一场大雪还未到来
阳光，拖着残存回忆
最后一片枫叶，那刺破天空
铤而走险的战士，在天空的崖壁
仍未发现自己的险境
于是，他将自己置于黑暗深处
——开启，然后藏匿
属于黑色的虚空
属于虚空的自由

在幽深城堡
世界。让拖着尾焰的虫子左右
被一朵花的香味灌醉
表情古怪的兽类，指引猎枪
瞄准自己的孤独
——所有倒下的信徒啊
大雪封山前，挟着缱绻
四处寻找自己的骨头

他提着灯笼。先知者遗漏的
光，仿佛囚禁在草尖上的露珠
他穿过蚁族的领地，在时间
的眼皮下，点燃篝火
之后有路过的马匹、温顺的羊群
斜倚在黑暗中心
它们看不清事物的对立面

或生活怪异的脸
它们是自己的君王
也是自己的奴隶

除了孤独。咒语。蒙羞的虚名
擅长保守秘密的宫殿
多像弥漫真相与谎言的深渊
趁一场大雪还未到来
他将自己置于黑暗深处
用沉默者的沉默
——那黑暗擦拭出的火焰
烘干尘世潮湿的外衣

蝴蝶从远方来……

火车的腹部，装载薄翼
颤抖，蝴蝶从很远的地方来……

那囤积尘埃，咳嗽的花园
身体里逃走的水分和刀锋
正散发出颓丧香味
接纳。排斥。河岸潜伏着模糊的伤口

蝴蝶有时很沉重
它钻进头颅的圣殿
一只变成两只，两只变成无数只
之后下坠。越来越清晰——

破碎的灵魂呀。蝴蝶，你占据吧
请掳走花香，枝头的果实
风暴中的故乡。请留下河流
诗歌，一些虚妄的词

可是蝴蝶，今夜星光灿烂
恋人还在山巅，有种子呼唤疼痛
通往寺院的路
已被隐约的钟声阻断

（原载《山花》2014 年第 4 期，《诗选刊》2014 年第 7 期转载）

2014年

姚　瑶

一只兔子从我梦里跑过（外一首）

一只兔子从我梦里跑过
一只兔子跑到了悬崖边，一千只兔子
闯进我的梦里，把整个夜晚弄得惊慌失措

一只兔子从我梦里跑过
制造多大的响动，以至于我从梦里醒来
无限辽阔的梦境，一只兔子来到我的床前
用时针慢慢地，缝补着梦撕裂的口子

雷霆万丈的悬崖，兔子旋转身子
悬崖之下，没有白菜、没有萝卜
兔子肯定不会一跃而下，它只停留在
梦醒边缘，一双眼睛打探着我

兔子就立定于悬崖边，像舞动指挥棒的指挥家
指挥棒一点，万物消失于宁静
一千只兔子，等待着指挥棒又一次舞动
或者一跃而下，或者再次进入梦乡

舞动的响尾蛇

广场，老人舞动着手中的鞭子
嗖嗖的声音，舞动风的密码
如一条响尾蛇，吐着噬人的信子

弯曲、再弯曲，突然弹出去
再优美的弧度，也抵不上这份温柔
只需要轻轻一击，江山就要易主

再强大的内心，都有脆弱的一面
响尾蛇，以杀敌一千自损八百的方式
义无反顾斩断自己的后路

更多的时候，响尾蛇和一条鞭子
和平相处，一对无情无欲的冤家
柔软的动物或是植物，都需要一剂鲜血激活

蛇信子到达的地方，正好
触及你灵魂的要害。你的高贵自傲
在鞭子舞断的那一瞬间，纷纷投降

（原载《诗刊》2014 年第 4 期）

2014年

梁 沙

我们，是我和你并排（外三首）

我们，是我和你并排
无声的，像我们不说话
整个视野都湿了
当然，我是说此刻的天气

那些年的心情
屋檐上的水珠。将落未落
那是一种情愫
一种只有眼里的泪水熟悉的味道
或许，是往昔

有些人在黑的夜里想念
那些已经凋谢的芳香
那些已经羽化的花瓣
那些已经不能被提及的伤和心底隐隐的疼

其实我不想在你眼里变冷
不经意间抓住影子时，他们在一起
和曾经一样亲昵
风大摇大摆地从我们中间穿过

心 愿

我看到夕阳染红白色的教堂
西边背风的草。努力向着阳光的方向
回到某日的年久失修

我放弃青春的婀娜，直到抱不住自己
多么不合时宜啊，但我愿意
愿意突然变老
老得只能在我的小木房里看着花朵说话

还要一湾清水
喂养成群的蜜蜂，和飞不动的鸟
我要错过春天
看不到发芽就不会有凋谢

上帝走在掌心的阡陌里。不言
相信你也知道
我在祈祷一件可以飞翔的外衣

水里的梦

红色行李箱里挤满了各种表情
半寸长的铅笔在卖书人手里勾画一个句子
头发和够累的线条打成一个结

我是个罪人。我把泥沙洒进清水里

我把摔碎的碗片埋在黄土里
像埋葬一个死去的人
给自己一个耳光，狠狠地。高跟鞋一直叫疼

我不敢走回梦里，我看到父亲落叶一样黑的眼睛
和磨损的铜牙。他咬着旧报纸上我的名字，并且咀嚼
用村里的癞子撕扯生肉的力道

亲爱的，我又开始想你了

我感觉到了疼，在想你的时候
不由自主地痉挛
你是遥远的。一个人徒步旅行
路上的风景都很慢

亲爱的，雪都落在了冬天
我还是在春暖花开里抱紧自己
因为莫名的冷

在我开始想你的时候
在我开始孤立现在的时候
在我摸到肿瘤越来越硬的时候

亲爱的，除了哭泣
我还可以含着一粒糖。把你留下的色彩
调成春天的味道

（原载《山花》2014年第5期，《诗选刊》2014年第9期转载）

张　野

无　题

哭泣的力量让我安静。
站在曾经是海的山崖上，
起伏的山峦和村落里的声音，
如同海浪的呼吸
在岁月中慢慢散开。
从窗户中传出的叹息
和沉默之间的词语，
在一个个白昼再次经过我的唇齿间
吐出。月光般的童年，
血一样的少年把我的身体流蚀
成为多孔的，粗糙的石头。
我成为无数个另外的人。
沾满砂砾。闪烁狡黠的智慧。
身旁的植物伸出咸腥的触角。
我双手接过来的记忆，是云一样的霞光，
是悲恸的露珠和谣曲。
风充盈，鼓动，如同泪水。

（原载《星星》2014 年第 5 期）

2014年

郭性汶

南　无（外六首）

我总是把忧伤在暗处移来移去
快乐在明里秀来秀去
像个没有安全感的猎人
枕着睡觉的枪杆里还有上膛的子弹
彼时兔子已逃离梦境

有时，我们甚至想不到走火时会射中的
恰巧是敌人

害怕击鼓传花的悲伤
在下一刻上演

声音很干净，像漂白了一万遍
影子更透明，极似隐身人
一种有穿透力的音乐引领我们
最后在万千音符中
找到了梵音，南无

在时光的走廊

我设法布置一些景
一些不需要透视的景
努力让它们远离荒诞
让原始的荒莽变成静物的主基调
祖先还是裹着兽皮
火苗重回钻木取之
可荒诞还是步步紧逼
像金属表面的锈迹

我们不可挽回地在岁月里老去

往事像出土的俑
拖泥带水的光阴不堪回首，很久
我不会想起童年穿过的一双鞋
当然更不会用一种告别了的腔调
来努力，沙哑地咳嗽

当　下

像一个时代的解体，震耳欲聋
马蹄声急，一个时代绝尘而去

不止一个声音像蜜蜂一样擦过我的耳
甜蜜中充满恐惧
这种声音像五线谱上漏网的鱼
所以一些看似美好的时光
很难成为一段旋律

总觉当下像一种没有额外条件的复活
过去某个片段常在喉咙蠕动
但是过去不会被完整地消化

生活的酶，总是欠缺
现实像在干燥环境下的龟裂
事物在慢慢地碳化
当下呢
当下墨迹已干
被卷轴收起
当你人生负债
当下就被不肖的岁月廉价地拍卖

静物素描

帘子垂着忧伤
忧伤它比帘子长
画轴挂着不舍
不舍它可以卷起收藏
桌子与床并邻
欢乐与痛苦相抵而眠

不修边幅的风穿堂而过
风难得在尘世找到一个可以白头的爱人

书籍在蚕食卧榻之侧
故卧榻之侧不闻鼾声
难起剪除羽翼的杀心

樟木箱子收藏不舍的岁月
岁月怕潮，虫蛀
几案上平放着平整的一生
被线一丝不苟地穿过

小叶紫檀的包浆
正是把玩纠结留下的痕迹
黄杨木的笔筒里
倒挂着意犹未尽的狼毫
黄花梨的鬼脸笑这尘世
几许沧桑

泥　鳅

很多泥鳅拥挤在夏日的稻田里
当然更多泥鳅不想改善环境
它们不认为污泥和雾霾一样迫切需要治理
水至清连鱼都拒绝暂居
它们像莲藕一样深爱这片污泥
这生活不仅黏稠
自然还充满习惯性的臭味，当然
它们爱这臭味，或说
臭味与生活的甜蜜关系有点密不可分
出污泥而不染
那是几朵与凋零关系密切的清莲的事
脱俗与藕节间生长出的痛苦有关
但泥鳅是快乐的
它们生存的智慧就是圆滑

概　率

你总是喧嚣与鼓噪，而我
学会了在艰难的岁月面前
隐忍与闭嘴
退而结网比守株待兔强

我看到了透明的丝质世界
往事薄如蝉翼，但似乎
远比你想象中坚韧，倒是
更多事物是不允许抽空的
哪怕抽象也要保持一种
在视线之外的独立存在

世界是我们的倒影
我们是世界的投影

我们是世界随机抽取的概率
对，你我他不是什么
只是一种相对的概率

所以这一刻我只愿意闭着眼睛
沉醉，一只可以依赖的杯

夜晚下

黑夜跌进了我的瞳孔，而我
跌进了黑夜的孤独
伸手不见五指的寂寥

爱情像一个站不稳的雪人
在寒冷被流放后轰然倒塌

盈盈裙袂的暗香自河岸垂柳的树干而来
往事则似柳枝倒映在那蓦然间荡涤的一丝涟漪
多少往事与往事决绝而去

玫瑰的姿态安静若一根蜡烛
夜晚下
花岗岩的坚硬被黑色屏蔽

习　惯

我在努力把习惯变成习惯
包括对惰性的一丝不苟
就像蚂蚁一直走重复搬运菜青虫的路线
虎鲸把猎物撞出海面，等待它昏迷
一片柠檬从此在我生活中不可或缺
我总是先冲凉水再兑热水
喝下冲突
冲突的滋味或许就是这样美

这样，我们也可以说
冲突有效改变了生活
习惯在动荡的岁月保持了可嘉的中立
我们就像被木匠改造过的树木
年轮成了生活中最耀眼的光环
虽然这样看起看更中用
但大家还是习惯回到拄着拐杖的森林
回到一个群体里，所有个体
保持缄默的森林

（原载《山花》2014 年第 6 期）

2014年

蒋在

也许真的是黄昏将近（外六首）

那天是我第一次在国外看到天亮

一个人只能佩戴一个物件
是在公园里在夜晚寒风来袭前唱的歌
这里没有夜莺　　只有乌鸦
还有一条狗

来日我见他收起沉重的言语
作为一个谬论　　要去到纽约
今日他还坐在街头讨要着零钱
但是他却一直讲述着他要去纽约

他如何去到那里
带着他的狗
也许只用将头发盘起来
再模仿黑人般深奥的眼眸
登上明日日出之前出发的船只
没有阳光　　只有城市
越过无数的水域

他走到了我家门口
交给我一封信
没有邮票　　也没有地址
我要走了

我要走了
他又重复了一遍
接着又交给我了一张明信片
是一九〇七年午夜盖上的邮戳
在芝加哥市区
没有人能够看见黑夜　　他的歌声映射的也只是
另一个夜晚和开始
也许真的是黄昏将近

失明的旅者

坐火车时　　汽笛将声音揭开了一道口子
他是口子里被掩饰的一个秘密
或许他什么也不知道什么也看不见

火车拉开的是我们和路途的距离　　今夜的距离成为
时间的永恒的一个方式　　用谁的手打上结留下的印记
盛开到鲜花灿烂　那真的是谎言和陷阱
可是他看不见

他成为了独自失明的旅者
他要去往的地方不会有火车鸣笛和经过
就这样遇见　　一位独自的失明的旅人

他也许不会去到西藏　　去那里朝圣
我尚未听到他发出的关于咒骂的暗语
也未听到　　用脚或者身体丈量时的声音
虔诚的声音　　能否回到他来时的样子
回到我最初认识他的样子

他独自地坐着　　过往的事物在车窗外掠过
已经不再重要了　　一切
我开始意识到一位有着上帝留在他眼睑的吻痕
来自远方陌生气息的衣服的布料
与他手中握住的包裹颜色相错
我暂且忘记了死亡和卑微
只是因为愚蠢

一切就要来了

躲在庇荫下蹲着　　听着
他离开了隔壁人艰辛的胸脯

无法裁剪的是额头前稀疏的碎发
呆在静谧中的张惶中
没有什么

一同把罪恶　　夕阳和沐浴圈起来
时间就会无关紧要
不要再靠近它　　让落满灰尘的角落
成为你最惧怕的言语
只是一支笔而不是别的什么

就让你如此地情不自禁

在无数的灰暗地方
有你悲伤地走向床榻的影子
对一个名词的恐惧
竟然让你丧失了原来的模样
因为上面留下了
无数柔软和痛苦的指纹

匆忙地离开这吧
一切就要来了

你要登上那座岛吗

我从来没有上过那一座岛屿
那座岛屿在我们的牵扯之外
实在是太远了　　尽管我曾无数次地经过它
我坐在船上　　船制造出的水花
却怎样都流不到　　那座岛的岸上

不久　　我的脚底上的伤口就好了
平整的皮肤上就像从来没有发生过疾病
两年的侵蚀
脚底存活和痊愈的　　不只是对那座岛的想象
还有风吹过的岛屿的影子

当她说我要给你说的时候
我就走开了

因为站立的时间过于长久

你过高的和庞大的身体
遮盖了从岛上射过来的光　　我们听不见声音
你固执的躯体　　成了对岛屿的某种隐喻
你盘曲地坐在船尾　　手里拿着一本书
指指划划地说要去哪里　　那里被你的手指定得很远

结果我们只坐在了　　那间挤得不能再挤的咖啡馆
她说她遇见了一个会抽烟的朋友
于是她整夜咳嗽　　抱怨不止
风还是从那里依旧吹来
湿了我们的头发　　最后我们只能坐到船尾
和你一起固执地等待岛屿　　偏离海岸

少年，有什么要说的吗

这时　　他是一个失落的青年
有一座和天空一样高耸的庄园
在那一天被告知　　要在土地里耕种
跟随着他的继母来到　　没有栅栏的牛圈
他即将有一个　　黝黑的继父
从几公里的村庄　　带着几包行李来到那片土地

几块碎玻璃构成　　世界漫天的谎言
扎进土地　　割伤的是成群的牛羊
还有少年　　仰望时的眼光

我想念着那些蓝眼睛
我们晒着同样的太阳
从风里来的热沙　　混杂了来自乡村的胸腔
他想说出关于土地　　和那些风沙中沉积的痛
当他说出第一个字的时候
就有同样　　如风沙一般听不懂的沙哑

他站在土地的边沿　　他迈不出去
不过是一块小小的土地
他要把风和根须一样的种子丢下

也许就在今夜

要将窗台上的杂物拿开
这样才看得见对面的楼房

是谁　　还有她的爷爷
在一只狂吠的狗面前没有惧怕

我没有任何世界　　没有任何可以逃避的去处
我也曾一个人与狗对峙　　一个人站在高高的楼顶
向下望着　　深不见底的人群高不可攀的我的脚下
浮尘涌流

也许就在今夜
将雨衣还有带进来的雨水挂在　　厨房灶台的挂钩上
如果不能将它挂住
请用你的手搀扶一下

也请让你所有的邻居知道

有一天
砍伐木头之后　　有一只鸟带着喜爱同情的身体
听见了　　我们一生的诉求

九月二十一日的帽子

如果我们的对话开始用西班牙语
你会选择坐那一趟车去到城市

给温暖准备一顶帽子
在有节日气氛的日子里
我会带着你给我的帽子
写我可以写出来的小说
帮这里的人们
帮所有手上拿着蜡烛的人们
送去牛奶
讨论明天我们该如何去享用我们的早餐

这里的土司　　落满了房间里的地板上
灌满了水
我湿了袜子
我从家里带来的袜子全部都湿透了

“没有小麦的时候，就要去取小麦”
我穿上鞋　　我没有穿袜子然后穿上的这双鞋
与我家里还没有铺上地板的时候一样寒冷

我怕放声大哭　　吵醒了剩在洞穴里的帽子
我拼命地写
写在异国他乡墙上的语言
根本不需要成熟
点头就能稀释人们对各自的诅咒
最好不要成熟
因为女人什么都不用知道

（原载《山花》2014 年第 7 期）

2014年

末　未

莲花遍地开（组诗）

是个问题

从不怀疑，有人愿意
用自己身体
喂虎

也确实相信，有人
哐当一声，放下
屠城的刀

问题是，他
什么时候
放下刀

又什么时候
双手合十，盘腿
坐在蒲团上

夜宿护国寺

上香，还愿，放生
护国寺的白天
一半，属于红尘
三声暮鼓之后
曲径通向花木深处
这时，禅房
挑出一盏青灯
一颗心看见了自己

三更时分，院子里响起
窸窸窣窣的声音
我以为是沙弥
打扫庭院
当我打开一扇青窗
月光，纷纷从树叶上跳下
敲僧人的门

站在黄果树瀑布前

不要问流水，为什么
勒不住马
那一刻，恍若失足
与自己形成落差

世间事，谁也做不了你的主
就像此刻，完全可以回头
但流水却纵身一跃

生之大美常这样
暗藏在一念之间
天堂与地狱，也是
仅一步之遥

今生今世，我不过一粒
逝水中的浮尘
构不成风景
也不会留下阴影

不要问，如去如来的路上
那惊心动魄的一刻
总是一去不返

江山还长

莲花遍地开

我不是莲，所以
出水的时候，你在我身上
看见了泥

正因为我不是莲
所以出水之后
我就可以去天涯

就看见了
江山
比一万里还长

这时，我就想
一个人变成了泥
就可以和江山一起了

信　徒

芝麻大的蔬菜渣
掉在餐桌上，两次
他都不声不响
用筷子救起
这个小小的动作
让我看见了，一个信徒
拯救的，不仅仅是自己

分别的时候
他给了我一张名片
上面印着——
姓名，手机，邮箱，通联
除此之外，再没别的文字
这张名片：白底，黑字
拇指那么宽那么长
和其他名片放在一起
格外孤独，耀眼

垂钓者

像一截了了不了的树桩
坐在岸边

一点也不关心
时间，气候，季节
眼睛里只有这条奔流到海的河
“有河的地方就有鱼
是鱼总要上钩”
他一动不动的耐心
证明了这一点

（原载《诗刊》2014 年第 7 期）

2014年

南　鸥

一个被赝品装饰的夜晚

这个夜晚，就像被吗啡虚幻
我们在酒精中浪荡奢侈，才华横溢
天空就像缀满翡翠，价值连城
天使守在星宫，月亮也不敢贸然出行
她害怕自己的容颜，无力承载
如此昂贵的主题

这个夜晚，星星闪烁其词
谁首先交出了自己，谁将被午夜洞穿
这个夜晚，我们说出的词语
都被反复漂洗。体温融入了寒夜
渐渐清晰的午夜是在上升
还是湮灭

这个夜晚，我们好像在典当
自己昂贵的一生。我们精心打扮自己
又竭力透出随意。既渴望在岩石上
刻下永恒，又想在沙滩上轻描淡写
这个夜晚天地交合，我们不知
能否折回故乡

（原载《诗刊》2014年第7期）

2014年

哑　木

茫茫人间（组诗）

五　伯

多年以来，明月照沟渠
也照躲雨屯。近年来
我一直孜孜不倦地
撷取片片月光，写下我
至真至爱的诗篇。可是今夜
我不再写诗，要请月光
为这个离去的人，做一袭
月光的衾被。暖一暖
最后的魂灵。也请今夜的白霜
下得小一些，再小一些
风刀霜剑严相逼，不能都离去了
还要再次席卷他，卑微的命运
可是今夜，冷月何以如此透骨
霜粒，何以要覆天下，也落满
这个在外奔波一生的躲雨屯人
在冷冷的堂屋里，冷冷地沉睡
那就不要说什么了吧，不要再打扰
让他灵魂升天，肉体如土
就此断了这茫茫人间
生生世世的哀愁

奔丧帖

要强忍泪水，从首都起身
买到贵阳的车票。再从贵阳转车
到达草海站。从草海站到县城
再坐上去狗街、龙街、兔街
等地的班车，到躲雨屯路口下车
奔丧的路，才算是基本走完
这其间，要减去奔丧路上所有的
颠簸，动荡，喧嚣，等车的时间
要减去白日的燥热，夜晚的蜷缩
要减去老父亲，躺在棺木里的等待
要减去老母亲守着灵，盼望你早一步
到家的心。还要减去众兄弟姊妹
无尽的悲伤，痛楚，减去一个村庄
看到你去你又来的沉默。那样
你在三步一叩，九步一跪到达
老父亲烛火摇曳的灵位前时
才能好好大哭一场，才好说
你从北京赶转躲雨屯奔丧的这场路
基本已是你今生要走路程的全部

圆坟记

一个月了　一个月　三哥
时光多么快　你坟上的新土
已经变旧　靠在坟前的
花圈　火盆　木头　也都旧了
下葬的时候烧的纸钱

只剩下黑色的印痕　但很快就要添上
新鲜的痕迹　变旧的坟头
也要重新添上　新鲜的泥土
插上刚打好的挂坟钱
然后　还在懵懂之岁的儿子　女儿
他们跪在坟前　为你点香　烧纸　磕头
旁边是你早年　同样因车祸
去世的老母亲　以及更早以前
去世的曾祖父　曾祖母
他们更加陈旧了　我们甚至记不起
他们曾经的模样　多年以后
我们也会记不起　你的模样
只有四野的庄稼　一如既往
被栽种千年　还是一派葱绿
旁边的这些　就是你在春天时栽下的
它们都活得很好　苞谷抽穗　土豆结子
一切如你年初所说　今年应是丰收年
你看　它们在无边清风里一起一伏
让我们的目光忽高忽低　你的坟头时隐时现
像曾经的你　正在地里劳作的样子

（原载《星星》2014 年第 7 期）

2014年

王富举

悠远的脸孔（组诗）

嫦投湾的秋天

在一场庆典到来之前
它们都累了。这些一生都不曾挪动信仰的
草木，在秋阳的映衬下
单薄、瘦削，急于掩饰必然的
伤口。在风中颤栗
告别的和即将告别的，因了一次霜冻
怀揣决然，而面呈喜庆之色
当我在它们身边，轻轻地蹲下
满怀谦卑，用最深的沉默
互致问候。而河流已经退守谷底
像隐忍的爱情，散发深蓝之光
用柔弱的内心，执意挽留那些毫无眷顾之情的
云朵。田畴之间已经没有随意疯跑的孩子
一只敏感的小兽，正用迟疑的步伐度量光阴
在蔓草之间开辟回家的路径
偶有大风经过，这秋天最细密的木梳
让人落发满身，而衰草晃动
露出荒冢、残碑，以及悲伤的字迹

一树槐花从黑夜闪身而出

迟迟叩响春天门扉的
是一双隐喻的手。从黑夜闪身而出
的槐花，用处女的静默，和
纯银的嗓子，颠覆过往
这些高悬的洁白的鸣器，一遍又一遍
被风吹奏，在灵魂的暗夜里释放光芒
像一场预设的邂逅，最终
却在她的清澈面前慌乱
无法道出爱恋的言辞
而无数的少女正在被阳光迎娶
如果让雨水洗净脸庞，能不能
重新迎回一场纷扬的春雪
并在她的幽香里，找到回乡的路径
三槐堂，当我为这永恒的名字
暗自神伤，在自己的身世里下跪
和大地一起，微微战栗
远方有木叶吹响，我会不会成为
那个被春天最后迎送的人

向晚的鸢尾花

白昼的光线日渐弯曲、折断
风一直在徐徐吹送，三月的出口
开始微微倾斜。就如此突兀地
出现在你的面前，目光交错
无名的箭矢紧贴大地
妹妹，你的紫色裙裾在飞

像梦，在灵魂深处轻轻浮动
这座矫情的城市正在缓缓下沉，人工小径边上
我不敢递给你一面怀旧的镜子
那些乡下的时光多么纯净、舒朗
有着白银的质地。就这样安静地对视
天空正在一点一点，隐向夜晚的森林
而你，即将在归鸟的鸣声里
打开另外的秘密。碧叶之上
堆积隐晦的修辞，一缕暗香
让倾情的手指变得僵硬，并慢慢
渗出了泪水

樱花街

春天的樱花街酥软、透明
身旁，洛江河软语不绝
整条街道有着明媚女子的欢愉神情
她长久地凝视一面虚幻的镜子——河水清新、明丽
怀拥娇柳的新娘。但樱花的热烈尤令人倾心夺目
一树、一树，一朵、一朵
霓裳纤巧、清丽，胜过浮世的爱
我最爱她阳光下的沉静、慵散，像一场幽怨的等待
而我愿意一次又一次，穿过她浓情的眼神
随风的手指轻轻拨动，那些在灵魂中已然安睡的
事物；我也愿意在那些闲暇的云朵下面驻足、流连
整整一个上午，或者下午，甚或于浓荫的夜暮
用新鲜的肺叶呼吸，用永恒的沉默
替代一切要说的话。而樱花赠我满身淡影
多么酷似，那些浅淡的青春

有岁月的清芬，被一只精致的香囊收存
呵，假如你在遥远的地方，被一场偶然的记忆淋湿
我一定正在正午的樱花街徜徉
试图把思维的一部分切除，并且不再认为
自己是一个多余的人

麻　雀

三五成群，快捷地掠过村子的低空
偶尔落满没有一片叶子的树梢
又倏忽撒到无人的马路上
外在的敌意和粮食有关
但我其实深切地爱着它们的卑微、坚韧和机敏
喜欢它们有时候的安静和落寞
或者在阳光中翻飞、起落
把飘忽的单薄的影子投到地面
一如它们朴素而未知的命运

（原载《民族文学》2014 年第 8 期）

陈　灼

夜行人（八首）

夜行人

夜黑得太静，静得
太黑。一个人
唯一一个人，还出现在隧洞里
他为什么要在如此深夜
一个人孤身上路？
隧洞里，另一侧的灯光仍然关闭
在这一侧，他继续埋头行走
他的脚步，仿佛大地的脉搏
在隐秘之处“咚咚”作响
一个人，快要走尽了
半明半暗的路途
身无长物，连他自己
和他的孤独
必须被无边的寒气深深埋没

第六指

我是你右手
多余出来的
但你始终没有半分嫌弃
像另外五个手指一样
善待我。
你在生的日子
我帮不了你太多
反而拖累着你
让你在青春年少
突然变成左撇子
当你死了
我只能尽力坚持
尽力成为你
最后一粒化为尘埃的骨肉

老 人

他现在是一座废时钟
脸上有裂纹
身子有锈斑
曾经精通精准的时间
他一旦动
肯定不合拍
快慢不一，各行其是
却嘀嗒有声

在看不见的内部
绝对精致的配合
才使他散漫，无序
不规则
其实他一直想拧下自己的发条
狠狠地抛开这个
无依无靠的晚年

一束光

亿万光年前出发的一束光
今天终于抵达这里
我，我身边的草木人间
纷纷心头一亮
从此以后
我们再也不敢说起
遥远，和漫长

失　忆

一口地窖几近塞满
已经容不下一个人的身子
即使伸长手臂，已经拿不到眼前的东西
那些积压在深处
喘不过气来的暗物质
是不是已经完全死掉？

每个人都有这样一口地窖
抽空会进去吸一口
陈腐之气
而他恰恰没有回旋的余地
而他恰恰不是
渴望新鲜之人

每天都在失去

反反复复，指路的人
比慌张的问路之人
更加焦急。也许不知道去处
会更加好。也许没有这么多
东去西来的路
会更加简单

他们仍在对答
比画。看起来
在争执，在辩论
在纠缠，在纠结
旁若无人地
保持着莫名其妙的耐心

惊　叫

在黑暗深处
他紧紧地盯住手中的镜子
常识是：他无法看见
里面的一切
他愤怒到了极点
猛地把镜子扔向远处
黑暗惊恐的尖叫
终于让他有所发现
路过橱窗

在人流中侧过脸来
忽然看见一闪而过的你
不愉快的表情难以转述
镜中人，你要去哪里
或者独自滞留，暗自
隐没于江湖俗世
哦，你心有结石
需要停顿于匆忙岁月

我不来，你说什么也不肯
出现。我再来
在彼时，在彼地
你是否藏着更大的石头
却故作轻松上前和我相认

哦，陌生人

在肇事逃逸的尘世
你分开人群，直接把我抱在怀里
用粗糙的手掌
吸去我挂在眼角的
最后一滴泪水
帮我合上睁得太痛的眼睛
哦，陌生人
我不能把最后一丝体温留给你
只能托付你冰冷破碎了的女儿红
哦，陌生人
现场被你触动，救护车还未呼啸而至
但我多么有幸，在聚聚散散的围观里
还能够继续听见
人间粗重尖锐的心跳

（原载《山花》2014 年第 9 期）

2014年

蒋德明

关　联

我最痛的部分已坏死
在你未出现前
血脉不通　　已截肢
你是医生　　我以为你懂
你手里翻来覆去的
是昨天的片子

如果　　你要是遇见下一个伤者
你会想起我来
这就与我有关联了
我的伤　　给了你医治他人的经验

（原载《诗刊》2014 年第 9 期）

2014年

姚辉

还乡的人

一

无边叶影划过乡土与追忆。还乡的人
试图怀念——为什么　那些遗忘
比可能存在的遐想　更为有力？

还乡：遗忘的方式或许仍旧杂乱
在锈蚀的足迹上　夕光渐渐起皱
乡土锐利的苦痛闪耀　陈旧的天色
陷入　千种难以更改的寄寓——

越来越多的人消失在风俗之外　听
鸟翅扇动苍茫——在我们酸软的骨肉上
昼夜　超越坎坷　布满欲望与花纹
像某种奇迹

我在沿途闪烁的花色上镂刻沧桑
汹涌的艰辛　让人影碧绿……

二

孩童在霞光中哭泣　他皱纹遍布的脸孔
划伤　一千种臆想　以及西风

孩童掐痛碧草上的季候
很久以前　我伫立的乡土一片黝黑
很久以前　我放弃的苦乐
比孩童说出的梦境　更为凝重

我是否已经只能走过旧檐外的漫漫长路
还乡的人坚持着幸福　我
是否仍只能　让疼痛的身影
重复　生命锐利的疼痛?

三

井沿刻满了熟悉的名字
她或者他们——斑驳的期盼穿越炎凉
井沿上的苔痕　卷动
我们忍受过千万遍的夕光——

我在还乡之前忆起过谁放弃的承诺?
幸福渐次倾圮　像巨石之影
幸福　代替怀念
我在还乡之前　已经历了
昼夜延展的空阔与漫长

井沿褪下春色。忘却之前
我让井水变得幽深　呵　井水醒来
竖起　黄金般坚固的爱憎　以及波浪

四

祖先的骨殖长出翠叶　它在以最初的挚爱
提示什么？祖先的呓语
渐渐变得婉转　清晰——

我走过族谱边缘的空旷时你在怀念什么？
祖先成为砾石　坚硬　远
嶙峋的暗影　再次覆盖风雨

我正在成为歧路上飘忽的天色
谁骄傲？祖先用疼痛支撑梦想
他们放弃什么？我正在成为
祖先血肉深处　最为无辜的隐秘

祖先猝然闪现。我只能守护
那次最初的期许——

五

歌者被路途上的泥泞击痛
——泥泞呼啸
像翅翼上闪烁的天色

彤红的记忆即将起伏　然后
是碧绿的憎恶——歌唱的人业已归来
长路漫漫　歌唱的人
用星盏　延展值得咏唱的暗夜
玫瑰在姓氏之上　微紫的夙愿燃烧
玫瑰之叶　翻转　风声如诉
歌唱的人　忍受着触及灵魂的种种穿越

或许所有的离去也能够代表归来
故土仿佛徽章　它有多边形的敬畏
歌唱的人已习惯了苦难
——乡土翔舞　苦乐　不断延续

六

我还将遭遇怎样复杂的艰难?

花卉带来惊悸。但我仍有幸福的理由
花卉遮掩身影　我疼痛的肋骨
留着　霞光翻卷不懈的追忆

我在缄默前坚持住了一己的瞩望
铁铸的誓言铮然有声
在失败之前　我们
已拥有了共同的眷念……

——最初的守候　迢遥
或者短暂　深刻　旖旎——

七

还乡：失去痛感的人站在山麓
他不知道疼痛的形状　疼痛燃烧
他不知道　那束火焰之外闪烁的坚毅
失去痛感的人试图成为无畏的人
他从襁褓中闪现——梦境起伏
他自呓语中攫取四季蜿蜒的痕迹

我曾经印证过苍茫的重负
巨石般灰暗的重负　坚持着
大河弯曲的爱与奇遇

失去痛感的人战胜了遗忘与骄傲
我从风雨深处归来
带着锈蚀的身影　我
让失去的痛感重新浮现　颤栗

一个时代有一个时代固守的爱憎
难以改变的时代　晨昏遮暗远方
一个时代　有一个时代渐渐枯落的追忆

失去痛感的人是否也应该成为寻找灵肉的人？

生涯陡峭。失去痛感的人
放弃　肋骨上闪射千年的隐秘

八

雨意与苔痕交错着
一个人熟记的黄昏　留下
鸟翅倾斜的形状——

梦境又染上几分胭脂或者际遇
那人翻越梦境　燃烧的丘阜
闪射　欲念及爱恨腾跃的千种光芒……

我曾经为幸福流下泪水
一千种遗弃触痛怀念　我曾经幸福

让远方　随骨骼　反复激荡

而雨意比刀刃锋利
一个人追逐的往事带来爱憎
一个人　生锈的身影　代替遐想

——歧路呼啸　乡土在烛焰上跋涉
我们　是否　仍将坚持着
所有共同的忧伤?

九

有人醒来　握着铁的欲望
看无边暗夜　涌现火星

——狼在骨缝里斜立着
灰暗的体态布满花卉
狼缓缓趴下　耻骨闪耀
像某次过时的春天——

刀一般的月色露出千种茸毛
从微黄到蓝　中间经历赤红的静默
刀一般的月色　正渐渐接近
我和泥土交错的光阴

有人睡去　呓语洒落薄锈
即将消失的雨
再次越过　我们共同的乡土

十

从虬枝上跌落的道路是谁最后的骨头?
它自风中穿过　击碎季候与风声
从虬枝上消失的梦境　选择了
超越灵肉的最初遗忘　以及承诺

鸟说出谁亘古不变的沉寂?
空旷源自血脉与风向
鸟说出艰辛——裸露的丘阜上
灰暗的阳光　被遐想省略

谁放弃了唯一的幸福? 砾石般的爱
呈现六边形的疼痛　它硌响身影
一只鸟　倏然　掠过漫无边际的警觉

为歧路虚构迷惘的人现在何处?
鸟捻出大河蜿蜒的宁静
——那么深远的宁静　仿佛
赤红的忍耐　或者传说

十一

某种生涯触动历史
酸甜苦辣之外　那坚碑般屹立的人
代表了　生命最为耀眼的高度

山川记得骄傲者翠绿的足迹
——足迹坎坷　虹影升上苍穹
无瑕的天穹　记得　沥血者

赤诚的最初颖悟……

谁在雨声上刻写生存的种种艰辛与不屈?
战胜遗忘的人　猝然缄默
成为　整片乡土逶迤不绝的启迪

十二

——身影开始飞翔。那些黑色的火焰
在风里　成为某种不断砌高的目的

歌者忘却了吟唱的方式——
他举起骸骨　看自己　随苦乐
坠向　一次遥远的凝望

乡土之叶刻满种种微黄的欲念。

风卷过　枯叶击碎了感慨
它的欲念中　有我们遗忘已久的天色

还乡的人被一片水声覆盖
水滴褪色：缄默　成为生涯最后燃烧的幸福

或许羞愧的理由源自最为锋利的骄傲
但不源自羞愧——

你的痛　源自黄土失传千载的回忆。

（原载《山花》2014 年第 11 期）

杨 杰

悬 棺（外一首）

久远了
传说就越紧紧定论
战争让灵魂回不了家

那些战败的士兵
水运战友的尸骨
悬葬于洞之深处
满满期待
胜后携归

千年一瞬
守望还在
凄凉继续

唯有绿树成荫
挡风遮雨
和而顺之大气
让爱深远

洞

要复活千年的洞
手摇橹桨的茧
沿新生之翠绿
稀疏着爱
遥望碧清溪流

你只敞开一个口
让我爬在方竹笋尖上
惊叹
天空也如此狭隘

这场抬着悬棺的艳遇
把情书交给蜘蛛人
逆陡而上的倒影
听涛声荡气回肠

弯月等了很久
太阳一直在山外约会
转身
那朵秋云依然

不知
还是不是你的风采

（原载《诗刊》2014 年第 11 期）

2014年

姚　瑶

磨刀人的黄昏（组诗）

谁偷走了我的钢笔

谁偷走了我的钢笔
我用整整一个晚上
翻遍我的书柜，我的上衣口袋
那支钢笔，没了踪影
谁偷走了我的钢笔，我开始失眠

丢失了钢笔，我写不出诗歌
我的灵感，如一道瀑布戛然而止
那些情书，没有钢笔的抒写
怎么抵达幸福的彼岸？

偷走的不仅仅是一支钢笔
偷走的，是一颗心
丢失的不仅仅是一支钢笔
丢失的，还有爱

谁偷走了我的钢笔，在一个晚上

我无数次叨念，反复寻找
我知道，我的一手好字
被高科技的电脑毁了
毁掉的，一种心情
还有淡淡的忧愁，那些上辈子无法偿还的情

竹　子

一根竹子，生长于山野
浪迹于城市，中空的心
绝对的封闭，喧嚣、灯红酒绿
统统拒之千里

我用竹的内心
盛满一腔孤独
滴水不进，该是一个空灵的世界
在竹子的肚皮之外，砍竹人犹豫再三
以怎样的姿态？接纳一根竹的静

从笋到竹，从吃竹笋到削竹为箭
一首诗在雷声中完成
以竹的气节，诗人成长于江湖
砍竹人已翻过山梁，留下
一林茂盛

一只迷失的羔羊

午夜来临，一只羔羊
迷失在黑夜的深渊。庞大的夜
秩序被打破，发出蛮荒的吼声
那只羔羊，被抛得很远很远
它也许看见了，黑夜
黑夜深处晃动的鬼影

迷失的羔羊，在无人的山谷
沙哑的声音，潮湿而阴暗
贴在夜的心脏旁边
能否牵动牧羊人的睡眠？

一只迷失在黑夜深渊的羔羊
如初生的牛犊，不害怕死亡
它害怕夜的黑，害怕持续的孤独。也许
孤独与生俱来，成了困顿一生的绊绳

深夜，还有谁在乎一只羔羊
牧羊人的梦里，除了哭泣，尖叫
还有寂静的吞噬，在夜的边缘
一只羔羊，读懂黑夜的原色

磨刀人的黄昏

磨刀人端坐在小区门口
戴着草帽，夕阳正好悬在帽檐
磨刀了！磨刀人没有太多的语言

是这个黄昏，发出遥远而苍老的声音

嚯嚯的声音，从早到晚
磨刀人磨去刀口多余的铁
磨去生活的琐碎和记忆
磨刀人会把夕阳磨成月亮

锈迹，是黄昏唯一的见证
磨刀人捡起被时光偷走的记忆
用拇指小试刀锋，锋利
削着生活的核，磨刀人的拇指
数次游走在刀锋之上。那是一场持久的战争

只有淌出了血，才看见生活的底色
磨石上有说不完的故事
磨刀人就是我的父亲
比如，磨刀人磨碎黄昏
比如，磨刀人磨出锋利
比如，磨刀人磨出夜晚的黑

断了翅膀的乌鸦

天下乌鸦一样黑。断了翅膀的乌鸦
停留在枯树上，依然被人们
这样比喻着。这只痛苦的乌鸦
和这个悲伤的世界一样，让我留下了泪水

我轻轻打开窗户，与这只乌鸦对视
痛苦来源于斩去的手、足或是舌头

张开的嘴巴，无法吐出来的苦水
淤积在它黑色的羽毛之上

断了翅膀的乌鸦，强迫自己
不流下眼泪，它的视野之内
全部是忧伤。在伤口愈合之前
能否，找到斩断它的黑手呢？

是不是在天黑之前，那些
习惯在暗箱操作的双手
毁灭了所有的证据和罪恶。

（原载《诗刊》2014 年第 11 期）

2014年

蒋　能

荷　语（外一首）

一朵一朵的，粉红，淡白
轻轻地招手，在一片绿色的荷塘里

水涤的绿茎，托起小小的花中仙子
纯洁，明亮，在内心堆积

采莲的孩童，独自在塘中划行
以一元一朵的低价出卖荷花

你怎么就不如一片荷叶啊
像一个过客，视而不见

观荷亭内的凳子，落满了灰尘
再也没有人来……

夜　草

在牙缝间获得生存
一盏马灯游走在大山深处
午夜黑得很，草安静地睡了
枕边挂满剔透的泪珠

一镰弯月收走了青葱岁月
剩下枯黄与幼牙
一茬一茬的草根

老马在黑暗中站立
沉静中呼吸着草香
草聚在一起，头靠着头
浸在巨大的夜色里

（原载《星星》2014 年第 11 期）

2014年

末 未

黔地书（组诗）

我在瓦窑感受到了一双巨大的手

水往低处流，这是我们人类的哲学
但乌江不要人类的哲学
它明明看见了我们的眼泪和悲伤
依然调转方向，先是上岸，然后爬坡
如果不是悬崖上的古纤道
紧紧勒住它的腰，早就越过山头
爬到了天上

几乎只有一个夜晚，爬到半坡的江水
把峡谷里的所有村庄，泡成历史
像眼前的瓦窑，只留下一个名词
让要命的人背着，风雨中，东奔西走

至于死去的人，已经死了。黑暗中
他们自有新的秩序，和灵魂的居所
但更多的人还活在这个世上
需要光明照亮前程，指引内心的道路
绕过岁月的蹉跎

因此人们在瓦窑的下游筑起一道堤坝
并留下一条暗道，诱导滔天之水
推动一台庞大的机器，再通过两根电线
翻山越岭，融入时代广阔的生活

水涨船高，水涨船高。游船开始剧烈摇晃
我明显感到，有一双巨大的手将我们控制着
它一会儿在船的左边摇，一会儿在船的右边摇
这种捉摸不定，像遇到了命运

古 巷

毕竟这是一条古巷
你要允许年轻的时光，远走他乡
允许留下来的吊脚楼，拄着拐杖
慢慢转过身来，再慢慢弯下腰
拣落日的余光

毕竟这是偏远的楼上古寨
你要允许贫穷的人们，占点大自然的便宜
从河里搬来卵石，垫稳小巷
让脚下的道路，有惊无险，通向四面八方

毕竟这是被时代遗落在大山深处的村庄
你要允许小巷深处，旁逸斜出的一朵鲜花
像宿命，安之若素，插在牛粪上
不逃跑，也不悲伤
毕竟这是一条生活之路
你要允许它随高就低

允许它犯点歪门邪道的小小错误
还要允许它，转一大圈之后
万两黄金，也换不来它的浪子回头

毕竟这是时间的一条小小通道
古寨啊，你要允许匆匆的脚步
把我从远方带来，又把我带向远方

卡蒲篝火烧伤了天

本来是一群，但人心不齐
走着走着，他们次第不翼而飞
最后就剩下我一人，优哉游哉

穿行在毛南族的文化长廊中
我用他们明朝的白皮纸写诗
穿他们千层底的花鞋走亲

晚餐时，人心又被胃口拽回来
大碗喝情，大块吃义，似醉非醉间
毛南族的热心肠，被一饮而尽

谁啊，身心恍惚，像人世的活神仙
扶住一阵风，醉眼挑灯
看人间大戏，接受篝火的邀请

卡蒲的篝火真旺啊，跳舞的少女和我
燕子双双，烫出一颗红心
后来火光又蹿上夜空，黯淡月亮和星星

文家店怀古

沿江而上，道阻且长
一双大脚板，在寻找安身的途中
磨出的血泡，跟满天星斗一样
于是，这位姓文的汉子
干脆停下来，手搭凉棚
在峡谷与峡谷之间，他看见了
万千气象

那时，这里的江上还没有渔火
他左手掏出石镰，右手摸出火绒
倏地一擦，星星之火开始燎原
从此这里的炊烟有了，自己的姓
再过五百年，江上往来者
都与文姓血脉，藕断丝连

千年之后，白露为霜
凭水而居的文家店，依然凭水
只是整个小镇，从峡谷迁移到了悬崖上
当年的大脚板，大约也是这样
将一座身体，连同古老的文明
从中原迁移到乌江

还能说些什么呢？关于文家店
我只能提醒自己
走到天涯，也永远是子孙

白鹭洲新传

共有六只白鹭
古人说出之后，就走向了远方
后来，在古人消失的路上
有人在风中捡到这句话，他相信
古人说的，都是真的
就这样，一代一代传下来——
思南的白鹭洲上，曾经住过六只白鹭

传到唐朝的时候，其中五只
情趣相投，常常飞成一行
某个春天，被一首绝句发现
仅用五个汉字，就定格在青天之上
像永不落的太阳，照亮我们内心的仰望

剩下一只，天空为它打开宽阔的大道
它沿江而下，又被大风送了回来
为了看个究竟，有人借助青春年少
左右开弓，与波浪争光
他要在无路的水上，用身体劈开一条路
当他站在洲头，白鹭，早已不知去向

走在山路上的六景溪

我熟悉这些无始无终的山路
它们一出门就爬坡绕坎，转弯抹角
路过田土的时候，尽量靠边
不占用庄稼仅有的落脚之处

有时，为了缩短村寨与村寨的距离
它们铤而走险，在悬崖上，神出鬼没

我叫得出这些小路两旁的鸡狗小名
它们总是，在乡村孤寂的时候
站出来，温暖地叫上几声
就像今生的我，灵魂无助时
六景溪就来到心里

现在我要指给你看，小路断头处
这片收过后的稻田。为了不让大地悲伤
人们取走稻谷，留下稻垛
盖住荒凉的视野

而此刻，一条小路已经翻上山梁
缓缓移动的一座大背篓
里面的柴禾堆上了天，我看见
最长的那根倒钩刺，挂破了黄昏
几颗星星漏下来，砸亮六景溪的夜

我更熟悉这乡村的夜
一粒豆光下，我坚持不在城里住的母亲
戴着一副老花眼镜。一个小小针头
被一根麻线纠缠着，没完没了

（原载《民族文学》2014 年第 11 期）

2014年

马晓鸣

马晓鸣诗歌（七首）

牢中的母亲

要怪就怪乡村和城镇
是它们把母亲锁住

一个七十多岁的老人
没有想到晚年会命犯牢灾

如今，她最好的伙伴是门是窗
是一段段自由来去的空气

习惯下地干活、习惯鸡鸣狗吠
而今她要习惯晚睡晚起、车辆轰鸣
还要习惯房间里自己踱步的身影

我不止一次仰望到这样一幅画面
五楼之上，母亲正在用一双昏花的眼睛放风

苦命的母亲退出了庄稼人的江湖
在没有炊烟的地方过着囚犯式的隐居生活

她总在等待，钥匙的响声
她总在等待，商品房外的人开门
喊一声“妈”，叫一声“婆”

来自故乡的坏消息

蚊子伯、岩生大公、牛崽妈
一条条死讯从故乡出发
越来越短
越来越锋利

“这是他（她）的老路”
寨上人安慰亡者、生者
零星爆竹加诵经声
有人哭、有人笑、有人喝酒吃肉
一口黑棺材黑得刺眼
闭上眼我能遥想故乡白事

来自故乡的坏消息
我最想听到的是某某病死
若有突遭不幸、客死他乡、服毒上吊者
我会刨根问底

逆死讯而上
我有着不可告人的妄想

是想潜伏在何时何地
在关键一刻
救他们一命

多想变成一粒种子返乡

几声布谷鸟叫
把母亲催得汗流浃背
母亲和一把锄头并肩
从城市返回的种子品尝着她的汗水
在土地里开始了茁壮的长势
母亲以锄为凳抚摸春天
又喃喃自语地重复着她的重复
种瓜得瓜，种豆得豆

我在听不到布谷鸟叫的远方
我一直想变成一粒种子
潜伏在一包种子中回到对门弯
让母亲种在最肥的那块地头

种瓜得瓜，种豆得豆
到了秋天，就会收获大把的马晓鸣
然后，一些马晓鸣就可以陪她面朝黄土
一些马晓鸣就可以在天涯想她

小镇所见

小镇，昔日一条河一分为二
现在有数不清的河流，正在把它瓜分

车站、加油站、超市、宾馆潜伏在一米多深的积水里
轿车、摩托车、垃圾在水中安睡
除了一只拖鞋想爬上二楼
看不见挣扎的迹象

途经泉都大桥、过红绿灯
在佛顶山大道，有市民坐上冲锋舟
当时还有小雨
市民们涌向大街、小巷，像另一种洪水
席卷小镇

被水冲走的市民
成为这个上午津津乐道的谈资
盖过卖马打滚、豆腐干、油条豆浆的声音

水，雕刻者

一滴水言晶莹
两滴水道无声
三滴水曰滋润
万滴、万万滴水摇身成雕刻者

瓢泼太小，滔滔之水
下凡的魔兽
挥舞着雕刻刀
在贵州石阡的肌肤上
又刨、又戳
彼时雷声助阵
闪电为它们抛光

雕刻者的技法显然拙劣
街道变形、房屋破碎、河道扭曲
摆在大地面前的这幅作品
是一副满目疮痍的样子

有人在纸钱上写下：
2014年5月25日
或
2014年6月4日

像极了一个人

身材矮，着青蓝色衣裤，穿棉球鞋
让我注目的是头发花白、拄竹竿、衣服上有泥屑
更重要的是这个蹒跚的样子像极了一个人

不可能，那么多的寨邻已将他拥入大地
我端着他的牌位，已从三年前春天的山上回家

后来无数次的相见，只是在梦中、在疼痛的文字里

看着这个人慢慢穿过小镇街道，背影走远
好几次我差点追上去、差点脱口而出

一匹水在千工堰奔驰

一匹水它蜿蜒、向下、沧桑
追赶光阴

一匹从大山胸脯出发的水
在戴家坝的族谱上悄悄和农事猜拳
和粮食干杯

千双手都成为一捧影子了
这些水还在流啊流

一匹水在千工堰奔驰
以一百二十公里的车速
把青山和大地抛在脑后

璃情在前，它按捺不住

（原载《诗选刊》2014 年第 11、12 期合刊）

2014年

泣　河

泣河诗歌（九首）

欠你五分钟

用一只盗贼的手
以借问的名义。正当偷盗你的时间
五分钟。分化成五十万个梦
时间，一滴一滴
第三百滴凑足以后。还能运用的
是狡辩
在成功获取你的时间开始
我已私自加息
一分钟等于
我所不能计算的小时
以及写不完的诗

在你喝水的此刻

在你喝水的此刻
我正在看布罗茨基
那个主动把自己送去牢笼充数的野兽
诗人。在野兽稀缺的烟林
我抗拒听不懂的外语
我只注意到
你打开的瓶盖和我的外衣
颜色内质相近

下雨的时候我想起你

下雨的时候我想起你，我想起我应该带一把蓝色的伞
伞里有你喜欢的白云，那些白天从我心门跑出去的小鬼
下雨的时候我想起你，想起我应该拥抱风
一股股冷风被我紧抱住，我尽量拖延时间
今晚你的白色外衣在我看来那么显眼
我担心我怀里的冷风和你相遇

符　号

我决定把童年的一些符号精心梳理一番
狗尾巴草抢先把一只只蝗虫串联起来得意地说
——这是童年。

我嗓音低沉：我要讨论的是符号，而非童年！

那条和我关系紧密的小狗呲牙怒视我
在它血红的舌头上我看到一串串跳动的词——
你是懦夫！你是懦夫！……
我低压着脖颈，看着眼前的植物和动物

我是懦夫……
不！我坚决否认。
你是我的爱犬，你不应该如此和我说话
你眼里的轻蔑足以杀死我二十二次

“你有完没完？”
（它居然会说话，那是我的声音）
“呵呵呵呵，疯子！”
（它继续嘲笑我）

写给阿你

我们布依人叫人名的时候
习惯在名字前加个阿字
阿爸爸，阿妈妈
哥哥叫作阿大，弟弟直接叫名字
阿谁，阿谁谁——

阿你，我是布依人
前面也说到了
我将切割记忆出售

你会来买吗
我真心希望，阿你
你会是我零售记忆最大的买主

阿你，穿上我们布依姑娘的服饰吧
不要从颜色去分辨它们
阿你，你可以以嗅觉，闭上眼睛
衣袖里藏着上天雕琢的玉手
那双玉手是温婉的名字，是勤奋的名字

阿你，你也可以不用把我所有记忆买去
因为我还会为你珍藏
阿你，做决定得需多大的勇气啊
阿你，一个异乡的女孩
我猜我会把我的记忆向你兜售
我猜我会在异乡遇见你

阿你，如果你能告诉我你的名字
我会遵照布依语的称呼习惯
叫你阿谁，阿谁谁
可我更加愿意就你你你地称呼着
阿字都不要——
那样我们得有多亲密才能如此啊

英语课十二行：写给晴隆

我用低音行走在35° N，116° E
我的高音遗失在十四年前

25° N，105° E。我只想知道
你冷不冷……

英语课他们在看电影
我把记忆调成静音
灯关之后。眼睛走向你
我最难忘的时光

那天离开。我把文字撒进铁轨喂鱼
给所有乡音加盐。你知道
我的布依语告别晴隆方言，苗语，彝家语……
那天你把一条河悄悄塞进我手里

怀念阿婆

有些字，始终不知道怎么写
很多很多，来不及辨认
别离多种，生死齐一

总有一棵树是自己的化身
搬出这句话的时候
阿婆，我会在哪儿遇见你

冬天的孩子

一个衣着单薄的女人
时常听到她叹气
每叹气一阵子，就是一场雪
白昼和黑夜
都会听到她的哭声
一哭就是一场雨
太阳出来的时候
在每一个路口都能遇到她
她会把她的幸福同我们一起
分享：她说她怀孕了
她知道肚子里的孩子是个女孩
过年后就把她生下来

窗

月亮三两颗，星星几点
一把黑沙摆放芜杂
风推搡茶盖——
你的你的没有声音没有声音
我的我的找不着你找不着你

书，爬满青草　牵动不安
黑色的鱼洗清惧怖的眼

（原载《诗选刊》2014 年第 11、12 期合刊）

2014年

哑　木

哑木的诗（四首）

故乡辞

这世间有一座山就够了
何况还有麻窝团箐　西凉马摆

这世间有一片湖就够了
何况还有乌江源　牛栏江

这世间有一个你就够了
何况还有无数亲人
以及粮食　清水

这是躲雨屯　是威宁
是贵州西北偏西
让我有着无限爱怜
又万千惆怅的地方

多年以来 西凉山上

有我爱恋的姑娘
赶着羊群走向山冈
有我相依为命的亲人
洁白的草根之下
不再理会红尘俗事
更有那白云之上的诸神
睁开左眼即天晴　睁开右眼
就雨顺风调　抚平的
不只是三千米的高原
更有那一颗颗　众生的心

就是这方水土　这群人
它的阡陌交通　炊烟渲染
让我每次走过
都心生悲悯 眼含泪水
怀着无限感恩的心

寄母亲

这是今年第二次立春了
第一次立春时　你还在
第二次立春时　就只剩下我了
一年立两春　我无计可施
一年能立两春　我却再没有一个你
两年来　我看见那些中年妇女
我都认为你还在
还会带着我们几个孩子
欢欢喜喜置办年货　过个好年

我用挣到的钱　给你买好看的衣裳
好吃的东西　再买上烟花
在过年的时候放　让你欢喜
但是你不在了　我只能在立春的日子
给你说说这些浮世的人　浮世的事
过不了多久　春天真正到来
大地生机盎然　你的坟头
必将草木丰盛　而我仍将在浮世蹉跎
可现在　我想着你　想着你
却不知道说些什么
又该怎么说

最先被阳光照亮的祖父

生前在群山里　无数次奔波的祖父
死后被埋在最高的山顶
阳光最先照亮他的双眼　他的心房
白雪最后离他而去　化为流水淙淙
在乌蒙山最高处的祖父
持续热爱着他幸福而苦难的祖国
以及他一生无数次远离
又无数次归来的村庄　这里有他的
爱情　流水　炊烟　命运
这么多年　我上山磕头　下山种地
中间爱着他的祖国　他的家乡
当我怀念　写下的诗篇
有他在山巅　瞩望的目光
也有我在尘世　如他多年以前
奔波的影子

我心里有着蜜的甜和盐的苦

我的心里一直有着
一滴蜜的甜　这么多年
无论身处黑暗　还是远赴他乡
这甜始终浸润着我
使我的心变得温润　柔软
爱着卑微的命运　颠沛的生活
风中与我一样的亲人
但我的心里　同样郁积着
一粒盐的苦　多年以来
我靠着这粒盐
爱着更多更苦的事物
无论生命有无意义　无论风中
消失多少亲人　无论故乡
变得有多遥远　我依然苦苦爱着
以一滴蜜的形式　更多时候
以一粒盐的形式

（选自《2014华文青年诗人奖获奖作品》，漓江出版社，2014年11月）